KB166040

「고마워, 아이 양♪」

「……」

벽 너머에 펼쳐진 파라다이스를 상상하고

나는 분해서 입술을 꾹 깨물었다.

「후와아……케이카 언니

몸매가 정말 끝내줘요!」

© shirabii

"……찾았다."

목 차

저 자	시라토리 시로	작품명	용왕이 하는 일!	제 1 보	7P
				제 2 보	47P
				제 3 보	91P
일러스트	시라비	페이지	328페이지	제 4 보	163P
		발 행	노블엔진	제 5 보	237P
감 수	사이유키	발행연월일	2017년 8월 1일	작가후기	306P
				감상전	311P

이상 328페이지로
용왕이 하는 일!
제3권 전부

© shirabii

ryuoh no oshigoto!

용왕이 하는 일! 3

시라토리 시로

일러스트 ▲ **시라비**

감수 ▲ **사이유키**

등장인물 소개

쿠즈류 야이치

용왕. 장기계의 간판이라는
책임감 때문에 목욕을 마치고
코팩을 자주 한다.

히나츠루 아이

야이치의 1호 제자.
샴푸는 항상 리필용을 구입하는
절약 정신을 가진 아이.

키요타키 케이카

야이치의 스승의 딸.
기풍은 신중하지만 입욕제를
고를 때는 모험가 같은
일면도 있다.

소라 긴코

야이치의 누이제자(사저)
타이틀전을 치를 온천가의 마크를
모으는 게 숨겨진 취미.

야샤진 아이

야이치의 2호 제자.
코베의 부잣집 아가씨.
보디소프보다 비누를 선호한다.

칸나베 아유무

야이치의 라이벌이자
칸토 소속 프로 기사.
종교 권유를 자주 당한다.

샤를로트 이조아드

아이의 친구. 여섯 살. 프랑스 사람.
입욕제는 모두 '바뷰'라고 부른다.

🔔 프롤로그

『스무 살이 된 저에게』

열 살이 된 기념으로, 10년 후의 저에게 편지를 보냅니다.

스무 살이 된 저는 어떤 사람인가요?

결혼은 했나요? 이미 아이가 있나요?

사부님은 여전히 힘차게 장기를 두고 있나요? 아직도 같이 살고 있으려나요?

여류기사는, 되었나요?

혹시…… 타이틀을 땄나요?

장기 공부는 너무 어려워서, 열 살인 저한테는 좀 버거워요.

사부님은 정말 엄격하고, 항상 화만 내요.

혼나는 것도 싫고, 지는 것도 싫어서, 저는 항상 울기만 해요.

그럴 때마다, 장기를 관두고 싶다는 생각이 들어요.

하지만, 저는 장기를 좋아해요.

좋아하는 건 많지만, 그중에서도 장기가 가장 좋아요.

장기를 공부하게 되면서, 예전보다 사부님과 함께하는 시간
이 늘어서 정말 기뻐요.

그러니, 여류기사가 되고 싶어요.

여류기사가 되어서, 사부님과 함께 장기 쪽 일을 하는 게 제 꿈
이에요.

스무 살이 된 저에게.

제 꿈은 이루어졌나요?

　 소개

◉나타기리 진 8단

기사번호	238
생년월일	7월 17일
출신지	야마가타현
스승	오니코베 히사시 9단
용왕전	1조(1조-1기)
순위전	A급 (A급-1기)

▌타이틀 이력

등장횟수 합계	1회
획득합계	0기

△ 천적

지금으로부터 1년 하고 8개월 전의 일이다.

"…………졌습니다."

프로 기사가 되고 처음 치른 공식전에서—— 나는 참패했다.

중학교 3학년, 10월.

장려회를 졸업하고 사상 네 번째 중학생 기사로서 프로 데뷔를 한 나는 도쿄 센다가야에 있는 장기회관에서 데뷔전을 치르게 됐다.

『25년 만에 탄생한 중학생 장기 기사!』

……인 만큼, 다양한 미디어에서 취재를 하러 올 것이 예상되었기에 원래 칸사이 측 기사와 치를 예선이 특별히 칸토의 기사와 짜였으며, 대국 또한 도쿄에서 치러졌다.

내가 중학교 교복 차림으로 대국실에 들어서자, 플래시 세례가 나를 덮쳤다.

상대는 순위전 B급 1조 소속인 7단.

30대. 뛰어난 기술을 지닌 중견 기사다.

솔직히 C급 2조에 불과한 새내기 4단이 이길 수 있는 상대가 아니다. ……하지만, 나는 25년 만에 탄생한 중학생 기사다.

주위 사람들도 『이 녀석이라면 이기는 거 아니야?』 같은 분위기였으며, 나 또한 『해 볼 만하지 않을까? B급 정도면 별것 아니잖아. 어차피 도쿄에서 할 거면 A급이나 타이틀 보유자와 붙여달라고』하고 생각했다. 솔직하게 말해 얕봤다.

대국이 시작되자…… 서반부터 고전을 면치 못했다.

하지만 종반에 상대가 미스를 범하면서 역전했다.

그대로 냉정함을 유지했다면 이길 수 있었겠지만, 데뷔전이라 매스컴이 몰려온 상황에서 완전히 흥분한 나는 상대보다 더한 악수를 뒀고, 결국 장군을 놓친 후에 연속 장군을 당해 진다고 하는 가장 분한 방식으로 패배를 맞이했다.

그렇다. 돈사(頓死)한 것이다.

"쿠즈류 4단, 이번 대국에 대해서 감상을 한마디 부탁드립니다!"

"참패하셨는데, 역시 프로의 벽은 높은 건가요?!"

"…………."

너무 분해서 아무 말도 못하고 있을 때, 대국 상대의 한마디가 사정없이 내 가슴에 꽂혔다.

"어라~? 그런 외통수가 안 보였던 거야? 간단한 거였으니까 당연히 읽었을 거라고 생각했는데 말이지."

"…………."

"역시 천재는 평범한 인간이 절대 범하지 않을 법한 악수를 범하네! 이야, 그야말로 천재적인 악수야! 역시 칸사이의 천재는 뭐가 달라도 다른걸! 웬만해선 이런 악수를 범하지 않는다고."

으아아아아아아아아아아아
아아아아아아아아아아아아
아아아아아아아아아아아아
아아아아아아아아아아아아
아아아아아아아아아아아아
아아아아아아아아아아아아
아아아아아아아아아아아아
아아아아아아아아아아아아
아아아아아아아아아아아아
아아아아아아아아아아아아
아아아아아아아아아아아아
아아아아아아아아아아아아
아아아아아아아아아아아아
아아아아아아아아아아아아
아아아아아아아아아아아아
아아아아아아아아아아아아
아아아아아아아아아아아아
아아아아아아아아아아아아!!

으아아아아아
아아아아아아
아아아아아아
아아아아아아
아아아아아아
아아아아아아
아아아아아아
아아아아아아
아아아아아아
아아아아아!!

장기회관을 나서고, 옆에 있는 하토모리 신사를 빠른 걸음으로 빠져나간 다음, 스크램블 교차로에서 신호가 바뀔 때까지 기다린 후, 신호가 파란색으로 바뀐 순간, 나는 뱃속에 가득 차 있던 분한 마음을 전부 소리 에너지로 변환하며 맹렬히 내달렸다.

　　너무 분한 나머지 원래 열차를 탈 예정이었던 센다가야역을 그대로 지나쳤고, 다음 역인 요요기역도 지나간 후, 미나미신주쿠에서 오다큐 오다와라 철도선을 따라 하염없이 내달렸다.

　　"으아아아아아아아아아아아아아아아아아아아아아아아아아!!"

　　나는 울었다!

　　눈물, 콧물, 침을 마구 흩뿌리며 울었다!

　　나는 달렸다!!

　　교복을 입은 채로, 구두도 신은 채로, 아스팔트 위를 힘껏 질주했다!!

　　"으아아아!!!"

　　분했다!

　　한심했다!

　　부끄러웠다!

　　져서 그런 게 아니다. 자신이 자만했다는 사실이 부끄러웠다. 약해 빠진 자신이 한심했다. 인생에 딱 한 번뿐인 데뷔전에서 자신의 모든 실력을 발휘하지 못한 게 너무 분했다.

　　"으아아아

아아아아아아아아아아아아아아아아아아아아아아아아아아!!!!"

정신을 차리고 보니, 주위는 어둑어둑해져 있었다.

어느새, 눈앞에는 시꺼먼 바다가 펼쳐져 있었다.

나는 주저 없이 바다에 뛰어들어 오사카만까지 헤엄치려 했지만, 내가 자살하려 한다고 착각한 근처 서핑 가게 사람이 나를 건져냈다.

대국 종료 후로 여덟 시간가량 쉬지 않고 뛴 나는 도쿄 센다가야에서 카나가와현 치가사키까지 왔다. 주행 거리 61.4킬로미터(집에 돌아가서 구●어스로 조사했다). 교복은 땀으로 범벅이 되었으며, 구두는 너덜너덜해졌다.

치가사키는 수온이 높아서 겨울에 서퍼들이 많이 몰린다. 그 후, 나는 일주일 동안 나를 건져 준 서핑 가게에서 아르바이트를 하면서 지냈다. 그리고 사저(師姐)가 나를 찾아내고 데리러 왔지만, 나는 아직 마음의 상처가 아물지 않았기에 저항했다.

"나는 장기를 관둘 거야! 여기서 일하면서 서퍼가 될래!!"

"확 담가버린다."

내 부질없는 저항은 그렇게 끝났다. 그리고 오사카로 끌려갔다.

이렇게, 나의 씁쓸한 데뷔전과 첫 가출은 허무하게 막을 내렸다──.

그 후, 나는 이 분한 마음을 양분으로 삼아 용왕전에서 승승장구했고, 결국 사상 최연소 타이틀 보유자인 쿠즈류 야이치 용왕이 탄생했다.

자.

내가 왜 이런 옛날이야기를 하냐면――.

"응응~. 후훗 ♪ 즐거운걸. 쿠즈류 군과의 대국은 정말 즐거
워…… ♪"

현재, 나는 데뷔전 상대였던 사람과 또 장기판을 사이에 두고
앉아 있기 때문이다.

나타기리 진 8단. A급 서열 제4위.

내가 데뷔전을 치른 해에 B급 1조에서 A급 8단으로 승격한 이
인물은 작년 순위전에서도 멋진 승부를 펼쳤고, 지금은 최정상
프로 중 한 명으로 열거되고 있다.

각종 최신 정석을 망라한 장기계 유수의 연구가이자, 앉은비
차와 몰이비차를 전부 둘 수 있고, 선후수도 가리지 않으며, 공
격과 방어 양쪽 다 능한 올라운더.

그래서 붙은 별명이――《쌍칼잡이》.

"아아아~…… 가슴이 뛰는걸! 쿠즈류 군에게 나의 얄팍한 공
격이 통할까, 안 통할까~? 정말 가슴이 두근대애애……!!"

이거, 장외전술 아니야?

그런 생각이 들 정도로 영문 모를 소리를 중얼거리고 있는 나
타기리 씨 때문에 당황하면서도, 나는 상대의 페이스에 휘말렸
다는 걸 인정할 수밖에 없었다.

서반전술이 능숙한 나타기리 씨는 선수가 되자 최신식 전법으
로 나를 유도하더니, 순식간에 우위를 점했다.

그리고 나에게 공격을 할 기회를 단 한 번도 주지 않으며 종반

까지 이끌어 가더니, 그대로 계속 공세를 펼쳐서 승리를 거머쥐려 하고 있었다. 용왕, 완전히 가루가 되도록 두들겨 맞고 있습니다.

"……………우와아……."

한심하기 그지없는 장기를 둔 나는 무심코 머리를 감싸 쥐었다. 불길한 기억이 되살아난 것이다.

나타기리 씨는 데뷔전뿐만 아니라 용왕 타이틀 획득 후 첫 시합의 상대이기도 하며, 그 시합에서 나를 깨부숴서 내 11연패의 기틀을 마련했다. 그때도 『새 용왕 참패』라는 기사가 나갔었지…….

그런 불길한 기억이 연달아 떠오르자, 마음이 꺾일 것만 같다. ……하지만!

"……하앗!!"

나는 되도록 시간을 소비하지 않으면서 물고 늘어지는 수를 뒀다.

이렇게 밀렸으니, 상대가 실수를 하기만 기다리는 방법밖에 남지 않았다. 촌스럽고 끈질긴 칸사이 장기를 펼치며 상대보다 1분이라도 더 시간을 남긴 후, 종반에서 역전을 노린다……!

그런 내 의도를 아는지 모르는지, 나타기리 씨는 자기 차례가 되자 엉거주춤한 자세를 취하며 장기판을 향해 얼굴을 내밀었다. 속기 장기 태세를 취한 것이다.

서로가 장기판을 가리는 듯이 몸을 앞으로 숙이고 있었다.

내가 고개를 살짝 들어서 보니, 나타기리 씨가 나를 쳐다보고 있었다. 그리고 이렇게 속삭였다.

"나는 말이죠. 대국이란…… 연애 같다고 생각해요……."

……이 사람, 공식전 도중에 무슨 소리를 하는 거야?

"이렇게 하루 종일 마주 앉아서 얼굴을 마주하고 있으니, 왠지 맞선 같지 않나요?"

"그……그렇긴 하네요."

대선배가 말을 걸어왔으니, 일단 맞장구를 쳤다. 그러자 나타기리 씨의 이야기는 계속됐다.

"실은 어젯밤부터…… 쭉 당신만 생각했어요……."

뭐……?

"아뇨. 그 전부터, 당신과의 대국이 결정된 순간부터 쭉…… 쭉, 쭉, 당신만을 생각하며…… 당신을 연구해 왔죠……."

연……구……?

"당신이 오늘, 어떤 전법을 사용할까? 나를 위해 어떤 연구수순을 준비했을까? 어떤 옷차림으로 올까? 부채는 누구 이름이 적힌 걸 쓸까? 점심을 같이 먹을 수 있을까? 내가 당신만을 생각하듯, 당신도 나만을 생각하고 있을까……."

"어???"

이상한 소리를 해서 나를 혼란시키려는 장외전술일까?

종반에 집중력을 흐트러뜨려서 실수를 범하게 하려는 걸까?

"대국 중에도 말이죠? 고민에 잠긴 채 안경을 벗은 당신과 시선이 마주친 순간, 무심코 가슴이 뛰더라고요. 두근거리는 내 마음이 당신에게 전해지는 건 아닌지…… 계속 불안했죠."

위험해위험해위험해위험해위험해위험해위험해위험해!!

어?! 잠깐만?!

이 사람의 《쌍칼잡이》라는 별명…… 설마 남녀불문이라는 의미에서 붙은 거야?!

내가 패닉에 빠지자, 나타기리 씨는 뜨거운 숨결을 토하며 말했다.

"쿠즈류 군……."

"아, 예?"

"좋아하는 애, 있어?"

《쌍칼잡이》는 장기와 전혀 상관없는 소리를 하면서 장기판 위에서와 마찬가지로 나를 마구 몰아붙였다. 게다가 하악하악 하고 거친 숨결까지 토하면서 말이다. 나는 무심코 고개를 돌렸다.

"아! 반응을 보아하니 있나 보네! 여자애야? 아니면——."

"윽!! ……으윽!!"

나는 도움을 요청하듯 옆에 있는 기록 담당을 쳐다보았지만, 기록 담당인 장려회 회원(♂)은 기보를 주시하며 나와 절대 시선을 마주치지 않으려 했다. 너무 매정하잖아!

"윽…………!!"

나는 나타기리 씨와 시선을 맞추지 않기 위해 이마에 손을 댄 채 장기판을 주시하며 생각에 잠긴 척했다.

실은 장기에 대해 생각할 정신 상태가 아니지만, 이래 봬도 나는 프로 장기 기사다. 게다가 겨우 일곱 개밖에 안 되는 타이틀 중 최상위인 『용왕』을 보유한 사람인 것이다. 최소한의 시간에 최대한 집중하며, 종반 승부에 의식을 집중했다. 이제부터 끈질기게 버티고 또 버텨서 역전하는 거다!! 그렇게 생각하며 마음을 다잡은 직후······.

·············화장실 가고 싶어······!

갑자기 소변이 보고 싶어졌다. 아직 제한시간에 여유가 있는 동안 볼일을 보고 오자고 생각하며 자리에서 일어나려 한 순간──.

"응?! 화장실 가는 거야? 같이 갈까?"

왜 같이 가려는 건데?!

"······윽!!"

나는 하반신을 들고 다다미에 양손을 대며 장기판을 향해 몸을 숙이는 장기 크라우칭 스타일로 소변 욕구를 참았다. 나타기리 씨는 "어머, 안 가는구나." 하고 말하면서 다시 장기판을 봤다. 너나 가라고!!

칸사이 장기회관 5층, 어흑서원(御黑書院)에는 대국장 바로 옆에 화장실이 있다.

하지만 얼마 안 되는 그 거리가 지금은 너무나도 멀게 느껴졌다······!

이제 내가 화장실에 가려면 이 대국을 끝낼 수밖에 없다. 《씽 칼잡이》와 함께 화장실에 가는 것은 너무 위험했다. 화장실만은 절대로 안 된다. 그렇다면 방침을 전환할 수밖에 없다.

"············왕을 잡겠어!"

끈질기게 버티는 게 아니라, 모 아니면 도의 대결에 모든 것을 걸기로 했다.

　카운터 느낌으로 들어간 내 공격이 의외였는지, 나타기리 씨는 반격을 펼쳤다. 노타임으로 장기를 둔 것이다. 장기말을 차분하게 둘 여유가 없는 건지 『타악!!』 하는 엄청난 소리가 울려 퍼졌다.

　"……뜨거워!"

　기록 담당이 넋두리처럼 어이없는 소리를 흘렸다. 오줌 쌀 것 같아서 서두르는 것뿐이라고!

　그리고──.

　"아…… 졌습니다!"

　마지막에 가서, 공격이 완전히 저지당한 후에 한 수 차로 지게 된다는 데까지 수읽기를 한 나는 상대가 자신이 읽은 수를 두자 그대로 투료(投了)했다.

　"……저기, 야이치 군."

　승리를 거둔 나타기리 씨는 은근슬쩍 나를 이름으로 부르면서, 이런 제안을 했다.

　"근처 호텔에 방을 잡았는데…… 그곳에 가서, 단둘이서 감상전을──."

　"죄송해요! 무리예요! 실례하겠습니다!!"

　나는 그렇게 외치며 몸을 일으킨 후, 엉거주춤한 자세로 장기 회관을 뛰쳐나갔다.

　3분 후…….

　"……휴우~~. 살았다……."

옷에 실례를 하기 전에 집으로 돌아간 나는 그대로 개운한 기분을 맛봤다.

대국 중에 오줌을 지렸다간 또 인터넷에서 마구 까일 것이다. 안 그래도 사부님이 장기회관에서 창밖에다 방뇨하는 바람에 일문(一門)에 그런 쪽 이미지가 정착됐는데…….

"이야…… 장기회관 근처에 집을 빌려서 다행이야~. 그것도 2층이라 더 다행이네~. 이번만큼은 사저에게 고마워해야겠는 걸……."

내가 집을 빌리려고 할 때, 멋대로 따라와서 이 집을 멋대로 고른 사저는 주인인 나를 무시하며 자기 멋대로 굴었다.

멋대로 집에 쳐들어와서 장기를 두지 않나, 멋대로 요리를 하지 않나, 멋대로 샴푸 및 칫솔을 가져다두지 않나, 멋대로 내 셔츠를 입고 이 집에 묵지 않나……. 진짜 누가 이 집의 주인인지 모르겠다. 『사제의 것은 사저의 것』이라는 게 그 사람의 주장이다. 퉁퉁이냐!

뭐, 내가 내제자를 들인 후로는 이 집에 오는 빈도가 줄었지만.

아무튼——.

"상대는 대선배인데, 감상전을 거부한 건 좀 무례했나? 하지만 상대방의 대국 태도도 좀 거시기했다고 할까, 역시 그 사람은 진짜로 그쪽인 걸까……?"

이제 와서 몸이 떨리기 시작했다. 오싹해…….

"그러고 보니…… 3주 후에 또 대국이 있지?"

솔직히 말해서 이길 수 있을 것 같지가 않았다. 오늘로 3연패

이기도 하고 말이다.

"특정 상대를 거북하게 여기는 건 좋지 않아……. 하지만 그 사람을 상대하는 걸 긍정적으로 여기는 것도 좋지 않을 것 같아……. 아니, 진짜로 그 사람은 어느 쪽인 거야? 아유무에게 물어보면 뭐라도 좀 알 수 있으려나? 하지만 그 녀석은 소문 같은 걸 신경 쓰지 않으니까, 차라리 츠키요미자카 씨에게——."

내가 그런 생각을 하면서 다다미방에 들어가 보니…….

제자가 바닥에 쓰러져 있었다.

"…………아이?"

가방을 매고 바닥에 엎드려 있는 제자는 불러도 대답이 없었다.

"아이! 왜 그래?! 아이!!"

나는 허둥지둥 제자를 안아 일으켰다. 조그마한 가슴이 희미하게 움직이는 걸 보면 숨은 쉬고 있는 것 같았다. 다행이야! 살아 있어!

하지만, 무척 쇠약해진 것처럼 보였다.

대체, 왜……?!

"사…… 사부님…………."

내가 몇 번이나 말을 걸자, 아이는 희미하게 눈을 뜨면서 나를 향해 조그마한 손을 내밀었다.

그리고 지친 기색이 역력한 얼굴로 마지막 힘을 쥐어짜, 이렇게 말했다.

"……커…………."

"커?!"

"…………커다란…… 욕조…………."

……욕조~?

🔔 큰 목욕탕

『우냐아아아아~~~~…………♡』

제자의 달콤하기 그지없는 목소리가 넓은 목욕탕에 울려 퍼졌다.

방금 문을 연 목욕탕은 마치 전세라도 낸 것 같은 상태였다. 남탕에는 나밖에 없었다. 여탕도 비슷한지 아까부터 귀에 익은 목소리만 들려왔다.

"아이~. 어때~? 기운이 났어~?"

『네에에에~!』

벽 너머에서 제자의 활기찬 목소리가 들려오자, 나는 가슴을 쓸어내렸다.

방에 쓰러져 있는 제자를 봤을 때는 걱정했지만, 별일 없는 것 같으니 다행이다.

"아이가 오사카에 온 지도 벌써 두 달이나 됐네……. 그동안 쌓인 피로가 폭발한 거겠지. 때로는 넓은 욕조에서 목욕하고 피로를 풀어야 할 거야……. 온천여관집 딸이기도 하니까 말이야."

이곳은 키요타키 사부님의 댁 근처에 있는 오래된 목욕탕이다.

나와 사저가 내제자였던 시절에 사부님이나 케이카 씨와 자주 왔던, 우리 일문에게 있어 추억이 어린 장소이기도 했다.

『그건 그렇고 아이. 큰 욕조에 들어가고 싶은 걸 계속 참았던 거야?』

여탕에서 케이카 씨의 목소리가 들려왔다.

『미리 말하지 그랬어. 쓰러졌다는 말을 듣고 정말 놀랐잖아.』

『죄, 죄송해요…….』

아이가 그렇게 말한 순간, 가시 돋친 목소리가 들려왔다. 사저의 목소리였다.

『수행 중인 애가 호사란 호사는 다 누리겠다고 설치네. 초등학생 내제자는 부엌 싱크대에 물 받아 놓고 씻으란 말이야.』

『어머? 긴코도 자주 ‘넓은 욕조에 들어가고 싶어!’ 라고 떼쓰지 않았어?』

『…….』

『목욕 후에 아이스크림 안 사 주면 울면서 졸랐었잖아.』

『…………케이카 씨, 그 이야기는…….』

『푸푸푸풉~! 잘난 척 떠들더니, 실은 완전 어린애였네요~?』

『뭐? 어린애는 너 아니야? 절벽 민둥산 초등학생.』

오~ 오~, 또 시작했네.

아이와 사저는 툭하면 싸웠다. 요즘은 두 사람이 싸우지 않으면 오히려 쓸쓸한 느낌마저 들었다.

좋아, 더 싸워라―― 하고 생각한 순간…….

『아주…… 소라 선생님이야말로 민둥산이잖아요~!!』

"윽?!"

나는 무심코 욕조 안에서 미끄러지고 말았다.

민둥산이잖아요~ 이잖아요~ 잖아요~…… 하는 목소리가 욕실 안에서 몇 번이나 메아리치고 있었다.

사, 사저…….

아직…… 민둥산인가요……?

『야, 야이치! 지, 지금 상상했지?! 이 변태!! 에로 용왕!!』

"그만! 아얏! 사, 사저! 남탕에 아무거나 막 던지지 마세요!!"

『시끄러워, 시끄러워, 시끄러워!! 확 미끄러져서 바닥에 머리 박고 방금 기억이나 잃어버려!!』

칸막이 너머에서 곡사포처럼 플라스틱 대야와 의자가 날아왔다. 위험해!

『기, 긴코, 진정해! 진정하라구! 어쩌면 방금 그걸로 로리콤인 야이치 군에게 점수를 딸 수 있을지도 몰라!』

『그딴 점수 필요 없어!!』

케이카 씨가 열심히 말리고 있는지 사저의 포격은 곧 멎었다. 휴우…….

나는 날아온 대야와 비누를 주우면서 아까 일에 대해 깊이 생각해 봤다. ……아, 민둥산 발언에 대해 생각하는 게 아니거든? 아까 대국에 대해 생각하는 거라고. ……진짜란 말이야.

나는 아까 나타기리 씨에게 패배했다. 그 원인은———.

"······연구, 겠지."

나타기리 씨는 나를 철저하게 연구했다.

내 특기 전법은 물론이고, 공수 교대와 시간 사용법 같은 버릇까지 완벽하게 꿰뚫어 보고 있어서, 마치 알몸이라도 된 것 같은 느낌이 들었다. ······왠지 오한이 드네. 목욕 중인데도 말이야······.

나타기리 씨는 내 약점을 찾아내, 저격했다.

"이대로는 이길 수 없어······. 나타기리 씨의 연구를 넘어설 새로운 전법이 필요해······."

그게 뭔지는 짐작이 됐다. 예전부터 준비해 오기도 했다.

하지만 그것은 나로서도 상당한 각오가 필요한 선택이다.

그와 동시에, 그 전법을 쓰기 위해서는 독특한 『감각』이 필요하다. 그리고 그 감각은 연구를 통해서는 익힐 수 없다.

그것을 지닌 상대와 실전을 거듭하면서 감각을 훔쳐야 비로소 자신의 것으로 만들 수 있다.

"그럼······ 역시 그 사람에게 부탁할 수밖에 없나······."

그 전법을 누구보다 심도 있게 알고 있을 인물. 내가 이상적으로 여기는 감각을 지닌 기사.

그 사람에게 가르침을 받는 게 최선, 이겠지만······.

"어떻게 부탁하지? 제자도 받지 않고, 연구회나 VS도 하지 않는 걸로 유명한 사람인데······. 으음······."

현기증이 날 정도로 뜨거운 물 안에서 장시간 고민하고 있을 때, 여탕 쪽에서 목소리가 들려왔다.

『와아…… 케이카 언니는 몸매가 끝내주네요!』

『고마워 ♪ 아이 양도 크면 이렇게 될 거야.』

『정말요?!』

『그렇게 될 리가 없잖아. 케이카 씨, 꼬맹이의 어리광을 받아 주지 마. 기어오른단 말이야.』

『민둥산…….』

『확 담가버린다.』

……다툼은 레벨 비슷한 사람들끼리 발생하는 법이다.

『자아, 둘 다 그만 다투고 사이좋게 서로 씻겨 주자. 응?』

서──.

서로를…… 씻겨 준다고?!

『케이카 씨! 제가 씻겨드릴게요!』

『고마워, 아이 양. ……어머? 잘하네. 엄청 기분 좋아…….』

『에헤헤♡ 아이는 온천여관집 딸이라, 손님을 씻겨드리는 게 특기예요!』

케, 케이카 씨의…… 등…….

나도 입문 직후인 여섯 살 때 딱 한 번 해 봤는데…… 부러워 뒈지겠네!

『정말 잘…… 응! 꺄앗?! 그, 그런 데까지……?!』

『구석구석까지 깨끗하게 씻겨드릴게요!』

『아, 아이 양? 그 정도만 해도 충분…… 하아아아앙?! 하웅! 아앙♡ 하아…… 하아……♡ 아아………… 아이 양, 대단해 ～……♡』

『케, 케이카 씨?! 괜찮아?!』

『다음은 소라 선생님 차례죠~?』

『어? ……자, 잠깐만──.』

『더욱 민둥민둥하게 만들어드릴게요~.』

『시, 싫어············ 그만······! 큭! 기, 기분 좋지······ 않아······!!』

젠장!! 왜 나는 남탕에 있는 거지?!

왜── 나는 남자로 태어난 거야?!

벽 너머에서 펼쳐진 파라다이스를 상상하고, 나는 분해서 입술을 꾹 깨물었다······. 솔직히 말해서 장기로 졌을 때보다 더 분하다······!!

그리고 완전히 뻗어버렸다.

"으으············ 어질어질해············. 기분 나빠············."

"야이치 군, 시원한 물 마셔. 그리고 다리를 이쪽으로 내밀어. 적신 수건으로 식혀 줄게."

"······케이카 씨~, 사랑해요~······."

"그래그래."

케이카 씨는 나를 척척 간호할 뿐만 아니라, 내 혼신의 고백도 척척 넘겨버렸다.

나는 다다미가 깔린 로비에 누워서 선풍기 바람을 쐬고 있었다.

좀 떨어진 장소에서는 아이와 사저가 낡은 접이식 장기판을 이용해 장기를 두고 있었다. 목욕 직후라 몸이 달아올랐는지 장기말을 두는 소리가 평소보다 컸다.

옛날부터 목욕탕에는 장기 세트가 구비되어 있었으며, 목욕을 마친 손님이 장기를 즐기는 광경 또한 자주 봤다. ……뭐, 저렇게 수준이 높은 장기는 흔히 볼 수 없지만.

"역시 긴코대이~."

"저 쪼끄마한 애도 좀 하는 것 같다 아이가."

"뭐라꼬? 야이치 군의 제자?"

"그 꼬맹이한테 벌써 제자가 생긴 기가……."

옛날부터 이 근처에서 살았던 나와 사저는 근처 이웃들에게 사랑을 받았다.

손님들은 응원뿐만 아니라, 이렇게 장기를 두고 있으면 주위에서 이런저런 소리를 서슴없이 하기 때문에 꽤나 시끌벅적했다. 뭐, 그래서 더 즐겁지만.

대국 중인 아이와 사저 주위에도 사람들이 몰려 있었다. 케이카 씨는 그 광경을 즐겁다는 듯이 쳐다보면서 말했다.

"그건 그렇고 야이치 군이 목욕탕에서 뻗어버리다니, 희한한 일도 다 있네. 역시 오늘 대국에 대해 생각했던 거야?"

"…………아, 응. 맞아……."

'여탕 상황을 망상하느라 이렇게 됐어요.' 라고 말할 수는 없어서 대충 둘러댔다. 민둥산…….

"이해해. 나도 대국에서 지면 기절 직전까지 사우나에 들어가 있거든."

"아…… 자기 자신을 철저하게 괴롭히고 싶어지긴 해. 잠도 안 오잖아……."

"집에 가도 여러모로 거북하니까 말이야."

그렇다. 지면 분하기도 하지만, 가장 골치 아픈 건 주위 사람들을 어떻게 대하면 좋을지 모른다는 점이다.

특히 가족이나 친한 이들은 나를 배려해 주기 때문에 오히려 더 대하기 어렵다.

"나는 사부님이 친아버지인데다, 단둘이 살고 있잖아? 얼굴을 보지 않을 수도 없으니까…… 졌을 때만은 혼자 살고 싶다는 생각이 들어."

"그럴 때, 사부님은 어떤 태도를 취해?"

"애초에 연수회 성적에 대해서는 전혀 언급하지 않아. 뭐, 눈에 띄게 거동이 이상해지니까 결과를 알고 있다는 게 훤히 티가 나. 아버지도 기사니까 무슨 말을 해도 소용없다는 걸 아는 거야."

그렇다. 결국 혼자서 극복할 수밖에 없는 것이다.

그래서 졌을 때는 혼자가 되고 싶다. 처절할 정도로 말이다.

내가 프로가 되고 혼자 살기 시작한 것도, 그렇게 환경을 바꾸지 않으면 승부의 세계에서 살아남을 수 없다고 생각했기 때문이다.

프로가 되고 처음으로 치른 공식전에서 나타기리 씨에게 엉망으로 깨진 나는 오사카에 돌아오자마자 집을 알아보기 시작했고, 중학교를 졸업하자마자 이사했다.

사부님이 있고, 케이카 씨가 있고, 사저가 있는 그 집은……
여러 가지 의미에서 지나치게 따뜻했다.

"……옛날에는 여기서 자주 다 같이 놀았었잖아."

케이카 씨의 기분 좋은 목소리를 듣자, 왠지 따뜻한 물에 몸을 담그고 있는 듯한 느낌이 들었다.

오사카에는 대중목욕탕이 많다.

놀러 가는 느낌으로 가족들이 함께 목욕탕에 가는 경우도 많으며, 나와 사저도 이 목욕탕에 가는 걸 정말 즐거워했다.

……게다가 처음 여기에 왔을 때, 나는 『혼자는 위험하니까』라는 이유로 여탕에 갔었다! 당시 풋풋한 고등학생이었던 케이카 씨가 여섯 살이었던 나를 몸 구석구석까지 씻겨 줬었다……!!

물론 케이카 씨의 알몸도 봤고…… 덕분에 옷을 입고 있을 때도 그 안에 존재하는 속살을 리얼하게 상상할 수 있는지라——.

"처음 여기에 왔을 때를 기억해?"

두근~☆

"그…… 그게, 기억나지…… 않는, 데요?"

"그렇구나~. 하긴, 10년도 더 된 일인걸……."

케이카 씨는 약간 쓸쓸한 듯이 웃었다.

"야이치 군도, 긴코도 무섭다며 혼자 목욕을 못했거든. 그때 야이치 군, 나와 같이 여탕에 들어갔었어. 긴코는 코알라처럼 내 등에 찰싹 달라붙어 있었지. 정말 귀여웠다니깐."

"그, 그랬어? 너무 어릴 때라 생각이 안 나~. 정말 아쉽네~."

"둘 다 많이 컸어……. 내가 아줌마가 될 만도 해."

"무슨 소리를 하는 거야! 케이카 씨는 아직 스물다섯 살밖에 안 됐잖아!"

"곧 스물여섯 살이 돼."

케이카 씨가 노타임으로 입에 담은 말을 들은 순간, 나는 무심코 숨을 삼켰다.

"곧………… 스물여섯 살이, 되는구나……."

스물여섯 살. 그것은―― 장기의 세계에서 매우 큰 의미를 지니는 연령이다.

나는 현기증이 난다는 것도 잊은 채, 몸을 벌떡 일으키며 이렇게 말했다.

"저기, 케이카 씨! 다 같이 고기라도 먹으러 갈래?! 내가 살게!"

"미안해. 오늘은 약속이 있어."

"약속? 목욕하고 외출하는 거야? ……앗! 서, 설마 데이트?!"

"유감이지만 아니야."

케이카 씨는 쓴웃음을 지으면서 목덜미에 맺힌 땀을 수건으로 닦았다.

"동창회야……. 여고, 동창회."

◯ 밤길

오사카역에 가는 사저와 열차 안에서 헤어진 후, 나와 아이는 후쿠시마역에서 내렸다. 그리고 네온사인이 반짝이고 있는 한밤중의 상점가를 걸으며 아파트로 향했다.

"밤인데도 꽤 덥네."

"예~."

"상점가의 술집을 찾는 손님도 늘어난 것 같아."

"예~."

"……케이카 씨는 나를 전혀 남자 취급하지 않는다니깐."

"예~."

"뭐가 문제인 걸까? 나, 프로 기사로서 꽤 성공한 편이고, 생긴 것도 나쁘지 않고, 케이카 씨와도 오랫동안 알고 지냈는데…… 이제 그만 사랑이 싹터도 되지 않으려나?"

"역시 케이카 씨는 사부님을 동생으로만 여기는 게 아닐까요?"

"아…… 그렇구나……."

"여성의 눈으로 보자면, 자기보다 어린 남성은 연애 대상이 되기 힘들어요. 그게 일반적인 경향이에요."

"그, 그래?"

"예. 그런 통계가 있어요."

"통계?"

"예."

아이는 스마트폰을 조작해서 PDF자료를 보여 줬다. *총무성(總務省)에서 만든 자료 같았다.

"……아이는 초등학생이면서 이렇게 어려운 걸 읽는구나."

"초등학교 사회 수업 시간에 같은 조 애들과 조사 학습을 했어요. 저출산 현상이 테마였는데, 만혼에 대해 조사했어요."

"만혼? 아, 나이 들어서 하는 결혼 말이구나."

---

* 총무성 : 행정의 관리 및 총괄, 지방 자치 기반의 확립 등을 관장하는 일본의 행정기관. 우리나라의 행정자치부.

아이는 조그마한 손가락으로 화면을 터치하더니, 자료의 일부분을 확대해서 보여 주며 역설을 했다.

"보세요. 여성은 연하보다 연상의 남성을 연애 대상으로 고르는 경향이 강하대요."

"진짜네! 게다가 나이 차가 꽤 나도 오케이잖아?!"

"여자애한테 열 살 연상의 남성은 충분히 연애 대상이에요. 실제로 우리 아빠와 엄마도 여덟 살 정도 차이가 나요. 엄마는 열여덟 살 때, 스물여섯 살인 아빠와 결혼했어요."

"그러고 보니 아이의 어머니는 꽤 젊으셨지."

데릴사위인 아이의 아버지는 완전히 잡혀 사는 것 같지만, 확실히 잘 어울리는 부부였다. 전혀 어색하지 않았다.

"그러니까, 커플은 나이 차가 좀 나는 편이 좋아요. 연상의 남성은 포용력과 경제력이 있어서 여성에게 있어 이상적이고, 연하의 여성은 남성의 보호욕구를 자극하죠. 이론적으로도, 현실적으로도, 연상 남성과 연하 여성 커플은 잘되기 마련이에요. 그러니까…… 일곱 살 정도 차이나는 게 가장 좋아요."

"나보다 일곱 살 어리면…… 아홉 살이네. 으음, 좀 상상이 안 되는걸."

"……."

"하지만 그렇게 생각해 보니, 케이카 씨가 나를 어린애 취급하는 것도 이해가 돼. 아홉 살이나 어린 남자애는 현실적인 연애 대상이라 할 수 없겠지……."

"그렇지 않아요!!"

"우왓?! 왜, 왜 화내는 거야?"

"화 안 났어요!! 사부님은 모지리!!"

아이는 그렇게 외치더니, 불같이 화를 내면서 앞장서서 가버렸다.

"정말, 왜 저렇게 화를——."

나는 말을 이으려다 불현듯 눈치챘다. 아이가 나에게 전하려 하던 게 무엇인지를 말이다.

……아이는 분명, 내 등을 밀어 준 것이다.

나이 차이 때문에 머뭇거리고 있는 한심한 사부를 격려해 준 것이다.

사부의 연애까지 응원해 주다니…… 정말 끝내주는 제자다.

통계는 무슨! 총무성은 무슨! 지는 걸 무서워해서야 장기를 어떻게 두냐고!!

"알았어, 아이! 나, 더 힘낼게!"

"정말인가요?!"

"그래! 케이카 씨가 반드시 나를 돌아보게 하겠어!"

"사부님은 모지리!! 왕모지리!!"

"뭐?!"

아이는 아까의 곱절은 될 정도로 화를 냈다. 나, 대체 뭘 잘못한 거지? 모르겠네…….

뭐, 그래도 오늘은 즐거웠다. 대국은 졌지만, 오래간만에 가족이나 다름없는 일문이 다 함께 목욕탕에 가서 끈끈한 정을 확인한 것이다.

나에게 제자가 생긴 것 때문에 사이가 틀어지지는 않을까 불안하고…… 사저와 아이는 여전히 사이가 좋지 않지만…… 케이카 씨 덕분에 어찌어찌 될 것 같았다. 다음에는 야샤진 아이도 데려와야겠다.

밤하늘에 빛나는 초여름의 별들이 우리의 앞길을 비춰주고 있는 듯한 느낌이 들었다.

🔔 균열

"비가 오네……."

일요일. 추적추적 내리는 비, 그리고 하늘을 점점 뒤덮는 잿빛 구름을 방 안에서 쳐다보며 나는 가라앉은 목소리로 그렇게 중얼거렸다.

"곧 장마가 시작되려나? 골치 아프게 됐네. 이제 세탁물이 잘 마르지 않을 텐데……."

나 혼자라면 어찌 되겠지만, 지금은 제자와 같이 살고 있다.

몸집은 작지만 그래도 여자애라서 세탁물이 꽤 많은 편이며, 방 안에 널어놨다가 이상한 냄새라도 배면 곤란했다. 아이에게 그런 옷을 입힐 수야 없지.

"건조기를 살까? 하지만 둘 곳이…… 확 이사를 가? 아, 그래도 『초등학생 제자와 살기 위해 넓은 집으로 이사합니다』는 좀 그런데……."

신혼살림을 차리는 거나 다름없으니까 말이다.

"애초에 이사를 하더라도, 부동산에는 아이를 뭐라고 설명하지? 내제자라고 말해 봤자 이해 못할 테고, 여동생으로는 보이지 않잖아. 그렇다고 약혼자라고 말하면 경찰에 신고할지도 몰라……."

나는 테이블 위에 둔 태블릿을 쳐다보면서…….

"저기, 아유무. 좋은 생각 없어?"

『훗…… 없다!』

화면 너머에는 순백색 망토를 걸친 칸나베 아유무 6단이 특유의 날카로운 기풍을 뽐내듯 내 질문을 일도양단했다.

"참, 너는 그 골 때리는 옷을 어떻게 세탁해?"

『전부 드라이 클리닝한다만?』

"……세탁비가 엄청 들겠네."

제자의 팬티와 옷을 세탁소에 맡기러 가는 자신의 모습을 상상한 끝에, 돈보다 소중한 무언가를 잃을지도 모른다는 결론에 도달한 나는 두려움에 떨었다.

키요타키 사부님의 집에 건조기가 있으니 안 되면 케이카 씨에게 부탁해야겠다. 곤란할 때 의지할 사람은 역시 케이카 씨밖에 없다.

『나의 의복은 나의 장기처럼 섬세하지……. 그래서 자택에서 빨지 않는다. 세탁비 청구서를 봤을 때는 충격을 받았지만 말이야…….』

"나는 네가 집에서도 망토를 걸치고 있다는 게 더 충격적이야."

『나는 기사(棋士)이자 기사(騎士)! 아무리 친분이 깊은 이들과의 연구회일지라도, 검을 나눌 때는 기사도에 따라 몸가짐을 단정히 해야 하는 법……. 네놈도 타이틀 보유자라면 그에 걸맞은 옷차림을 갖춰라!』

"……장기판을 사이에 두고 마주 앉았을 때는 나도 나름 옷차림에 신경을 써."

나는 목 부분이 늘어난 티셔츠를 잡아당기면서 변명을 했다.

나와 아유무는 방금 인터넷을 통해 연습 장기를 뒀고, 지금은 스카이프로 감상전…… 아니, 잡담을 나누고 있었다. 떨어진 곳에 사는 장기 기사들은 대국을 위해 서로가 사는 지역으로 갔을 때 겸사겸사 연구회를 하는 게 보통이지만, 요즘은 인터넷을 이용하는 경우도 늘었다.

"그런데 아유무. 나, 일전의 공식전에서——."

"흠. 나타기리 8단과의 장기 말이지? 8단의 완승이었다고 기억하고 있다만……."

"윽……! 뭐, 뭐어…… 그래."

"서반부터 완벽하게 연구 면에서 밀렸지. 애초에 네놈이 고른 수순은 칸토 기사단에서 후수가 불리하다는 게 상식이 된 변화다. 그런 걸 고르다니 정말 연구를 게을리했구나."

"하, 하지만 종반에는 나한테도 기회가 있었다고! 피치 못할 사정이 있어서 끈질기게 버티지 못했지만, 한때는 역전——."

"『한정 명군』을 읽히고 졌는데도 말이냐?"

"윽! 그, 그건…….""

"처음부터 끝까지 수읽기에서 완전히 졌지 않느냐……. 한심하구나! 한심하기 그지없단 말이다, 드래곤킹! 그러고도 나의 영겁최대의 적수인 것이냐!!"

『*멍군』이란—— 장군을 당했을 때 잡은 말을 올려서 막는 것을 말한다.

보통 이 멍군에는 여러 개의 정답이 존재하지만, 매우 드물게 정답이 딱 하나만 존재하는 경우가 있다. 그것이 바로 『한정 멍군』이다. 보통은 『한멍』이라고 줄여서 말한다.

장기를 모르는 사람은 그게 얼마나 엄청난 것인지 모를지도 모르지만…… 날아오는 총탄을 방패로 막는 게 평범한 멍군이라면, 한정 멍군은 칼로 총탄을 두 동강내는 것에 버금갈 만큼 엄청난 기술이라고 해도 과언이 아니다.

집에 돌아와서 상세히 검토해 보고, 나타기리 씨가 이 한정 멍군을 읽고 있었다는 사실을 눈치챈 순간…… 나는 또 패배했다.

상대와 자신 사이의 실력 차이를 인식하고, 투료한 순간보다도 더 강렬하게 패배를 실감한 것이다.

"그, 그런데, 저기…… 칸토 쪽에서는 나타기리 씨에 관한 소문이 없어?"

"『신(神)』의 연구 파트너라는 소리를 들은 적이 있다만……."

"뭐?! 명인의 연구 파트너?!"

젊은 기사 중에는 장기 사상 최강이라 불리는 현재 명인을 신처럼 여기며 숭배하는 이가 많다. 나와 아유무 또한 그런 사람

---

* 멍군(間駒) : 상대의 말을 따서 자신이 운용할 수 있는 일본장기의 특성상. 왕을 옮기거나 다른 말을 움직여 장군을 막아야 하는 한국장기나 체스와 달리, 일본장기는 수중에 있는 말을 올려서 장군을 막는 전략을 취할 수 있다. 여기서는 이를 '멍군'으로 표현한다.

들 중 한 명이다.

"지…… 진짜로 명인과 연구회를 하는 거야? 나타기리 씨가? 그 명인과?"

"진짜다."

"흐음……."

"나도 예전에 나타기리 8단으로부터 그 연구회에 참가하지 않겠냐는 요청을 받은 적이 있다."

"흐음………… 뭐?!"

"작년 여름쯤이었던 걸로 기억한다만…… 신이 소유한 별장에서 며칠 동안 집중적으로 연구회를 한다고 들었다. 8단은 남자끼리 합숙을 하니까 정말 즐거울 거라면서 나를 끌어들이려고 했지."

"……."

그건…….

"스케줄이 맞지 않아서 어쩔 수 없이 거절했지만 말이다."

"그, 그랬구나. 아쉬웠겠네."

아쉽겠다는 생각과 함께 안도감이 들었다……. 언제까지나 깨끗한 아유무 군으로 있어 줘.

"하지만 드래곤킹. 왜 나타기리 8단에 대해 알고 싶어 하지?"

"뭐?! 그…… 그게, 3연패를 했잖아. 그리고 곧 또 대국을 할 예정이거든."

"아무리 사소한 정보라도 알고 싶은 것이냐. 그 심정이 이해가 안 되는 것은 아니다만……."

아유무는 석연치 않다는 표정을 지었다. 기사는 장기판 위의 정보에만 집중하면 된다고 생각하는 타입이니 이런 반응을 보이는 것도 무리는 아니다. 뭐, 이 녀석도 장외전술의 집약체지만 전혀 자각하지 못하는 것 같았다…….

"뭐, 좋아. 아유무, 한 번 더 두지 않겠어?"

『사양하지.』

"왜? 오늘은 연수회 날이라서 제자가 돌아올 때까지 한가해. 그러니까 한 번만 더 두자."

『사양하지!』

아유무는 주저 없이 그렇게 말하더니, 립크림을 바르면서 이유를 밝혔다.

『오늘 밤에는 내가 선호하는 브랜드의 신작 발표회가 있거든!』

"너, 그 괴상한 옷을 더 살 생각이야?!"

『훗…… 당연한 걸 묻지 마라!』

아유무는 오른손으로 얼굴을 가리는 포즈를 취했다. 이 타이밍에 저 포즈를 취하는 이유는 모르겠지만, 분명 망루로 이어지는 세밀한 정석 수순처럼 깊은 의미가 있을 것이다. 아마도 말이다.

『그럼 잘 있거라! 드래곤킹!!』

화면 너머에서 망토를 펄럭인 갓콜드런 씨는 망토가 화면을 가린 순간 통신을 종료했다. 완벽하게 계산된 타이밍이었다.

"……여전히 같이 장기를 둘 때보다 이야기할 때 칼로리가 더 소모되는 녀석이야……."

나는 땅이 꺼져라 한숨을 쉰 후, 태블릿을 조작해서 대국 소프트를 켰다. 그리고 방금 뒀던 장기를 되짚어보았다.

"……역시 서반에 밀리네."

화면 안에서 움직이고 있는 장기말을 보니, 자신이 연구 면에서 아유무에게 확연하게 뒤지고 있다는 사실을 인정할 수밖에 없었다.

"유행하는 전법의 연구에 있어서는 역시 칸토에 밀리고 있어. 아유무도 아직 비장의 카드는 선보이지 않은 것 같고……."

나와 아유무는 나이와 실력이 비슷하고 서로의 기질도 잘 안다. 그리고 지역이 다르기 때문에 예선에서 붙을 가능성도 적다. 즉, 서로에게 디메리트가 적은 관계인 것이다.

그래서 장려회 시절부터 이렇게 인터넷으로 연구회를 했다.

대국이 가까워지면 자연스럽게 연구회도 중지되지만, 대국 후에는 이렇게 다시 연구회를 시작했다. 그런 느슨한 동맹관계가 지금까지 계속된 것이다.

하지만 우리는 혹독한 승부의 세계에 속한 사람들이다. 즉, 서로에게 자신의 모든 것을 알려주지는 않았다.

그리고——.

"이대로 내 연구가 계속 뒤처지면…… 아유무가 나와 연구회를 할 메리트가 없어져……."

그렇게 되면 두 번 다시 연구회를 갖지 않을 것이다.

『가치가 있다』고 판단하면 얼마든지 서로에게 말을 걸며, 그렇지 않다면 서로를 공기처럼 여기며 무시한다. 그것이 이 세계에 존재하는 암묵의 룰이다.

남에게 얻은 지식에 의존하기만 하는 자는 얕잡아 보인다. 타이틀을 지녔더라도 그에 걸맞은 실력이 없다면 무시당한다.

진정으로 『강하다』고 인정받아야만 하는 것이다.

"진정한 실력, 이라. 나도 벽을 부숴야 해……."

언제부터일까? 나는 마음속에 어떤 의문을 품고 있었다.

──나는 강해졌을까? 라는 의문을 말이다.

어릴 적부터 꿈꿨던 프로 기사가 됐다. 그 프로의 정점인 용왕도 됐다.

하지만…… 자기 자신이 강해졌다는 확신을 가질 수 없었다.

두 제자와의 만남을 통해 슬럼프에서 벗어나기는 했지만, 기술적으로 향상됐다는 실감이 들지 않았다. 그걸 증명하듯, 한 남자에게 연패를 하고 있다.

"내 『벽』…… 나타기리 진. 그 사람을 이기지 못해선……."

강해지고 싶다. 그렇게 생각했다. 더욱 강해져야만 한다.

문제는 강해질 방법이다.

"지금까지 한 공부법으로는 안 돼. 근본적인 부분부터 나 자신을 뜯어고쳐야만 한다고."

그렇게 해야만 나타기리 씨의 연구를 뛰어넘을 수 있으리라. 게다가 그의 연구 파트너인 명인을 뛰어넘어야만 하는 것이다.

"벽을 부순다……. 근본적으로 나 자신을 뜯어고쳐서, 강해진다……."

그러기 위해, 내가 해야 할 일은──.

"좋아! 목욕탕에 가자!!"

나는 태블릿을 끈 후, 목욕도구를 챙기기 시작했다.

"이제 연수회가 끝났을 시간이지? 그럼……."

나는 스마트폰을 조작해서 케이카 씨에게 전화를 걸었다.

곧 전화가 연결되자, 나는 상대가 입을 열기도 전에 단숨에 말을 늘어놓았다.

"아! 케이카 씨?! 나, 야이치인데 아직 연맹에 있지? 혹시 아직 거기 있으면, 아이도 사부님의 집으로 데려가주지 않을래? 지난번처럼 다 같이 목욕탕에 갈까 해서 말이야. 아, 지난번과는 다른 목욕탕에 갈 거야. 나도 이제부터 준비해서 그쪽으로 갈 테니까——."

『미안한데, 한동안 연락하지 마.』

……뭐?

『미안하지만 아이도, 야이치 군도 만나고 싶지 않아.』

케이카 씨의 목소리는 이제까지 한 번도 들어본 적 없을 만큼 차가웠다. 그 목소리를 듣고 격렬하게 동요한 나는 허둥지둥 되물었다.

"케, 케이카 씨?! 왜——."

하지만 내가 말을 끝까지 하기도 전에…….

케이카 씨는 일방적으로 전화를 끊었다.

"…………어째서……?"

빗소리만이 울려 퍼지고 있는 방 안에서, 나는 스마트폰을 귀에 댄 채 멍하니 서 있었다.

……만나고 싶지 않다고? 나와도, 아이와도?

……왜?

그날, 킨키 지방에서 본격적으로 장마가 시작됐다는 발표가 있었다.

RYU

©Shirabii

오이시 미츠루 옥장(玉將)

기사번호	223
생년월일	4월 29일
출신지	오사카부
스승	오오츠지 다이지로 9단
용왕전	1조(1조-8기)
순위전	A급(A급-12기)
타이틀 이력	

등장횟수 합계	11회
획득합계	6기

△ 키요타키 케이카

동창회에 가는 게 싫어진 것은 언제부터일까?

"……스물다섯 살……."

나는 술을 깰 겸 도지마 강을 따라 걸으며 집으로 향하면서 중얼거렸다.

우메다의 근사한 레스토랑에 모인 고등학교 동창생들은 다들 행복한 것처럼 웃고 있었다.

화제의 중심은 『연애』, 『일』, 그리고 『결혼』. 아기를 데리고 온 애도 있었다.

그럴 만도 했다. 그게 당연한 나이가 된 것이다.

"……이제 곧 스물다섯 살이구나."

고등학생 때는 스무 살이 되는 것도 먼 훗날의 일처럼 느껴졌고, 스무 살만 되어도 엄청 어른 같았다.

스물두 살쯤이면 결혼을 하고, 일도 하고 있으며, 스물다섯 살쯤에는 애도 낳았을 거라고 막연하게 생각했다. 그러기 위해 딱히 뭔가를 준비하거나 노력하지는 않았지만, 아마 그렇게 될 거라고, 그게 당연하다고 여겼다.

하지만 나는 그런 당연함을 거부했다.

『여류기사가 된다』.

열여덟 살 때, 그렇게 결심했다.

남들보다 늦게 시작했지만, 당시에는 초조하지 않았다. 고등학교 동급생들이 대학에 진학하거나 전문학교에 들어가거나 취직하는 등의 진로를 결정하듯, 나도 비슷한 느낌으로 연수회에 들어갔다.

목표는 다르지만, 동창생들과 한자리에 모이는 건 즐거웠다.

성인식 때는 엄청 들떴고, 뭔가 일이 있을 때마다 모여서 잡담을 했다.

하지만 대학에 들어갔던 동급생들이 사회인이 되기 시작했을 즈음부터…… 나는 조금씩 그들과 말이 잘 통하지 않는 듯한 느낌을 받았다.

연애도, 결혼도, 취직도 경험하지 않고 장기에만 빠져 있었던 나는 어느새 홀로 남겨지고 만 것이다.

『케이카는 지금 뭐 해?』

그 질문을 받는 게 무서워서, 나는 아무 말 없이 입가에 미소를 머금은 채 구석에 앉아 있었다. 비참했다.

"벌써…… 스물다섯 살이구나……."

이 나이가 될 때까지 어린애처럼 꿈만 좇았던 나 자신이 부끄러웠다.

내가 거부했던 당연함을 손에 넣은 다른 이들이 부럽고, 그런 생각을 한다는 걸 인정하는 게 분하고, 한심해서…….

가슴속이 타들어가는 것처럼 아픈 것은 기름진 음식 탓도, 독한 술 탓도 아니다.

술렁거리는 마음을 안고 집으로 돌아온 나는 그 마음을 질질 끌며 일요일에 열린 예회(例會)에 참가하고…… 참패했다.

▲ 쿄바시 던전

『다음은, 쿄바시. 쿄바시입니다──.』

"사부님? 여기서 내릴 거죠?"

"……."

"사부님!"

"우왓?! 왜, 왜 그래?"

"쿄바시에 도착했어요."

"뭐?!"

나는 허둥지둥 자리에서 일어났다. 금방이라도 문이 닫힐 것만 같았다.

"아, 아차! 아이, 빨리 내리자!"

목욕도구를 손에 들고 아슬아슬하게 열차에서 내리자, 제자는 의아한 표정을 지으며 나에게 물었다.

"사부님, 왜 그러세요? 좀 얼이 나간 것 같아요……."

"응? 아…… 딱히 아무 일도 없어. 좀 피곤한 것뿐이야."

"그럼 목욕탕에 가서 피로를 풀죠!"

아이는 환하게 웃으면서 처음 온 역 건물 안을 걷고 있었다. 하지만…… 나는 아까 통화가 계속 신경 쓰였다. 케이카 씨에게 무슨 일이 생긴 걸까? 전화도 안 받는데…….

북쪽 개찰구를 통과하고 오른쪽으로 돌아서자── 아이는 놀라움과 흥분으로 뒤섞인 환성을 질렀다.

"와아……!! 여, 여기는 대체 어디죠?!"

"재미있지? 역과 연결되어 있는 상점가야."

눈앞에는 오래된 아케이드 상점가…… 아니, 술집 거리가 있었다.

"우와아~…… 이렇게 어둑어둑하고 너저분한 장소는 처음 봐요! 마치 동굴 같아요!"

"하하…… 그래?"

나는 초등학생의 솔직담백한 표현을 듣고 무심코 쓴웃음을 지었다.

거의 관광지가 된 신세카이와 달리, 이곳 쿄바시의 상점가는 옛 오사카의 분위기가 진하게 남아 있다. 이곳이야말로 진정한 디프(deep) 오사카다.

하지만 요즘은 치안도 좋아졌고, 역 반대편에는 깔끔한 주택가도 펼쳐져 있으며, 젊은 여성과 학생도 잔뜩 있다. 애니메이트도 있다.

"앗! 혹시 저기가 사부님이 가려는 목욕탕인가요?!"

던전 같은 아케이드를 따라 걷고 있을 때, 아이가 반짝반짝 빛나고 있는 간판 하나를 손가락으로 가리켰다.

『어른의 헬스랜드 ~찌찌탕~』

윽.

"아니…… 저기, 거기는…… 목욕탕이, 아니야……."

"예? 그럼 저쪽에 있는 『유부녀 온천 ~뜨끈한 걸 좋아해~ 인가요?"

"거기도 아니야! 이, 이쪽이야!"

나는 제자의 손을 잡아끌면서 퇴폐업소가 모여 있는 곳을 지나갔다.

"……여기야."

네온사인과 간판으로 화려하게 꾸며진 다른 가게와 달리, 이 건물은 목조 2층 건물로 된 낡고 수수한 가게다.

아이는 현관 앞에 걸린 천에 적힌 글자를 읽었다.

"싱, 글, 벙, 글, 탕?"

"그래. 『싱글벙글 탕』이야."

천을 걷으며 지나가자, 오래간만에 만난 지인의 얼굴이 눈에 들어왔다.

"안녕, 아스카 양. 마에스트로는 2층에 있어?"

"……."

카운터에 서 있던 여자애는 입을 쩍 벌린 채 아무 말 없이 나를 쳐다보고 있었다.

5초 정도 지나자 드디어 반응을 보였다. 그녀는 앞머리에 가려져 있던 눈을 크게 떴다.

"야, 야이……?!"

"아, 응. 야이치야. 쿠즈류 야이치. 장기 기사지. 기억해?"

"으……!! 으……!!"

여자애는 격렬하게 고개를 끄덕였다.

"그런데, 아버님은 2층에 계셔?"

"으……!! 으……!!"

또 격렬하게 고개를 끄덕였다. 그러다 목 디스크 걸릴 거야.

"그럼 어른 한 명과 어린애 한 명 계산해 줘."

"……."

카운터에 있는 아스카 양이 요금을 손가락으로 가리켰다. 다른 목욕탕보다 비싸지만, 실은 이유가 있었다.

"아버지는 언제 돌아오셨어? 이번 달 들어서?"

"……."

"그렇구나. 마침 잘됐네."

"……."

삶은 문어처럼 새빨개진 아스카 양의 얼굴을 보아하니, 대답을 기대하면 안 될 것 같았다.

"목욕은 나중에 하고, 2층에서 좀 놀게."

나는 그렇게 말하면서 제자를 데리고 계단을 올라갔다.

"사부님…… 저 여자 분과 아는 사이예요?"

"이 목욕탕집 딸이야. 아는 사이이기는 하지만, 말수가 적은 애라 이야기는 나눈 적이 거의 없어."

"……귀여운 사람이네요."

"그래?"

"……사부님의 지인 중에는 여자가 많은 것 같아요."

"그렇지 않아. 아이가 여자애라서 여자만 기억하는 거잖아?"

"……모지리."

왜 화내는 거지……?

하지만 아이의 분노는 오래가지 못했다.

"이건…… 음악?"

2층에서 피아노 소리가 들려왔다. 아이는 그 아름다운 선율에 정신이 팔린 것이다.

아이는 2층에 도착하더니, 눈을 치켜뜨며 깜짝 놀랐다.

"자…… 장기도장이잖아요?! 목욕탕에?! 게다가 음악……?"

아이가 말한 것처럼, 이곳 『싱글벙글 탕』의 2층에는 꽤 널찍한 장기도장이 있다.

도장 안에서는 재즈 음악이 연주되고 있었으며, 인테리어 또한 재즈바 같은 느낌이다.

그리고 이 불가사의한 가게의 주인이 바로——.

"마에스트로."

"……야이치구나."

도장 구석에서 피아노를 연주하고 있는 검은색 양복 차림의 남성은 나른한 눈길로 나를 쳐다보았다.

《휘젓기의 마에스트로》—— 오이시 미츠루 옥장(玉將).

A급 재위 12기, 타이틀 획득 6기를 자랑하는 최정상 프로 중 한 명이자, 칸사이 장기계뿐만 아니라 전 세계 장기 팬의 절반이 숭배하는 존재다.

"오래간만이에요, 마에스트로. 반년 만인가요?"

"네가 용왕이 된 후로 만나지 않았으니까…… 그래. 벌써 그렇게 됐군."

"또 큐슈까지 호마행(護摩行)을 갔죠? 덕분에 내가 골치 아픈
일을 떠맡게 됐었다고요."

"제자를 받으라는 건 말이냐? 회장의 부재중 전화가 있었는
데…… 지금 네 옆에 있는 애냐?"

"아, 이 애도 저의 제자지만 그 애는 아니에요……."

오이시 씨는 대국 때 이외에는 거의 연맹에 오지 않을 뿐만 아
니라 연구회와 VS도 하지 않는 외톨이 늑대이기에 장기계의 일
에 대해 잘 알지 못한다. 아이에 대해서도 모르는 것 같았다.

"뭐, 앉아라."

《휘젓기의 마에스트로》는 건반에서 손가락을 떼면서 자리에
서 일어나더니, 비어있는 장기판 앞자리를 나에게 권하면서 이
렇게 말했다.

"모처럼 왔으니, 가볍게 휘저어 주지."

◻ 휘젓기의 마에스트로

"오이시 씨가 연습 장기를 두자고 하다니, 별일도 다 있네요."

바라마지 않던 상황이 벌어지자, 나는 기뻐하면서 각행(角行)
의 길을 터 줬다.

"한동안 안 뒀거든……. 그래서 확인해 보고 싶더라고."

"뭘요?"

"내 실력이 무뎌진 건 아닌지, 그리고——."

오이시 씨는 구겨진 담뱃갑에서 구부러진 담배 한 개비를 꺼내더니, 그것을 손가락으로 펴고 불을 붙인 후에 이렇게 대답했다.

"용왕의 실력을 말이야."

후수인 마에스트로는 각행(角行)의 길을 튼 후, 5열의 보(步)를 전진시키고 비차(飛車)를 중앙으로 옮겼다. 내 실력을 시험하기 위해 자신의 최강 전법을 쓰려는 것이다.

각행(角行)의 길을 터 주는 공격적인 몰이비차——『싱글벙글 중비차』를.

""YEAH!!""

오이시 씨가 싱글벙글 중비차를 펼친 순간, 지금까지 조용히 대국을 지켜보고 있던 이 도장의 손님들이 환성을 질렀다.

몰이비차는 원래 방어적인 전법이다.

하지만 이 싱글벙글 중비차는 반대다. 적이 방어진을 완벽하게 형성하기 전에 공격하는 것을 목적으로 하는 화려한 전법을 중비차라고 하는 누구나 본능적으로 두고 싶어 하는 형태로 표현한 것이다. 그런 싱글벙글 중비차는 약 전세계 절반에 이르는 장기 팬들 사이에서 절대적인 인기를 자랑한다.

그 절반이란 바로——『몰이비차 파』다.

나를 비롯한 앉은비차 파가 압도적으로 많은 프로 기사들 중에서, 오이시 씨는 A급 기사 및 타이틀 보유자 중에서 유일한 순수 몰이비차 파다.

　그 실적 때문에《몰이비차 파 총재》라고 추앙받고 있으며, 경쾌하면서도 화려하고, 섬세하면서도 다이내믹한 그 장기는 보는 이들을 매료시킨다.

　악단을 지배하는 지휘자의 지휘봉처럼 비차(飛車)를 휘두르는 것만으로 장기판 위를 지배한다……. 지휘자를 의미하는 마에스트로라는 별명은 그런 오이시 씨의 기풍 때문에 붙은 것이다. 본인은 클래식보다 재즈를 좋아하지만 말이다.

　"흐음? 용왕의 실력을 확인하고 싶다…… 그럼 저도 전력을 다하죠!"

　나는 그렇게 말하면서 싱글벙글 중비차에 대한 앉은비차 측의 최선의 수를 뒀다.

　"『초속(超速)』이라. 훗…… 확실히 성가시긴 하지."

　오이시 씨는 담배를 끼운 손가락을 이마 근처로 들어 올리면서 중얼거렸다.

　『초속』이란── 말 그대로 엄청난 스피드로 은(銀)을 투입해서, 중앙으로 이동한 상대방의 비차(飛車)를 봉쇄하는 전법이다.

　내 목적은 지극히 간단하다.

　앉은비차 파답게, 비차(飛車)가 있는 오른쪽에 공격진을, 옥(玉)이 있는 왼쪽에 방어진을 구축한 후, 두 진을 이용해 적을 눌러버린다!

　당초의 목적대로, 나는 오이시 씨의 비차(飛車)를 봉쇄하는데 성공했다. 필승의 포진을 만든 것이다.

"⋯⋯해냈나?!"

"그렇지도 않아."

"허세 부리지 마세요⋯⋯. 이제 손쓸 방법이 없을 텐데요?"

"⋯⋯맛보여 주지."

오이시 씨는 자신만만하게 웃더니, 담배를 잡은 손가락을 봉쇄당한 비차(飛車)를 향해 뻗으며 중얼거렸다.

"휘젓기를 말이야."

다음 순간, 믿기지 않는 일이 벌어졌다.

이 대국을 지켜보고 있던 모든 이들이 무심코 외쳤다.

""비————.""

""비차를 버렸어?!""

그렇다.

내가 비차(飛車)를 봉쇄했다고 확신한 순간, 오이시 씨는 그 비차(飛車)를 버렸다.

"어엇?! 이, 이런 수가⋯⋯?! ⋯⋯아니야, 이건——!!"

느닷없이 돌격한 비차(飛車)를

본 순간, 나는 오이시 씨의 목적을 이해했다.

내 진형은 오이시 씨의 비차(飛車)를 봉쇄한다는 목적에 따라 만들어진 것이다.

그러니 그 비차(飛車)가 사라진다면, 목적을 잃은 진형은 무너지고 만다.

그렇게 될 것이다. 이론상으로는 말이다.

"하지만…… 보통은 이런 짓을 안 한다고요!"

"기분이 날아갈 것 같지?"

그 후에는 마치 마법이 펼쳐진 것 같았다.

마에스트로는 비차(飛車)만이 아니라 각행(角行)도 버리더니, 소마만으로 내 옥(玉)을 잡았다.

끝나고 보니, 나는 필승을 확신한 국면부터 몇 수 두지도 않고 완패하고 말았다.

"이것이…… 휘젓기……!"

"훗. 아무래도 감각은 녹슬지

휘젓기

© shirabi

않은 것 같군."

갤러리들은 마에스트로를 향해 박수갈채를 보내고 있었다.
"브라보~!!" "앙코르~!!" 하며 장기도장답지 않게 시끌벅적
했다. 가장 앞에서 보고 있던 아이 또한 열심히 박수를 치고 있
었다. 어이어이(쓴웃음).

하지만…… 분하기는 해도 제자의 심정이 이해가 됐다.

츠키미츠 회장님도 오이시 씨의 휘젓기에 철저하게 당한 후,
신음하는 듯한 목소리로 이렇게 말했다고 한다.

『감각을 파괴당했다』——고 말이다.

그리고 누구보다…… 이 예술적인 휘젓기를 맛본 내가 이 장
기에 감동했다.

역시…….

역시, 이 사람이야말로——!!

"……오이시 씨!"

"음?"

"부탁이 있어요."

태어날 때부터 앉은비차 파. 사부님도, 그리고 사부님의 사부
님도, 그리고 사부님의 사부님의 사부님도 앉은비차 파.

제자를 비롯한 문파 전원이 앉은비차 파이며, 앉은비차 전법
을 구사해서 장기계 최상위 타이틀인 『용왕』을 사상 최연소로
따낸 나는 불구대천의 원수인 몰이비차 파의 일인자를 향해 장
기판에 이마가 맞닿을 정도로 고개를 숙이며 외쳤다.

"저한테………… 몰이비차를 가르쳐 주세요!!"

♟ 몰이비차

"예엣?! 사, 사부님…… 몰이비차 파가 될 건가요?!"

내 말에 가장 먼저 반응한 사람은 바로 아이였다.

박수를 멈춘 그녀는 새파랗게 질린 얼굴로 그렇게 외쳤다.

"마, 맙소사……! 사부님은 항상 몰이비차를 『불리비차』라고 불렀잖아요! 그렇게 불완전한 전법을 쓰는 사람의 속내를 알 수가 없다고요!"

"으윽?! 자, 잠깐만, 아이――."

"『몰이비차 파는 장기 발전에 따라가지 못해서 손가락 운만 믿으며 대충 두기만 하는 불쌍한 인종』이라면서요?! 저는 사부님이 몇 번이나 그렇게 말하기에, 절대 몰이비차에게 져선 안된다고 생각하며 지금까지 열심히 장기를 뒀는데……!"

"아이! 쉬잇~!! 쉬이이잇――――!!"

아이가 방금 말한 것처럼, 나는 몰이비차를 무시하는 발언을 한 적이 있다. 하지만…… 몰이비차 파의 총본산인 이곳에서 그런 소리를 하는 건 *코시엔의 한신 응원석에서 거인을 응원하는 거나 다름없다. 사, 살해당할 거야……!

도장에 있던 장기 팬들(몰이비차 파 당원 여러분)은 용왕인 나를 향해 적의가 담긴 시선을 보내며, 소곤소곤 대화를 나누고

---

* 일본 프로야구 센트럴 리그의 팀 이름. 코베-오사카 일대를 홈으로 삼는 '한신 타이거즈'와 도쿄를 홈으로 삼는 '요미우리 자이언츠'를 말한다. 코시엔 구장은 한신 타이거즈의 홈구장.

있었다.

"……쿠즈류라면, 어릴 적부터 앉은비차 일변도였지?"

"그래. 초등학생 명인전에서도 앉은비차로 우승했고, 장려회에서도 앉은비차였어……."

"성적 취향도 로리 일편단심인 것 같네……."

"그래. 성적 취향도 말이야……."

장기 부분은 얼추 옳다. 장기 부분만 말이다.

"……저는 항상 앉은비차 파였어요. 지금까지 수많은 몰이비차를 상대해 왔고, 몰이비차 파는 적이라고 생각해 왔죠……. 몰이비차를 멸종시킬 생각으로 대책을 연구하기도 했어요."

나는 폭탄 발언을 연이어 토하고 있는 제자의 입을 막은 채, 자신이 몰이비차를 두려고 생각한 이유를 설명했다.

"하지만! 인원이 압도적으로 많은 앉은비차 파가 그렇게나 연구해도, 몰이비차 파는 멸종되지 않았어요! 그러니 몰이비차에는 앉은비차에 없는 무언가가 분명 있을 거예요! 나는 그걸 제 것으로 만들고 싶어요! 마에스트로처럼 되고 싶다고요……!!"

앉은비차 파와 몰이비차 파 사이의 골은 깊다.

사저는 네 살 때 처음으로 만난 오이시 씨에게 "네가 오이시지?" 하고 반말로 말한 후, 겸사겸사 이런 말도 입에 담았다.

"우리 사부님을 괴롭히지 마!! 몰이비차 따위 이 세상에서 사라져버려!!"

사부님은 깜짝 놀랐고, 마에스트로는 쓴웃음을 지었다.

아무리 당시에 우리 사부님이 여러 기전(棋戰)에서 오이시

와 맞붙어서 졌다고 해도, 본인을 향해 이런 소리를 하다
……. 옆에서 보고 있던 당시 여섯 살인 나조차 질려버렸다.
저는 어릴 적부터 두려움을 몰랐다.

그런 불행한 일이 벌어졌지만, 오이시 씨는 나와 사저에게 상
했다. 아마 딸과 비슷한 또래이기 때문이리라. 1층에 있던 아
카 양은 나와 동갑이다.

그러니 내 부탁을 받아줄지도 모른다.

그렇게 생각하며 부탁을 해 봤지만——.

"……흠, 하고 싶은 말이 뭔지는 이해했어."

"아! 그럼——."

"그래서? 내가 왜 너한테 몰이비차를 가르쳐 줘야만 하는 거
지?"

"그, 그건…… 저기, 물론 기브 앤드 테이크로서, 저도 앉은
비차 측의 최신 전법을 가르쳐드릴 테고…… 연구 파트너로
서……."

"파트너? 내 휘젓기에 제대로 당해버린 녀석이 말이냐?"

"윽……!"

"게다가 야이치. 너 또 나타기리에게 졌다면서?"

"……예."

"한 번도 이기지 못했지?"

"……예."

"한심하군……. 나타기리 따위는 우리 세대에서는 엄청 약해
빠졌던 녀석이라고."

나타기리 씨는 서른여덟 살, 오이시 씨도 서른여덟 살이다.

두 사람은 같은 세대이지만 출세 속도와 실적은 매우 차이가 난다. 오이시 씨는 20대에 A급에 올라가 타이틀을 획득했지만, 나타기리 씨는 작년에 겨우 A급에 승격했다. 타이틀전도전자가 딱 한 번 됐을 뿐이다.

그것도 충분히 대단한 경력이라고 생각하지만, 칸토와 칸사이의 경쟁심 때문인지 오이시 씨는 나타기리 씨에게 엄격했다.

"용왕이나 되어서 그딴 녀석에게 지지 마라. 그렇게 재능 없는 녀석…… 나는 장려회의 3단 리그에서 몇 번 붙었는데, 한 번도 지지 않았다고."

죄송해요. 저는 이미 세 번이나 졌어요.

"나타기리는 내가 사라진 후에야 겨우 프로가 됐어. 그 녀석한테는 내 싱글벙글이 항상 제대로 먹혔거든."

"그게 뭐 어쨌다는 거죠?! 사부님은 용왕이에요! 가장 세다고요!! 그딴 괴상한 이름의 몰이비차 전법 따위는 이쪽에서 사양이에요!"

입을 막고 있던 내 손에서 벗어난 아이는 "푸하." 하고 숨을 들이마시더니, 엄청난 기세로 말을 쏟아냈다. 어어어어이?!

"저기, 아이…… 나는 가장 세지도 않고, 몰이비차를 배워야만——."

"왜요?! 사부님은 지금 이대로도 최강이잖아요! 사부님의 서로 걸기는 무적이에요! 몰이비차 따위 필요 없다고요!! 제 말이 맞죠?!"

"아이……."

이 애는 용왕전에서 내 『서로 걸기』를 보고 장기에 매료되었다.

그래서 항상 첫수는 비차(飛車) 앞의 보(步)를 똑바로 전진시키는 전법…… 즉, 앉은비차에 집착했다.

내 장기를 동경하기 때문이다. 나를 『최강』이라고 굳게 믿기 때문인 것이다.

그 마음은 정말 기쁘다. ……하지만, 그 집착은 버려야 한다.

"……아이는 선수가 되면 어떤 수를 둘 거야?"

"서로 걸기예요!!"

"후수가 되면?"

"서로 걸기예요!!"

"그럼 아이가 서로 걸기를 완벽하게 터득해서 『서로 걸기는 선수 필승』이라는 결론에 도달했다고 치자."

"만세~! 선수가 되면 무적이겠네요!!"

"하지만 후수가 되면 반드시 질걸?"

"……예?"

깡충깡충 뛰면서 만세를 하던 아이가 움직임을 멈췄다.

"사, 사부님! 큰일 났어요! 후수 때 둘 전법이 없어요!!"

"그리고 아이는 선수필승의 결론이 난 전법을 후수 때 받아 줄 거야?"

"예? 그야 당연히 받아주지 않………… 아얏?!"

"눈치챘어?"

"사, 사부님! 큰일 났어요!! 선수 때 둘 전법도 없어요!!"

"그래. 선수필승이라는 결론이 난 순간, 후수가 된 상대가 그 전법을 어떻게든 피하려고 할 거야. 그러니 그 필승전법이 장기판 위에서 펼쳐질 일은 없어. 즉,『필승』이라는 전법은 현실에서 거의 의미가 없는 거야."

"프로의 세계는 혹독하네요……."

"낭만이라고는 눈곱만큼도 없지?"

남자라면 누구라도, 유일한, 그리고 궁극의 필승전법을 터득하고 싶다고 한번은 생각할 것이다.

하지만 그런 전법을 손에 넣은 순간, 프로의 세계에서 그것은 아무짝에도 쓸모없는 것이 된다.

그리고 최강이 된 줄 알았던 그 남자는 유일한 무기를 빼앗기고 가장 약한 존재로 전락하고 마는 것이다.

"그러니 단 하나의 전법만 추구하는 스페셜리스트가 되는 건 위험해. 적어도 최정상급 기사 중에는 그런 타입이 적어."

장기의 전법에는 유행과 쇠퇴가 있으며, 그 사이클은 꽤 짧다.

봄에 유행한 전법 덕분에 연전연승을 하던 기사가 여름에는 전혀 이기지 못하게 되는 일 또한 비일비재했다.

"나는 선수일 때는 서로 걸기, 후수일 때는 한 수 버리기 각교환을 즐겨 쓰지만, 둘 다 상대가 피하려고 마음먹으면 얼마든지 피할 수 있어. 그래서 내가 컨디션이 좋을 때는 상대가 피해버리고, 나쁠 때는 역공을 당하고 말아. 특기 전법의 종류가 너무 적은 거야."

야구와 마찬가지다.

아무리 뛰어난 강속구와 날카로운 슬라이더를 지녔더라도, 그것만 던져대다간 상대의 눈이 투구에 익숙해지고 마는 것이다.

　"단판승부인 토너먼트에서라면 어떻게든 해 볼 수 있을지도 몰라. 하지만 이제부터는 장기계 최대의 리그전…… 순위전도 시작돼. 내가 소속된 C급 2조는 단 한 번도 지지 않고 이겨야 승급할 수 있을 만큼 혹독한 클래스야. 써먹을 수 있는 카드는 하나라도 더 많은 편이 좋을 거야. 그것도 상대의 의표를 찌를 수 있는 비장의 카드라면 더 좋겠지."

　"그래서…… 몰이비차인가요?"

　"그래. 앉은비차 일변도였던 내가 몰이비차를 둘 수 있게 된다면 그것만으로도 상대방의 허를 찌를 수 있을 뿐만 아니라──."

　"몰이비차는 끝내주지!"

　묵묵히 이야기를 듣고 있던 오이시 씨가 갑자기 끼어들었다.

　"앉은비차에는 패턴이 세 개뿐이야. 망루 타입, 각교환 타입, 그리고 공중전 타입 중 하나를 둘 수밖에 없어."

　오이시 씨는 손가락을 세 개 세우면서 설명했다. 참고로 공중전이란 서로 걸기나 횡보잡기처럼 비차(飛車)와 각(角)이 날아다니는 장기를 말한다.

　"하지만 몰이비차는 달라! 중비차, 삼간비차, 사간비차, 맞비차, 이렇게 네 패턴이나 있지. 즉, 이미 앉은비차의 패턴을 초월한 거다!"

　"오오?!"

아이의 눈이 반짝이기 시작했다.

"게다가! 몰이비차의 싸기는 『미노 싸기』와 『동굴곰』, 이렇게 두 개나 존재해! 이것과 아까 말한 네 패턴을 조합하면 총 여덟 패턴! 앉은비차의 두 배 이상이지!!"

"오오오!!"

아이는 몰이비차에 완전히 매료됐다.

"그뿐만 아니라! 각을 교환할지 말지로 전개가 크게 달라지니 8 곱하기 2로 열여섯 패턴! 그리고 몰이비차에는 아직 미개척 대륙인 『서로 몰이비차』가 존재하지! 이걸로 몰이비차의 패턴은 총 열일곱 종류!! 앉은비차의 약 여섯 배나 되는 종류가 존재하는 거다!!"

"사부님! 몰이비차는 정말 끝내주네요! 가능성이 무한대예요!!"

"어이어이어이. 잠깐만. 이상하잖아."

나는 세뇌당할 뻔한 제자를 현실로 되돌려놓았다. 완전 엉망진창인 이론이잖아…….

"그렇게 분류한다면 앉은비차에는 망루, 각교환, 한 수 버리기 각교환, 서로 걸기, 횡보잡기, 이렇게 다섯 패턴에다가 현존하는 수많은 싸기를 곱할 수 있다고요."

"오…… 오오~?"

아이는 혼란스러운지 고개를 좌우로 갸웃거리면서 『?』 같은 자세를 취했다. 귀여워라.

"결국…… 앉은비차와 몰이비차 중에 뭐가 더 좋은가요."

"그야 당연히 앉은비차야." "물론 몰이비차지."

내 목소리와 오이시 씨의 목소리가 겹쳤다.

나는 견제하는 듯한 시선을 오이시 씨와 교환하며 "어험." 하고 헛기침을 한 후, 제자의 의문에 답해 줬다.

"……중요한 건 앉은비차와 몰이비차 중 뭐가 더 뛰어난가, 가 아니야. 양쪽 다 둘 수 있는 사람이 최강이라는 거지."

"양쪽 다……? 하지만, 그런 게——."

"가능해."

나는 힘차게 단언했다. 내가 목표로 삼아야 할 형태를 명확하게 이미지할 수 있었다.

"적어도, 그게 가능한 사람이 현재 장기계에서 최강의 자리를 차지하고 있어."

"최강? 최강은 사부님…… 용왕 아닌가요?"

"나 따위는 발끝에도 미치지 못해. 나만이 아니라, 역사상의 그 어떤 장기 기사도 그 사람에게는 범접할 수 없어."

"그게…… 누구죠?"

"명인."

내가 프로 기사가 되기 25년 전, 사상 세 번째 중학생 기사로서 장기계에 나타나…… 순식간에 정점에 도달한 천재.

일곱 개의 타이틀을 전부 제패했고, 지금도 다수의 타이틀을 보유하고 있는, 누구나 최강이라 인정하는 존재.

"앉은비차와 몰이비차, 둘 다 두는 건 확실히 어려워. 간단하다면 누구나 다 할 거야……. 하지만, 실제로 그걸 할 수 있는 사람은 극소수야. 프로 중에서도 손꼽히는 재능과 피를 토하는 수련이 필요할 거라고 생각해. 내가 해낼 수 있을지는 알 수 없어. 하지만——."

그게 『최강』에 도달하는 길이라면…….

자신의 『벽』을 깨기 위한 방법이라면, 강해지기 위한 방법이라면…….

앉은비차든, 몰이비차든, 그 어떤 전법이든 완벽하게 둘 수 있는 기사가——.

그 사람 같은 최강의 존재가——.

"나는 올라운더가———— 되겠어!!!"

내가 그렇게 선언하자, 오이시 씨는 어이없다는 듯이, 도장에 있던 손님들은 어안이 벙벙한 표정으로 나를 쳐다보았다. 『올라운더가 된다』는 것은 그만큼 어려운 꿈이다.

결심했다고 해서, 이룰 수 있을 거라는 보장은 없다. 그저 뻔뻔하기만 한 결심일지도 모른다.

하지만 그 결심을 현실로 바꿀 사람은 바로 나 자신이다. 전부 나한테 달려 있는 것이다.

그리고 그 결의를, 용기를 다진 건…… 엄청난 속도로 강해져 가는 제자를 곁에서 지켜보고 있기 때문일지도 모른다.

그런 아이는…….

"사…… 사부님………… 멋져요……♡"

내가 올라운더가 되겠다고 선언하자, 아이는 발그레해진 볼에 두 손을 댄 채 넋을 잃고 나를 쳐다보았다.

"그, 그래? 역시 멋진 거야?"

"좋아요! 아이도 사부님처럼 올라운더가 될래요!!"

제자는 강아지처럼 순진무구하게 내 뒤를 따르려 했지만, 곧 불안한 표정을 지었다.

"아, 하지만……몰이비차는 어떻게 두면 되나요?"

"뜨거운 하트만 있으면 얼마든지 몰이비차를 둘 수 있어."

오이시 씨는 힘찬 목소리로 그렇게 말했다. 우와. 몰이비차, 정말 멋지네…….

"흥미가 있다면 몰이비차를 배워 보겠니? 원한다면 가르쳐 주마."

"정말인가요?!"

마에스트로가 그런 제안을 하자, 아이는 눈을 반짝였다. 자, 잠깐만요~!

"저, 저기, 오이시 씨?! 내가 가르쳐 달라고 했을 때는 거절했으면서——."

"네가 몰이비차를 두면 남들은 '요즘 잘 안 풀리나 보네.' 하고 생각하겠지만, 이렇게 귀여운 여자애가 몰이비차를 둔다면 몰이비차 보급에 도움이 될 테지. 그게 진정한 기브 앤드 테이크야. 꼬마 아가씨, 이름이 뭐니?"

"히나츠루 아이, 초등학교 4학년이에요! 연수회 D1이고요!"

"아이, 구나……. 좋은 이름인걸. 이 세상의 절반은 *사랑이지……."

히나츠루 아이의 이름은 일본어로 사랑을 뜻하는 아이(愛)와 발음이 같다.

"남은 절반은 뭐로 되어 있는데요?"

"그야 물론 몰이비차지."

앉은비차는 어디 간 걸까.

"꽤 기운이 넘치는 애인걸. 오사카 출신이야?"

"아뇨. 이시카와현의…… 와쿠라? 였나? 아무튼 거기 있는 온천여관을 운영하는 내외의 딸이에요. 작년 용왕전 최종국을 치른 곳인데, 그걸 계기로 장기를 두게 되어서――."

"와쿠라 온천…… 그리고 히나츠루?"

오이시 씨의 표정에서 여유가 사라졌다.

"히나츠루라면, 바로 그『히나츠루』냐?! 일본 제일의 온천여관이라 불리는 그 히나츠루?!"

"그런 것 같아요."

"어이어이…… 그런 곳의 아가씨가 왜 너 따위의 제자가 된 건데……?"

"이야, 어째서일까요? 어쩌다 보니?"

나도 어쩌다 이런 상황이 벌어진 건지 몰라서 종종 혼란스럽다고.

"용왕전 최종국이면 크리스마스 무렵에 치렀지? 그때 장기를 시작해서 벌써 연수회 D1이 되었다고? 농담이지?"

"아, 진짜예요. 이 애, 장기를 익히고 석 달 만에『도교(圖巧)』를 풀었거든요. 그것도 독학으로요."

"도교라면…… 장기 묘수풀이의『장기도교』말이야? 야이치, 좀 말이 되는 농담을――."

"아이."

"예~."

"수비, 8일옥, 8일향, 8삼보, 7사각, 9사금. 공격, 5이비, 5삼마. 잡은 말은 은."

"5사마, 6삼은, 8이은, 동향, 6삼마, 동각. 8이은이에요."

"윽?! 바, 방금 그걸 머릿속으로 순식간에…… 푼 거냐?"

오이시 씨만이 아니라 이 자리에 있던 모든 이들이 아이를 쳐다보며 입을 쩍 벌렸다. ……어느새 2층에 온 아스카 양도 깜짝 놀란 듯한 반응을 보이고 있었다.

내가 지금 아이에게 낸 장기 묘수풀이는 『대도(大道) 장기 묘수풀이』라고 불리며, 간단히 말해 함정 문제 같은 것이다. 몇 수 걸리지 않는 문제지만 장기 실력자도 푸는 데 고생하는 문제인 것이다.

그런 문제를 이렇게 어린 여자애가 순식간에…… 그것도 머릿속으로 간단히 풀어버렸으니, 놀라지 않는 게 무리일 것이다.

"……."

오이시 씨는 마음을 진정시키려는 듯이 담배에 불을 붙이더니, 그것을 몇 번 빨았다.

"흐음…… 그래. 그런 건가…………. 좋아."

그리고 자신의 딸을 힐끔 쳐다보며 뭔가를 납득한 것처럼 고개를 끄덕인 후, 담배의 불을 끄더니 나와 아이를 쳐다보며 입을 열었다.

"야이치."

"예."

"나도 이제부터 A급 순위전이 시작되기 때문에 꽤 바쁘다. 승부 감각을 되찾기 위한 스파링 파트너도 필요하고, 목욕탕과 장기도장 영업을 도와줄 우수한 인재 또한 필요하지. 그리고 몰이비차 보급에 도움이 될 장래가 유망한 젊은이라면 정말 탐이나. 그러니 아르바이트로 고용할까 한다."

"예? ……아르바이트?"

"그래. 근무 내용은 전반적인 목욕탕 업무와 장기 도장 도우미지. 이 근무 내용에 납득한다면 고용해 주마."

"타, 타이틀 보유자를 아르바이트 취급하겠다는 거예요?!"

"아니, 내가 고용하는 건 어디까지나 아이 양이야."

"예?! 그럼 저는요?!"

"너는 덤이다."

"으~……."

사부 체면이 말이 아니네.

"군소리하지 마. 수행이라면 너희 둘 다 철저하게 굴려 주겠어. 2주 정도면 비차가 옆으로 움직이지 않기만 해도 마음이 진정되지 않을 정도로 완벽한 몰이비차 파로 만들어 주지. 아, 그리고——."

""그리고?""

《휘젓기의 마에스트로》는 동시에 되물은 나와 아이를 번갈아 쳐다보더니, 씨익 웃으면서 이렇게 말했다.

"돈은 안 줘도 되지?"

　　△ B

""푸핫~!""

나와 아이는 동시에 우유병에서 입을 떼면서 크게 숨을 내쉬었다.

"참…… 장기를 두고 나서 하는 목욕은 정말 각별하다니깐."

"과일 우유, 진짜 맛나요~♡"

그 후, 아이와 함께 오이시 씨와 연습 장기를 실컷 둔 나는 1층 목욕탕에서 오늘 하루 동안 쌓인 피로를 풀었다. 그리고 현재 제자와 함께 우유를 마시고 있다.

"그건 그렇고…… 사부님~."

"응~?"

"왜 목욕탕 2층에 장기도장이 있는 건가요?"

"나도 자세한 건 모르지만…… 에도 시대의 목욕탕은 대부분 2층 건물이었고, 그 2층에서 장기나 바둑을 두는 게 일반적이었다더라고."

"이 가게는 그렇게 오래된 곳인가요?!"

"뭐, 건물은 바뀌었겠지만 말이야."

그래도 오사카에서 손꼽힐 정도로 오래된 목욕탕이자 장기도장인 것은 틀림없다.

"오이시 씨는 철이 들기 전부터 여기서 손님들 상대로 장기를 됐고, 그때부터 지금까지 쭉 몰이비차로 승부를 해 왔어. '아마추어가 흉내 내지 못하는 장기를 프로가 돼서 뭘 할 건데?' 같은 소리를 하면서 말이야."

아마추어가 있기에 프로가 있다는 생각을 가지고 있는 오이시 씨는 '남들에게 보여 주기 위한 몰이비차를 둔다.' 라는 말을 입버릇처럼 입에 달고 살았다. 그런 생각이 그 화려하고 다이내믹한 휘젓기로 이어진 것이다.

자신의 미학을 추구하는 모습에, 팬들은 더욱 열광했다.

"그런데, 오이시 씨의 몰이비차는 어땠어?"

"엄청났어요! 마치 마법 같았다니까요! 수를 전혀 읽을 수가 없었어요! 갑자기 비차나 각이 『부웅~!』 하고 날아오더니, 어느새 방금까지와는 전혀 다른 장기가 되어있더라니까요……. 대체 뭐가 어떻게 된 건가요?!"

"아마 눈에 보이는 게 전혀 다를 거야."

"예?"

"앉은비차는 자신이 이상적으로 생각하는 진형이 완성될 때까지 상대방과 격돌하지 않도록 신중하게 장기를 두지만, 몰이비차는 휘젓기── 즉, 빨리 상대방과 격돌해서 말을 맞바꿔가면서 국면을 진행하는 거야. 그러면 장기말이 워프를 해."

"워프?"

"잡은 말은 자기가 두고 싶은 곳에 둘 수 있잖아? 원래라면 여러 수를 둬야만 장기말을 이동할 수 있는 장소에도 바로 옮길 수가 있는 거야. 게다가 방금까지는 가지고 있지 않았던 말을 말지. 그렇게 되면——.”

“앗! 국면이…… 완전히 달라지겠네요?!”

“그래. 몇 수 두지도 않았는데 국면이 완전히 달라지는 거야.”

장기말 교환이 이뤄지면, 국면이 기하급수적으로 복잡해진다.

당연히 수를 읽는 것 또한 상상을 초월할 정도로 어려워지는 것이다.

“종반이 되면 장기말을 뺏고 빼앗기면서 많든 적든 이런 부분이 발생하지만…… 휘젓기를 메인으로 삼는 몰이비차는 중반 단계에서 전혀 다른 국면을 만들어. 그러니 장기말을 잡은 후를 상상해야만 해.”

“장기말을 잡은 후…… 말인가요~.”

“하지만 다양한 수를 둘 수 있는 중반에서 그런 부분까지 읽는 건 무리야. 장기는 겨우 아홉 수만에 11조 6천억 패턴으로 나뉘거든.”

“예엣?! 십…… 11조~?!”

“열 수째는 328조 패턴이나 돼. 그걸 읽는 건 절대 무리야.”

만화를 보면 장기기사가 서반 단계에서 상대의 몇 십 수 앞까지 읽으면서 ‘크크크…… ○○번째 수에 장군이다!’ 같은 엄청 멋진 선언을 하는 장면이 있지만, 그건 현실에서는 불가능하다. 그리고 그런 대사를 진지하게 입에 담는 사람은 아유무뿐일 것이다.

“그러니 몇 수 앞까지 읽을 때는 정확하게 읽는 것보다 『대국관(大局觀)』을 사용해서 감각적으로 『이런 식으로 되지 않으려나~?』하고 느껴야 해."

"대, 국……관?"

"뭐, 간단해 말하자면 『감(感)』 같은 거야. 하지만 그건 장기를 두면서 쌓아온 방대한 경험을 통해서만 기를 수 있어."

예를 들자면, 숙련된 장인이 감에 의지해서 기계보다 정확히 작업을 해내는 것에 가깝다.

"앉은비차 파와 몰이비차 파는 전혀 다른 장기를 두니까, 지금까지 경험한 국면 또한 달라. 그러니 대국관도 다른 거야. 몰이비차 파는 앉은비차보다 다양한 수를 두는 만큼, 이론보다 감각이 날카로운 기사가 많다는 인상이 있어."

"와아…… 몰이비차는 대단하네요. 엄청 심오해요……."

"하지만 아이는 빨리 몰이비차를 마스터해야 해. 안 그러면 연수회에서 이기지 못하게 될걸?"

"예?! 왜요……?"

"연수회 클래스가 올라갈수록 장기말을 떼고 『접장기』를 두게 돼. 아이는 지금까지 한 수 위의 사람들과 장기를 둘 때 상대방이 장기말을 뗐지? 하지만 이제 아이가 장기말을 떼고 두게 될 거야. 구체적으로 설명하자면 왼쪽에 있는 『향차』를 떼게 되는데——."

아이는 지금까지도, 실력적으로 하수인 상대와 대마를 떼고 대국을 둔 경험이 있다.

하지만 연수생…… 그것도 실력이 거의 차이 나지 않는 상대와 핸디캡을 안고 싸우게 되는 것은 지금까지 경험한 접장기와는 차원이 다를 정도로 어렵다.

"향차가 없으면 가장자리가 반드시 뚫리잖아? 그러니 향차를 대신해 비차를 이동시켜서 약점을 커버하는 방식으로 싸워야만 해."

"앗! 그건…… 몰이비차네요?!"

"그래. 그러니까 이참에 아이가 몰이비차의 감각을 익혀 줬으면 해."

그리고 어차피 몰이비차를 배울 거라면 최고의 교사를 붙여주고 싶다. 그래서 나는 아이를 이곳에 데리고 온 것이다.

아, 맞다. 연수회 하니 생각난 건데——.

"그런데 아이. 오늘 연수회에서 뭔가…… 특이한 일은 없었어?"

"특이한 일, 요?"

"저기, 예를 들자면…… 케이카 씨에게 무슨 일이 있었다거나——."

"윽……!!"

짐작이 가는 구석이 있는지, 방금 목욕을 해서 달아올랐던 아이의 얼굴이 순식간에 얼어붙었다.

그리고 표정이 점점 어두워진 아이는…… 쥐어짜는 듯한 목소리로 이렇게 말했다.

"…………케이카 씨한테…… 『B』가 붙었어요…….."

"뭐?!"

『B』란—— 『강등점』을 말한다.

열 번의 대국에서 2승 8패 이하의 성적을 내면, 이 『B』가 붙는다.

그리고 또 한 번, 2승 8패 이하의 성적을 내면…… 강등되고 만다.

3승 3패를 하면 『B』에서 벗어날 수 있지만, 벗어날 때까지는 승급도 할 수 없다는 제한이 걸린다.

즉, 반쯤 강등을 당한 상태인 것이다. 안 그래도 연령 제한이 코앞까지 다가온 케이카 씨가 B까지 붙었다는 말을 듣기만 했는데도 가슴이 욱신거릴 지경이었다…….

케이카 씨가 우리를 만나지 않으려고 하는 심정도 충분히 이해가 됐다.

"케이카 씨…… 엄청 침울하던데…… 괜찮을까요?"

"뭐…… 엘리트라도 한 번은 B가 붙기 마련이야."

"사부님도 그랬던 적이 있나요?"

"물론이지. 나도 장려회에서 B가 붙은 적이 있어……. 그 고통은 잊을 수가 없을 정도야."

떠올리기만 해도 당시의 고통이 머릿속에서 생생하게 되살아났다.

진 것도 분하지만, 자신이 약해지고 있는 느낌이 들어서 자신감을 잃어버리는 것이 가장 괴로웠다.

이제 자신이 평생 위로 올라가지 못하는 것은 아닐까…… 그런 생각이 들며 너무 괴로운 나머지, 장기판을 끌어안고 운 적도 있었다.

"아마 지금의 아이와 비슷한 나이였을 거야. 내가 향차를 떼고 두는 접장기에서 전혀 이기지 못했지. ……그 때문에 슬럼프에 빠져서……."

"사부님도 접장기 때문에 괴로워했던 거예요?!"

"그래. 나는 항상 앉은비차 파였거든. 그러니 아이는 향차를 떼고 두게 되었을 때 괴로워하지 않았으면 좋겠어."

케이카 씨는 확실히 걱정됐다.

하지만 나는 사부로서, 제자를 최우선으로 생각해야만 한다.

그리고 프로 기사로서, 자기 자신을 갈고닦는 것을 게을리 할 수는 없다.

게다가 무엇보다…… 자신의 힘으로 다시 일어서지 못한다면, 설령 여류기사가 되더라도 케이카 씨는 장기 세계에서 살아남지 못할 것이다.

남은 우유를 단숨에 마신 후, 나는 제자의 머리에 손을 얹었다.

"아이, 힘내자."

"예! 사부님~!!"

♟ 인형의 결의

"긴코, 갑작스럽게 불러내서 미안해."

"괜찮아. ……무슨 일이야?"

연수회에서 B가 붙고 이틀 후, 나는 자택의 방에서 긴코와 대면했다.

아버지…… 사부님이 대국을 치르기 위해 연맹에 갔으니, 현재 이 집에는 나와 긴코, 둘뿐이다.

나는 단도직입적으로 본론에 들어갔다.

"일전의 연수회에서…… B가 붙었어."

"……그랬구나."

긴코는 놀라지 않았다. 결과를 알고 있었던 것이리라.

"C2에 올라오고 이길 때도 있고 질 때도 있었지만, 요즘 들어서는 전혀 이기지 못했어……. 그래서 긴코와 좀 상의하고 싶어. 나에게는 이제 물러설 곳이 없거든──."

여류기사가 되기 위해 연수회에 남아 있을 수 있는 것은 스물일곱 살까지다.

스물일곱 살 생일이 있는 달의 마지막 날까지가 타임 리미트인 것이다.

나는 현재 스물다섯 살이며, 생일 이후로 일곱 달이 지났다. 즉, 남은 시간은 1년 반도 채 되지 않는다.

연수회는 2주에 한 번 있고, 하루에 장기를 네 번 둔다.

1년 동안 장기를 108번 두며, 1년 반이면 대략 160번은 둘 것이다.

6연승을 하면 클래스가 올라갈 수 있으니, 아직 기회는 얼마든지 있는 것처럼 보인다.

하지만…… 나는 7년 동안이나 연수회에 있었다.

C1으로 올라갈 기회도 있었다. 스물한 살 때다.

나는 그 기회를 놓쳤다.

자신의 실수에서 비롯된 역전패를 당하고 만 것이다.

『금방 또 기회가 찾아올 거야!』

당시에는 그렇게 긍정적으로 생각할 수 있었다.

『대학교에 들어간 동급생들이 졸업하는 스물두 살까지는 여류기사가 될 수 있어!』

그렇게 될 가능성을 믿어 의심치 않았다.

하지만 나에게 찾아온 것은 기회가 아니었다. 지금까지 단 한 번도 경험한 적이 없는 슬럼프였다.

한 번 무너지자, 어떻게 다시 스스로를 추슬러야 할지 감조차 오지 않았다. 세 번이나 강등당할 위기에 처했고, 네 번째에 결국 강등됐다.

C2에서 D1으로 강등된 것이다——.

『……이제, 무리야.』

이때, 나는 스물네 살이었다.

스물두 살은 예전에 지났으며, 연령 제한이라는 말이 현실미를 띠기 시작한 것이다.

한편, 예전에 함께 살았던 남자애는 중학생 프로 기사가 되었다. 그리고 예전에 함께 살았던 여자애는 여류기사 뿐만 아니라 타이틀 보유자까지 되었으며, 사상 첫 여성 프로 기사의 계단을 한 걸음씩 성큼성큼 걸어 올라가고 있었다.

여전히 앞으로 나아가지 못하는 나를 내버려둔 채, 누구나 밝디 밝은 세계를 향해 날갯짓을 하며 날아가고 있었다. 학창시절 동급생들은 다들 취직했고, 결혼했으며, 새로운 세계에서 자신의 인생을 살고 있었다.

『이제 포기할 거야? 포기하고 나면…… 뭘 할 건데……?』

정신을 차리고 보니, 나는 돌이킬 수도 없는 지경에 있었다.

무인도에 홀로 남겨진 기분이 들었다. 하늘을 올려다보니, 비행기를 타고 머나먼 곳으로 날아가는 야이치 군의 모습이 보였다. ……그는 장기계의 정점에 섰다.

나는 타성에 젖은 채 계속 장기를 뒀지만, 그래도 스물다섯 살 생일을 맞이했을 즈음에는 다시 C2로 올라왔다. 그리고 이번이 마지막 기회라고 생각하며 필사적으로 공부했다.

뛰어난 프로의 기보를 공부했고, 정석서를 암기하며 최신 전법도 익혔다. 짬만 나면 장기도장에 가거나 인터넷으로 장기를 뒀다. 내가 둔 장기는 전부 기보로 기록했고, 장기 프로그램을 돌려서 좋았던 수와 나빴던 수를 찾았다.

『더 이상은 못해! 평생 지금보다 더 장기 공부를 열심히 한 적은 없어!』

가슴을 펴고 그렇게 말할 수 있을 정도로 노력했다.

노력하고, 노력했다. 자신에게 주어진 시간을 전부 장기에 바치기라도 한 것처럼 노력한 것이다.

그리고 현재—— 승급은 고사하고, 다시 강등의 위기를 맞이했다.

"이기지 못하는 것도 괴롭지만…… 아무리 노력해 봤자 한 걸음도 앞으로 나아가는 느낌이 들지 않는 게 너무 괴로워. 내가 지금 어디를 향해 걸어가고 있는지…… 그것조차 모른 채 계속해 봤자 의미가 없다는 생각 때문에 장기에 집중할 수가 없어…….”

　나는 가슴속에 쌓여 있던 나쁜 공기를 전부 토해버리듯 긴코에게 쉬지 않고 말을 늘어놓았다. 긴코는 아무 말 없이 내 이야기를 듣고 있었다.

　내가 이렇게 초조한 이유는 『이기지 못한다』는 사실 이외에도 하나 더 있었다.

　바로 아이 양이다.

　용왕에게 재능을 인정받고, 내가 7년이나 걸려서 온 길을 순식간에 뛰어오른 소녀.

　그 아이를, 그 아이의 재능을…… 나는 질투하며, 짜증을 느끼고 있었다.

　“내 장기를 어떻게 생각해? 왜 이기지 못하게 됐다고 생각해? 나와…….”

　나는 마른 침을 삼킨 후, 가슴속 깊은 곳에 쌓여 있던 거무튀튀하고 흉측한 감정을 토해내듯, 이렇게 말했다.

　“나와 아이 양은 뭐가 그렇게 다른 거야? 그걸 가르쳐 줬으면 해.”

　“…….”

　긴코는 대답하지 않았다. 그저 괴로운 표정을 지으며 잠시 고개를 숙였다.

　그 표정만 보고도, 대답의 절반 이상을 이해할 수 있었다.

　하지만 나는 약해 빠졌기에 말해 주지 않으면 이해할 수 없다.

『어쩌면 나한테도 재능이 있지 않을까?』 같은 근거 없는 소망
에 매달리고 만다. 그러니——.

"긴코, 말해 줘."

"케이카 씨……."

"솔직하게 말해 줬으면 해."

"……."

긴코는 금방이라도 울음을 터뜨릴 것 같은 표정을 지었다.

하지만 내 심정이 확고하다는 걸 눈치챈 긴코는 내 눈을 똑바
로 쳐다보면서 말했다.

"예전보다 명백하게 약해졌어."

"윽……!"

"스스로도 알고 있지? 케이카 씨의 장기에는 심이 없어. 정석
과 유행을 흉내 내기만 하는, 알맹이가 없는 장기야. 자신의 주
관 없이 타인의 의견을 통째로 암기해서 장기를 두고 있기 때문
에, 정석에서 조금이라도 벗어나면 아무것도 하지 못해. 그러
니 하나도 무섭지 않고, 지금까지 쌓은 게 없으니 강해질 수도
없어. 지식은 없지만 거침없이 장기를 뒀던 스무 살 즈음이 더
강했을 거야."

"…………."

각오는 했지만…… 눈시울이 뜨거워지는 게 느껴졌다.

가장 아픈 부분을 정확하게 찔렸다. 그런 심정이었다.

"그 꼬맹이는 정석에 대한 지식이 없어. 하지만 그렇기 때문
에 전부 스스로 생각해. 그래서 한 수 한 수가 찬란히 빛나는

야. 수를 둘 때마다 경험을 쌓으면서 강해지고 있어."

"……나도 알아."

"케이카 씨……."

"알아. 내 장기가, 남 흉내에 불과하다는 걸……. 내 장기가 남의 옷을 억지로 입은 인형에 불과하다는 걸……."

거짓말이다.

어렴풋이 눈치채고 있었지만, 그 사실에서 계속 눈을 돌렸다. 그런 걸 '안다'고 말할 수는 없을 것이다.

하지만 이렇게 말하지 않는다면, 보잘것없는 버팀목^{자존심}마저 박살이 나면서, 내 마음은 꺾이고 말 것이다.

"앞으로 1년…… 아니, 반년 후면 나는 아이 양의 발치에도 미치지 못할 거야. 그건 알아."

같은 연수생이라도 재능의 차원이 다르다.

주위의 반응을 보면 알 수 있다. 히나츠루 아이 양과 야샤진 아이 양에 대한 주위의 기대가 얼마나 큰지를 말이다. 재능이 없는 나 또한, 기보를 보면 두 사람이 얼마나 엄청난 재능을 지녔는지 알 수 있다.

"그래도 지금은 이길 수 있어. 서반에 확보한 리드를 유지한 상태에서 실수를 범하지 않으면서 마지막까지 둔다면――."

"무리야."

"윽……!"

"케이카 씨의 현재 실력으로는 무리야. 서반에 우위에 서더라도, 종반에 반드시 역전당하고 말 거야."

"그 정도야……?"

그 정도로, 나는 약해진 거야?

그 정도로…… 아이 양은 강해진 거야?

"그래…………. 이미, 그 정도로…… 내 장기는, 썩어버린 거구나……."

"……."

"긴코. 부탁 하나만 해도 돼?"

"뭔데?"

"나와 연구회를 가져 줬으면 해."

연구회는 단순한 친목 모임이 아니다.

장기 기사의 관계는 기브 앤드 테이크로만 이뤄진다. 한쪽이 일방적으로 베풀기만 하는 관계는 추하기 그지없으며, 올바른 장기 세계에서는 그런 관계가 용납되지 않는다.

그래도 나는 이 순간, 그걸 원했다.

"부탁해, 긴코. ……아니, 소라 선생님."

나는 손으로 바닥을 짚으면서 고개를 숙였다.

지금까지 여동생처럼 여겨왔던 소녀를 처음으로 『선생님』이라고 불렀다.

"한 달만이라도 좋아요. 딱 한 달 동안만, 선생님의 시간을 저에게 주세요. 그래주신다면, 저는 제 남은 평생을 선생님에게 바치겠——."

"그만해!"

긴코는 금방이라도 울음을 터뜨릴 것 같은 표정으로 내 말을 막았다.

"그만해……. 왜 그런 소리를 하는 거야? 케이카 씨를 위해서 라면, 나는 당연히 뭐든 할 거야. 그런데 왜 그런 소리를 하는 건 데?!"

"…………고마워, 긴코. 그리고 미안해…….."

이런 식으로 부탁하면, 이 애는 분명 거절하지 못할 것이다. 이건 그런 추하디 추한 타산적인 생각에서 비롯된 퍼포먼스다.

어쩌다 이렇게 되어버린 걸까?

이렇게 추해진 스스로를 돌아보며, 그리고 꿈과 너무나도 멀 어진 현실을 실감하며, 나는 쓴웃음마저 지었다.

한 번도 이런 사람이 되고 싶다고 생각한 적이 없었는데…….

2이시 아스카

나 이	17세
출 신 지	오사카부
좋아하는 것	톤페이야키
	북극의 아이스캔디
특 기	전반적인 목욕탕 일

자, 자, 장……

△ 목욕탕 훈련

드디어 『싱글벙글 탕』에서의 몰이비차 수행이 시작됐다.

"용왕! 커피 우유 줘!"

"빨리 장기를 두자고, 용왕!"

"예~! 잠시만 기다려 주십시오~."

도장에서는 벌써 『용왕』이라는 별명(?)이 붙었으며, 사방팔방에서 마구 부려먹히고 있었다.

이 가게에 모인 손님들은 하나같이 뼛속까지 몰이비차 파이며, 앉은비차 파의 타이틀 보유자는 증오와 모멸의 대상에 지나지 않는다. 진짜 적진 한가운데에 있는 기분이다.

장기계에서 절대적인 인기를 자랑하는 명인조차…….

"우리 선생님인 마에스트로의 장기계 제패를 방해하는 악당 두목."

"앉은비차 파 주제에 몰이비차도 두는, 최신 전법만 주워 먹는 자식."

"몰이비차 파보다 몰이비차 승률이 높은 쓰레기."

……같은 소리를 듣고 있다. 최종 보스 취급인 것이다.

하지만 평소부터 오이시 씨의 지도를 받아온 손님들인 만큼,

다들 수준 높은 몰이비차 파였다. 다른 도장과는 휘젓기의 수준 자체가 달랐다.

사실 타이틀 보유자는 지도대국을 하면 안 되지만, 이 가게는 경영자 본인이 타이틀 보유자이고 손님들의 실력도 상당하기에, 나도 부담을 가지지 않고 맞장기를 뒀다.

지역 대표급 실력인 사람들도 있으며, 아마추어 사이에서 엄청나게 유행 중인 중비차 왼쪽 동굴곰 같은 것은 프로보다 훨씬 연구가 철저하게 되어 있었다. 배울 점이 많네.

무엇보다 진심으로 몰이비차를, 특히 중비차를 좋아한다는 게 상대방이 두는 수에서 느껴졌다. 그런 장기는 두는 이들의 마음을 즐겁게 해준다. 싱글벙글하게 만드는 것이다.

나와는 전혀 다른 발상을 접하다 보니, 신기하게도 몰이비차뿐만 아니라 앉은비차의 새로운 수도 머릿속에 떠올랐다. 그래서 나는 되도록 도장에서 손님들과 장기를 뒀다. 요즘 지는 일이 늘어나서 일주일에 7일이나 놀 때도 많으니 얼마든지 아르바이트를 할 수 있다고(눈물).

"어서 오세요~. 아, 신발장 열쇠는 저희가 맡아두겠습니다~."

목욕탕 영업시간이 되면 1층 카운터를 담당했다.

기본적으로 오이시 씨는 보일러를 담당하기 때문에 카운터에 서지는 않았다.

"나는 전 세계에서 유일하게 보일러 기사 자격증을 지닌 A급 기사거든."

그게 오이시 씨의 입버릇이다. 무슨 소리인지 모르겠지만, 오이시 씨 멋져요~.

아무튼, 나는 카운터를 맡았다.

『*카운터』. 그곳은 바로…… 남자의 꿈!

나는 어릴 적부터 프로 기사가 되는 것만 생각하며 지금까지 일편단심 장기 인생을 살아왔지만, 그런 나조차도 초등학생 때 썼던 『장래희망』이라는 작문에…….

『내 장래희망은 프로 장기꾼이에요. 그리고 언젠가 명인이 되고 싶어요. 만약 그게 무리라면 목욕탕 카운터에 서고 싶어요. 이유는, 여자 알몸을 실컷 볼 수 있기 때문이에요.』

……하고 썼다가 사부님에게 칭찬을 들었고, 사저는 한동안 나와 한마디도 나누지 않았다.

"그 꿈이…… 드디어……!!"

처음으로 카운터에 선 날, 나는 몰래 눈물을 흘렸다. 프로가 됐을 때도 눈물을 흘리지 않았는데…….

그런 환희의 눈물은 곧 슬픔의 눈물로 변했다.

"……사부님? 방금 엉큼한 눈길로 손님을 쳐다봤죠?"

"윽!! 그, 그런 적 없거……든?"

"……제가 지켜보고 있다는 걸 잊지 마세요."

그렇다. 제자가 나를 감시하고 있었다.

아이는 초등학교 수업이 끝나자마자 바로 이곳으로 와서 목욕탕 일을 했다. 역시 온천여관집 외동딸답게 이런 쪽 일은 완벽

---

* 일본에서는 목욕탕 카운터를 보는 사람을 반다이(番台)라고 하는데, 과거에는 관습적으로 남녀탕 탈의실 바로 앞에 카운터가 있어 그 자리에서 돈을 받거나 탕에 들어가 일했다.

게 해냈다. 아이는 키요타키 사부님이 운영하는 장기 도장의
일을 도운 적도 있기에 도장 쪽 잡일도 능숙했다. 내 감시 또한
완벽했다. 무섭다.

밤이 되자, 학교 지정 체육복과 반바지를 입은 아스카 양이 미
안해하는 듯한 표정으로 목욕탕에 얼굴을 비췄다.

"수, 수고 많으세요……. 카운터는 제가 볼게요……."

"아, 응. 부탁해."

"저기…… 식사, 준비해 왔으니까…… 아이 양과 같이 쉬세
요……."

고등학생인 아스카 양은 학교가 끝나고 돌아오면 우선 집안일
을 한다. 그리고 집안일을 마치면 카운터를 보러 온다. 우메다
근처에서 놀기나 하는 날라리들과는 다르게 정말 좋은 애다.

"저, 저기…… 저녁 식사…… 별건, 아니지만……."

나는 아스카 양이 만들어온 요리를 보고 환성을 질렀다.

"오!『톤페이야키』네!"

"톤페이야키~?"

아이는 이 음식의 이름을 처음 들어보는지 고개를 갸웃거렸
다.

"오코노미야키의 사촌 같은 거야. 돼지고기와 채소를 볶은 다
음, 오므라이스처럼 달걀로 감싸는데, 간은 소스나 파래, 가다
랑어포 같은 걸로 해."

"그런 요리도 있나요?! 오사카는 정말 엄청나네요!"

"토, 톤페이야키는…… 전국 어디에나…… 있는 건…… 아

니구나……!"

아스카 양은 충격을 받은 것 같았다. 톤페이야키는 칸사이 지방 요리입니다.

나는 제자와 함께 따끈따끈한 톤페이야키를 먹었고──.

"윽?! 저……정말 맛있어요!"

아이는 생전 처음으로 톤페이야키를 맛보고 충격을 받은 것 같았다.

"맛은 오코노미야키와 비슷하지만…… 식감이 아주 달라요. 달걀이 이렇게 보들보들한데도, 씹는 맛이 있다니…… 정말 익 아빠진 요리예요! 진짜 최고라고요!"

"맞아. 오므라이스 같지만, 맛이 강렬해서 만족스럽다니깐."

"보들보들~ ♪"

아이는 톤페이야키가 입에 맞는 것 같았다.

"케이카 언니의 오코노미야키도 맛있지만, 아스카 씨의 톤페이야키도 엄청 맛있어요!!"

"……그래."

케이카 씨의 오코노미야키…… 먹고 싶네…….

그 전화 이후로, 케이카 씨와는 아직 이야기를 나누지 않았다.

나는 지금껏 신경이 쓰였다. ……하지만, 원인이 원인인 만큼 나나 아이가 말을 걸어 봤자 역효과만 날지도 모른다. 뭔가 좋은 계기가 있으면 좋겠지만…….

내가 고민에 잠겨 있는 사이, 아이와 아스카 양은 사이좋게 이야기를 나눴다.

"아스카 씨, 아스카 씨! 톤페이야키를 만드는 법을 가르쳐 주세요!"

"가, 가르쳐 주는 건 괜찮은데…… 아이 양은 요리도 할 줄 알아……? 아직 초등학교 4학년인데……?"

"예! 다음에는 제가 카나자와 카레를 맛보여드릴게요!"

"마……맛있을 것, 같네……."

그거 너무 맛있어서 사람이 죽을 지경이야(실화).

"아, 아이 양은…… 대단하네. 요리도, 목욕탕 일도 잘하고…… 장기 실력도 좋잖아……."

"아스카 씨야말로 대단해요! 이렇게 맛있는 톤페이야키를 만들 수 있잖아요."

"이, 이런 건…… 아무나 다 만들 수 있어……."

아스카 양은 자조적인 목소리로 그렇게 말하더니, 눈앞에 있는 초등학생을 향해 선망에 찬 시선을 보내며 말을 이었다.

"나도…… 노력하면, 아이 양처럼 될 수 있을까……?"

"반대예요! 저야말로 아스카 씨한테 배워야 한다고요."

"나, 나 같은 건…… 한참…… 멀었어……."

"그렇지 않아요. 아스카 씨가 한참 멀었다면, 우리 사부님은 여자 손님을 엉큼한 눈길로 쳐다볼 줄이나 아는 아무짝에도 쓸모없는 인간이라고요."

어라? 아이, 나한테 화난 거야?

아무래도 이야기가 불온한 방향으로 흘러가는 것 같았기에, 나는 허둥지둥 화제를 다른 쪽으로 유도했다.

"아, 아스카 양은 부활동 같은 건 안 해? 가끔은 친구들과 같이 놀고 싶지 않아?"

"저, 저기…… 저는………… 그런 건, 딱히…….."

아스카 양은 그렇게 말하더니, 새빨개진 얼굴을 숙이면서 말을 이었다.

"제, 제가………… 하고 싶은…… 건……."

"하고 싶은 건?"

"으, 으음…… 하, 하고 싶은 건…… 자, 자…… 자…….."

자?

"저, 저기! ………………아무것도, 아니에요…….."

아스카 양은 앞 머리카락을 앞쪽으로 내려서, 얼굴을 가리고 말았다.

《휘젓기의 마에스트로》의 몰이비차 지도는 목욕탕과 도장 일 틈틈이, 마에스트로의 마음이 내켰을 때 돌발적으로 이뤄졌다.

"귀찮군. 둘 다 한꺼번에 덤벼."

""예!""

나와 아이는 동시에 고개를 숙인 후, 풋풋한 몰이비차로 오이시 씨에게 도전했다.

프로에게 있어 이런 대접을 당하는 것은 굴욕 그 자체다. 처음에는 나도 열 받았고, 예전부터 몰이비차를 둘 준비를 해 왔기에 한 방 제대로 먹여 줄 작정이었다.

하지만 한 방 제대로 먹은 사람은 바로 나였다.

"사…… 상대가 안 돼……."

"당연하지. 나는 물이 뜨겁다는 것 말고는 아무런 장점도 없는 대중목욕탕 몰이비차거든. 올라운더 같은 소리나 지껄여대는 스파 목욕탕 몰이비차에게 질 수는 없다고."

잘은 모르겠지만, 오이시 씨 멋져요.

내가 아이와 함께 몇 번을 덤비든, 마에스트로에게 한 방 먹이지 못했다. 실전에서 엉망진창으로 당했고, 감상전 때는 완전히 자근자근 밟혔다.

"정석에 의지하지 마라! 손가락 끝에서 흘러나오는 감정을 장기판에 표현하는 게 바로 몰이비차다! 싱글벙글 중비차는 재즈 필링이라고! 생각하지 마! 느껴!!"

질책을 당했다.

"각을 지키지 마! 몰이비차 파에게 각은 표적이 되기만 하는 걸림돌에 지나지 않아! 그딴 건 일찌감치 적에게 줘버려!!"

질책을 당했다.

"공격이 너무 묵직해! 좀 더 가볍게 휘저어! 손해는 개의치 마! 각을 빼앗기면서 자신의 싸기가 너덜너덜해진 대신, 상대방의 옥을 잡는 게 바로 궁극의 휘젓기다!!"

질책을 당했다.

"미지근해! 더 뜨겁게! 피부가 얼얼할 정도로 뜨거운 몰이비차를 둬! 너희가 왜 목욕탕에서 수행하는 건지 알기는 하는 거냐?! 펄펄 끓는 물로 세수라도 하고 와!!"

그리고 또 질책을 당했다.

나는 프로 기사다. 그것도 사상 최연소 타이틀 보유자다.

몰이비차의 정석 또한 대부분 기억하고 있다.

하지만 그런 나조차도 몰이비차의 생명인 『휘젓기』의 감각을 잡는 게 쉽지 않았으며, 하루가 멀다 하고 질책만 당했다…….

그리고 주말에는 이 목욕탕에 묵으면서 일하게 됐다.

"휘젓기의 진수를 익히는 데 꼭 필요한 훈련…… 그건 바로 목욕탕 청소다!"

"……수상쩍은 소리네요~."

"잔말하지 마, 야이치. 나는 그런 방식으로 강해졌어. 타일 청소용 대걸레를 휘두르는 법은 몰이비차의 휘젓기와 일맥상통하지."

수상해……. 하지만 덕분에 마에스트로와 대화를 나눌 귀중한 시간이 늘어났다.

손님이 다 빠진 후, 물을 뺀 욕탕을 다 같이 청소하면서, 나와 오이시 씨는 입과 머리만으로 연구회를 가졌다.

서로가 장기 부호만으로 대화를 나누고 있을 때, 옆에서 우리의 대화를 듣고 있던 아스카 양이 대화가 잠시 중단된 틈에 이렇게 말했다.

"저, 저기………… 대단……하네요……."

"뭐?"

"저기…… 보지도 않고, 장기를……."

"아, 머릿속 장기판 말이야? 그렇게 대단한 것도 아니야. 아이도 할 수 있지?"

"예~!"

자신의 키만 한 대걸레를 누구보다 능숙하게 휘두르던 아이는 청소를 하면서 힘찬 목소리로 대답했다. 그야말로 물 만난 고기 같았다.

아스카 양은 그런 아이를 존경 어린 눈길로 쳐다보면서 말했다.

"저기………… 그게 어떤 식으로, 보이나요……?"

"머릿속 장기판 말이야? 으음, 사람마다 다 달라. 꿈과 마찬가지로 컬러풀하기도 하고, 흑백이기도 해. 오이시 씨는 어때요?"

"나는 실제 장기판과 거의 비슷하고, 배경도 보여. 하지만 곳곳이 흐릿하지. 한번에 장기판 전체가 다 보이지는 않아. 너는 어때?"

"저도 컬러이긴 한데, 장기말은 검은색 문자로 되어 있어요. 처음에는 전체가 보이다가 본격적으로 격돌하기 시작하면 네 개로 분할된 그림처럼 되는데…… 그게 교대로 나오는 느낌이에요."

참고로 사저에게도 물어본 적이 있는데, 《나니와의 백설공주》의 머릿속에 있는 장기판은…….

『장기판은 거무튀튀하면서 흐릿하고, 검은색 장기말이 어렴풋이 보여. 그리고 뭔가가 빠르게 움직이고 있다는 건 알 수 있는 느낌이야.』

……라고 한다. 왠지 무시무시한걸.

"아, 아이 양……은 어때?"

"저는…… 으음………… 아, 장기 묘수풀이의 도면과 비슷해요. 선과 문자로 되어 있고, 흑백이죠. 꽤 확연하게 보여요. 조그마하지만 장기판 전체가 보여요."

"그렇구나. 하긴, 아이는 장기 묘수풀이로 장기를 익혔으니까 그럴만해."

"그럼 자기가 가장 오랫동안 봐온 장기판이 그대로 머릿속 장기판이 되는 것 같군."

오이시 씨는 그렇게 결론을 내렸다. 그럼 거무튀튀하고 흐릿한 장기판이 머릿속에 있는 내 사저는 대체…….

"뭐, 뭐어, 머릿속 장기판의 형태로 장기 실력이 갈리지는 않잖아요. 고가의 장기판이든, 선만 있든, 장기판은 장기판이에요. 누구나 한 개씩 자신의 머릿속에 장기판을——."

"한 개? 여섯 개인데요?"

아이가 그렇게 말하자, 나를 비롯해 다른 세 사람이 어안이 벙벙한 표정을 지었다.

"그리고 사부님이 집에서 연구용으로 쓰는 고급 장기판도 있어요. 그것 말고도 연맹도장의 장기판 두 개가 나란히 놓여 있고, 호주머니 안에는 스마트폰에 표시된 장기판도…… 아! 그리고 태블릿도 있어요! 그러니까, 으음, 전부 다 해서……."

아이는 손가락을 꼽으면서 말했다.

"흑백이 여섯 개, 태블릿, 스마트폰, 사부님의 고급 장기판, 도장 장기판 두 개까지 해서…… 총 열한 개예요!"

"""열."""

열 한 개라굽 쇼?

"하…… 한꺼번에 전부, 머릿속에 떠오르는 거니……?"

오이시 씨는 딸과 마찬가지로 떨리는 목소리로 물었다.

"한꺼번에 떠올리는 건 좀 힘들어요. 이동해야 하거든요……."

아이의 이야기를 자세하게 들어보니——.

아무래도 흑백으로 된 여섯 개 말고는 다른 방에 있고, 그 방들은 순식간에 오고 갈 수 있으며, 스마트폰은 호주머니에 있다고 한다.

머릿속의 자기 자신에 호주머니도 있는 거냐…….

"하지만 흑백으로 된 여섯 개는 한꺼번에 떠올릴 수 있는데요? 다들 그렇지 않나요?"

다들 그렇지 않다고.

나와 오이시 씨와 아스카 양이 동시에 마음속으로 그런 딴죽을 날렸다. 너무 무시무시해서 말이 안 나올 지경이었다.

"그럼…… 실험해 볼까요?"

"그, 그래……."

나와 오이시 씨가 세 개씩 맡아서, 아이와 총 여섯 대국을 동시에 두기로 했다.

우리 머릿속에는 장기판이 하나밖에 없다.

하지만 암기해 둔 정석을 구사하면 장기판 없이도 그 정도는 할 수 있다.

그러나 장기판 없이 암기한 정석을 사용하는 것은 뇌에 상당

한 부담을 준다. 머릿속 장기판이 없는 사람이 맹인 장기를 두
는 거나 마찬가지다.

하지만…….

"으음, 첫 번째는 1이향, 두 번째는…… 6팔금*상, 그리고 세
번째는 3삼비……로 괜찮지? 반칙은 안 했지?"

"나는, 으음…… 첫 번째는 5오보. 두, 두 번째는…… 5일비.
세, 세 번째는…… 세 번째는, 6일보다!!"

"사부님의 첫 번째는 6팔은, 두 번째는 7삼은, 세 번째는 4이
금. 오이시 선생님의 첫 번째는 동(同)보, 두 번째는 동비성(成).
그리고 세 번째는…… 선생님, 아마 보의 개수를 헷갈리신 것 같
아요. 반칙인 이보(二步)를 하셨는데요?"

""………….""

프로 두 사람은 끙끙대면서 중반부터 종반에 걸쳐 장기를 두
고 있는데, 아이는 태연한 표정으로 장기판 여섯 개 몫의 말을
옮기고 있었다. 전혀 부담되지 않는 것 같았다. 그저 자신의 머
릿속에 있는 장기판을 아무렇지 않게 쳐다보고 있는 듯 했다.

장기말을 옮길수록 얼굴이 새파랗게 질려가던 오이시 씨가 나
에게 귓속말을 했다.

"……어이, 야이치. 이 애…… 완전 장난이 아닌데?"

"……저도 그렇게 생각해요……."

내 제자는…… 내 생각보다 더 당치도 않은 애일지도 모른다.

---

* 상(上) : 서로 동일한 말을 동일한 위치로 옮길 수 있을 경우, 어느 말을 옮긴 건지 헷갈릴 수 있다. 그래서 구별을 하기
  위해 뒤에 '상'을 붙인다.

내가 생각한 것보다도 더…… 훨씬…… 말이다.

"…………부러워……."

누군가가 중얼거린 그 말은 넓은 목욕탕 안에서 몇 번이나 메아리쳤다.

♟ 장기별 사람

"머릿속 장기판?"

"응. 어떤 식으로 보여?"

긴코가 그렇게 묻자, 나는 눈을 감고 의식을 집중시켰다.

"……흐릿해. 수를 둘 때마다 안개가 끼는 것처럼 흐릿해져……."

"그럴 거야. 나도 비슷하거든."

우리 집—— 키요타키 가(家)의 2층에 있는 어린이방.

예전에 야이치 군과 긴코가 살았고, 지금은 아이 양이 이 집에 묵을 때 이용하는 이 방에서, 긴코는 나에게 장기를 가르쳐 주고 있다. 이 집에 묵으면서 말이다.

"머릿속 장기판의 선명도는 자신이 현재 수읽기를 얼마나 정확하게 할 수 있느냐에 대한 벤치마크라고 할 수 있어. 그건 장기 재능의 지표이기도 해."

"장기 실력은 뛰어나지만 머릿속 장기판이 그다지 선명하지 않은 사람도 있다던데……."

"장기 실력이 동일하더라도 감각이 다르거든. 예를 들자면 스포츠에는 폼이 어설픈데도 엄청난 기록을 내는 선수와 폼이 정확한 선수는 같은 기록을 내더라도 잠재력이 명백하게 다른 것처럼 보이지? 장기에서도 비슷한 경우가 있어."

거기까지 연이어 말한 긴코는 "휴우⋯⋯." 하고 숨을 돌린 다음, 말을 이었다.

"⋯⋯남자와 여자는 실력이 비슷하더라도 감각이 다르다고 느껴질 때가 있어."

"감각?"

"말로 설명하기 어려운데⋯⋯ 장기를 두다 보면, 수가 전혀 다르게 보이는 것처럼 느껴지는 거야. 한참 전에 한 수 차이가 날 걸 읽고 있었기 때문에, 내가 『여기서?!』하고 경악할 국면에서 방어를 도외시하면서 스피드 승부를 벌이기도 해. 여류기사라면 거기까지 읽지 못하고 대충 두겠지만, 젊은 장려회 회원 중에는 그렇게 두는 사람이 없어."

현재 장려회에 소속된 여성은 긴코 외에도 몇 명 더 있다.

그중에서 유단자는 긴코뿐이다.

그런 긴코가 자신과 같은 장기 실력을 가진 인간일지라도, 남자는 자신과 감각이 다르다고 말했다.

즉, 재능이 다르다는 말이다.

"장려회의 2단이나 3단 클래스가 되면, 눈에 보이는 게 달라지는 거야."

"달라져? 어떻게 말이야?"

"장기말의 움직임이 보이는 거야."

"그건 누구나 마찬가지 아니야……?"

"우리는 말의 위치를 보고, 수를 읽어서 움직임을 확인해. 하지만 젊은 남자 프로나 장려회 고단자는 수를 읽지 않고도 움직임을 파악할 수 있어. 감각적으로 장기말의 기능이 눈에 보이는 거지."

"……저기, 긴코. 미안한데 무슨 말을 하는 건지——."

"그 녀석들은 장기별 사람들이야."

"뭐???"

"우리는 지구인이야. 눈으로 보면서 그걸 생각할 수밖에 없어. 하지만 그 녀석들은 눈으로 보는 것 이외의 정보를 장기판에서 얻어. 다른 감각기관을 가지고 있는 거야. 그러니 수읽기 속도와 국면 탐색의 깊이가 우리와 명백하게 달라……. 아니, 애초에 읽치를 않아. 보기만 해도 알거든."

"…………."

소름이 돋았다.

처음에는 긴코가 이상해진 거라고 생각했다. 장려회에서 목숨을 갉아먹어 가면서 싸우다 정신적으로 이상해지는 사람이 많으니까 말이다.

하지만 그 말이 점점 이해되자…… 이번에는 전혀 다른 종류의 공포가 몰려왔다.

긴코가 한 말이 전부 사실이라면……?

만약 기술이나 경험 면에서의 차이가 아니라…….

생물학적으로 전혀 다른 것이라면……?

그렇다면—— 애초부터 따라잡을 수 있을 리가 없다.

"나를 비롯해, 여류기사 중에 그게 보이는 인간은 없어……. 샤칸도 씨는 예술적인 압박을 펼치며 응수로 상대를 무너뜨리려 했지만, 감각에서 차이가 난다는 느낌은 받지 못했어. 마치 씨도 그런 타입이야. 스피드가 장기인 츠키요미자카 료는 애초에 스피드 자체가 나보다 느리니 거론할 필요도 없어."

나는 긴코가 언급한 엄청난 이름들에 압도당한 나머지 아무말도 하지 못했다.

《이터널 퀸》샤칸도 리나 『여류명적』.

《유린의 마치》쿠구이 마치 『산성앵화』.

《공세의 대천사》츠키요미자카 료 『여류옥장』.

세 사람 다 현역 여류 타이틀 보유자이자, 과거의 역사를 되짚어 봐도 최강이라 불리는 여자 장기꾼들일 것이다.

그리고 그들 모두가 긴코에게 단 한 번도 이기지 못했다.

"하지만…… 사이노카미 이카. 그 녀석만은 전혀 다른 감각을 지녔어. 그 녀석은 보일지도 몰라. 그리고……."

"……아이 양, 말이지?"

"……."

긴코는 아무 말도 없었다. 하지만 그 침묵은 긍정을 뜻했다.

《휘젓기의 벼락》사이노카미 이카 『여류제위』는 텔레비전 방송 대국에서 속기 장기로 프로 기사에게 이긴 적도 있는 인물이다. 아직 고등학생이지만, 재능만이라면 긴코를 능가할지도 모른다는 소문마저 있을 정도의 존재다.

아이 양은 그런 천재와 어깨를 나란히 할 정도의 재능을 지닌 것이다.

아이 양의 재능은 그 정도로 대단한 거야……?

"아무튼, 우리는 장기별 사람이 아니야. 그러니 그 녀석들의 연구와 공부 방법을 모방해 봤자 아무 소용없어."

긴코는 어깨를 으쓱하며 말했다.

"그 녀석들의 최신 연구는 우리에게 독만 돼. 아무리 그게 최신이자 최선의 연구일지라도, 우리 것으로 만들 수 없다면 악수나 다름없어."

"……긴코도 마찬가지인 거야?"

"응. 나는 장기별 사람이 아니거든."

"하지만…… 너무 겸손하게 생각하는 것 아닐까? 긴코는 열네 살에 장려회 2단까지 됐잖아. 재능만으로 본다면 차이가 없을 거라고 생각해."

"나는 장기별 사람이 기른 지구인이야. 같은 언어로 이야기할 수는 있지만, 그래도 가지고 태어난 재능은 달라."

"하지만, 저기…… 장기별 사람?……을 꺾은 적도 있잖아?"

"프로 기사 중에서도 베테랑 기사에게는 내가 감각적으로 공감할 수 있는 부분이 있어. 상대를 압박하거나 응수로 상대를 무너뜨리려고 하거든……. 그런 걸로 젊은 기사들에게 이기기도 하니까, 나는 그런 사람들을 참고해."

"경험으로 이긴다는 거야?"

"그리고 연구해야 해. 연구 없이는 결코 이길 수 없어."

뭐? 하지만 아까…….

"연구는 아무 소용없다며?"

"타인의 연구는 그래. 내가 말하는 건 직접 연구한 결과야. 타인의 연구를 베끼는 게 아니라, 직접 머리를 써서 연구해야 해. 그것 자체가 훈련이 될 거야."

"직접 머리를 써서……."

"장기별 사람은 감각적으로 공격하지만, 감각에 지나치게 의존하는 만큼 연구에 걸려들기 쉬워. 방심도 하거든. 그 점을 노리는 거야."

"서반에 우위에 선 다음, 그대로 응수를 펼쳐서 상대를 무너뜨리면 되는 거야?"

"비슷하지만, 응수는 위험해……. 이상적인 방식은 처음부터 끝까지 계속 공격을 펼치는 거야. 심정적으로도 그편이 편해."

"그게 가능하다면 확실히 이상적이겠지만…….."

즉, 상대가 아무것도 못하게 압승을 거두는 것이다. 내가 과연 그럴 수 있을까.

"그러려면 뭘 하면 되는데?"

"우선 실전을 치러야 해. 그것도 가능하면 연수회와 비슷한 조건에서 하는 게 바람직할 거야. 10초 장기 같은 건 감각을 갈고닦는 거니까, 시간을 들여 가면서 스스로 생각하는 버릇을 들이는 게 중요해."

"그렇구나…….."

나는 대국 횟수를 조금이라도 늘리기 위해 단시간 동안의 VS

나 인터넷 장기를 주로 뒀다.

하지만 그러면 안 되었던 것이다.

"종반에 대비해 시간을 남겨 두는 것도 중요하지만, 제한시간을 다 쓰는 훈련은 더 중요해. 애초에 생각할 재료가 없으면 시간을 쓸 일이 없어. 아무튼 스스로 생각을 하는 버릇을 들여. 언제 어느 때라도 말이야."

"생각…… 응. 알았어."

"그리고 대국 상대의 기보를 분석하는 것은 기본이고, 자기와 비슷한 기풍을 지닌 고단자의 기보를 분석하는 것도 좋을 거야. 생각할 재료를 얻을 수 있거든."

"장기 묘수풀이는 어때? 아이 양처럼 난해한 걸 풀면 종반력이──."

"장기 묘수풀이는 유용해. 하지만 많은 수를 둬야 하는 복잡한 상황은 실전에서 발생하지 않으니까, 짧은 수의 문제를 반복해서 푸는 정도면 충분해. 실전에서 써먹을 수 없는 것에 허비할 시간은 없잖아."

"……"

"하루 동안의 장기 공부를 마친 후, 마지막에 지칠 대로 지친 머리로 다섯 수 묘수풀이를 푸는 연습을 반복하는 거야. 종반 훈련은 그 정도가 딱 좋아."

내 공부법이 차례차례 부정당하고 있다.

그것은 내가 지금까지 투자한 방대한 시간이 『부질없었다』는 것을 뜻하며, 궁극적으로는 내 인생 전체가 부정당하는 것이나 다름없다. 게다가 긴코의 말 하나하나에는 설득력이 있었다.

하지만——.

"저기…… 하나만 물어봐도 돼?"

"뭔데?"

"긴코와 야이치 군은 장기 수행을 본격적으로 시작한 후로 항상 같은 걸 해 왔지? 같은 환경에서 지내며, 누구보다도 서로와 장기를 많이 뒀을 뿐만 아니라…… 처음에는 긴코가 더 강했잖아?"

"맞아."

"그런데, 왜……?"

왜—— 차이가 나고 만 거야? 차이가 났다고 생각해?

아무리 노력해도, 똑같이 노력해도, 그 노력이 보답받는 사람이 있고, 보답받지 못하는 사람이 있다. 왜 그렇게 되는 것인지, 나는 알고 싶었다.

설령 내 노력이 보답받지 못할지라도, 그 이유조차 알 수 없는 건…… 너무나도 잔혹했다.

"……야이치는 장기계에서 사상 네 번째로 중학생 때 프로가 된 기사야. 현재의 3단 리그 제도에서 처음으로 중학생 기사가 된 사람이기도 해. 그리고 사상 최연소로 최고위 타이틀을 땄어. 용왕을 말이야……."

"……."

"야이치의 재능은 분명 장기의 역사 속에서 다섯 손가락 안에 들어갈 거야. 장기별의 왕자님. 그게 쿠즈류 야이치 용왕. 내 사제.”

재능. 역시 그런 걸까.

노력이 보답받는 자와 보답받지 못하는 자를 나누는 기준은 바로 재능인 걸까.

“나는 여자 장기꾼 중에서는 가장 강할지도 몰라. 하지만 설령 그렇다고 해도…… 남자를 포함하면 상위 천 명에도 들어가지 못할 정도의 재능에 불과해.”

긴코의 말에는 겸손이나 과장이 전혀 섞여 있지 않았다. 지극히 정확한 인식이라는 생각이 들었다.

이 아이는 아직 열네 살밖에 안 먹은 여자애다.

원래라면…… 자신은 공주님이 될 수 있을 거라고 믿거나, 엄청난 재능을 지녔을 거라고 믿는…… 그런 꿈을 꿔도 되는 나이인 것이다.

적어도 내가 열네 살일 적에는 근거 없는 자신감에 사로잡혀 밝은 미래만을 꿈꿨다.

하지만 이 애는 끝없는 노력 끝에 『자신에게는 재능이 없다』는 절망적인 대답을 찾아냈고, 또한 그것을 받아들였다.

받아들이고, 절망했으며…… 그러면서도 계속 싸우고 있는 것이다.

너는 왜 이렇게 강한 거니? 나는 그렇게 물었다. 어떻게 하면 그렇게 강해질 수 있는 거니?

“……장기별 사람이 사는 별은 엄청 멀고, 그 별의 공기는 지구인에게 독이야. 거기에 가면 분명 죽고 말 거야. 그래도——.”

긴코는 창밖에 떠 있는 별들을 보면서 문뜩 중얼거렸다.

"나도 그 별에 가고 싶어."

"왜?"

"……분하거든."

——사실은 다른 이유가 있는 거지?

——사실은, 그저 좋아하는 사람과 같은 장소에 서서, 같은 광경을 보고 싶은 거지?

나는 그렇게 말하려다 참았다.

하늘에 떠 있는 별들을 향해 안타까울 정도의 선망이 어린 눈길을 보내고 있는 긴코의 얼굴을 보니…… 그 질문을 던질 필요가 없어진 것이다.

△ 연령 제한

"오늘은 연구회를 못해."

일요일 아침. 연구회를 하기 위해 휴일인데도 불구하고 제자와 함께 죽어라 일하고 있는데, 연구회를 못한다는 말을 듣고 깜짝 놀랐다.

"어, 어째서죠?! ……앗! 호, 혹시…… 일하다 몰래 우유를 마신 거랑 작아진 비누를 집에 가져간 게 들통 난 건가요?!"

"너, 그런 짓도 했어? 알바비에서 뺄 거다."

애당초 알바비를 받은 적이 없거든요?

"그런데 어째서죠? 혹시 다른 볼일이 있는 건가요? 아스카 양의 수업참관 같은 거요."

"연구회가 있어."

"예? ……예엣?! 뭐라고요?! 연구회?!"

"그래. 장려회 회원과 말이야."

"장려회 회원과?!"

"그렇게 놀랄 일도 아니잖아?"

"아니, 하지만…… 오이시 씨는 연구회 같은 걸 안 하는 사람
이라고……."

"뭐, 옛날에는 나도 꽤 삐뚤어져 있었거든. 그래서 '프로가 타
인과 정보를 공유해 봤자 무슨 소용이 있냐고. 연구를 자기 혼
자서 하니까 프로인 거잖아.' 같은 소리를 자주 했지. 훗……
나도 그때는 젊었군."

"자, 잠깐만요! 그럼 저한테도 잡일 시키지 말고 연구회만 해
달라고요!"

"장려회 회원의 유연한 발상은 꽤 자극적이지."

"……용왕의 발상은 자극적이지 않다는 소리인가요?"

마에스트로는 내 말을 듣더니 그저 코웃음을 쳤다. 큭…….

"나와 함께 연구를 하는 애는 말이지. 엄청난 연구가야. 내가
다 질릴 정도라고."

"그, 그 정도예요……?"

오이시 씨가 이런 말을 하는 장려회 회원이 칸사이에 있었
나? 일부러 연구회를 가질 정도이니 칸토 쪽 장려회 회원일지
도……?

싱글벙글 중비차 대책인 『초속! ◼3칠은』을 개발한 사람이 장려회 회원인 것처럼, 지금은 프로조차도 장려회의 정보를 확보하지 못하면 장기를 두지 못하는 시대가 됐다. 고고함을 즐기던 《휘젓기의 마에스트로》도 예외는 아닌 건가…….

　"그러니 오늘은 너희를 상대해 줄 수 없어. 연구회는 안채에서 할 거니까, 너희는 목욕탕과 도장을 마음대로 써도 돼. 미안하지만 너희끼리 알아서 하라고."

　그런고로, 나는 오래간만에 직접 제자의 대련 상대가 되어 주기로 했다. 그리고——.

　""실례합니다~!!""

　목욕탕 입구에는 목욕 세트를 들고 있는 여자 초등학생 네 사람이 줄지어 서 있었다.

　언제나 활기찬 미즈코시 미오 양(초4).

　항상 다소곳한 사다토 아야노 양(초4).

　내 첫 제자인 히나츠루 아이(초4).

　그리고…… 금발 천사, 샤를로트 이조아드 양(초1).

　"다들 어서 와. 목욕 먼저 할래? 아니면 장기부터 둘래?"

　""장기~!!""

　내가 마중을 하면서 던진 질문에 그녀들은 힘찬 목소리로 그렇게 대답했다. 다들 장기를 정말 좋아했다.

　"샤우는! 꺼따란 모욕땅에! 쩌음 와봐써~!"

　샤를 양은 흥분한 건지 아직 목욕탕에 들어가지도 않았는데

볼이 새빨갰다. 온몸이 녹아내릴 듯이 귀엽습니다.

내가 세 사람을 2층에 있는 장기도장으로 안내하자, 아이는 득의만만한 표정을 지으며 설명했다.

"이 도장의 손님들은 전부 몰이비차를 둬!"

"진짜네요! 게다가 중비차만 둬요!"

순수 몰이비차 파인 아야노 양은 안경 너머의 커다란 눈동자를 반짝이며 그렇게 말했다.

"중비차~? 그럼 미오도 연구 중인 몰이비차 동굴곰으로 승부해야지!"

올라운더인 미오도 팔을 걷어붙였다.

여전히 기운이 넘치네. ……그런데, 동굴곰?

"미오 양이 동굴곰을 쓰는 거야? 별일도 다 있네. 싸기보다는 우리 제자와 마찬가지로 마구 공격하는 걸 좋아했잖아?"

"아, 예. 그렇지만, 요즘 연수회에서 승률이 좋지 않아서…… 공격만 해서는 이길 수 없으니, 방어도 열심히 해 보기로 마음 먹었어요!"

"아…… 그 심정은 이해해."

연수생이든, 용왕이든, 다들 비슷한 고민을 한다. 그러니 저 심정은 이해가 된다…….

"평소와 다른 환경에서 다양한 시도를 해 보는 것도 좋을지 몰라. 그럼 시작해 볼까!"

나는 그녀들에게 대전카드를 만들어 준 후, 도장에 방류했다.

샤를 양 이외의 여초연 멤버들은 칸사이 연수회에 속해 있다.

그래서 레벨이 높은 이 도장의 손님들을 상대로도 충분히 해 볼 만했다. 게다가 이곳의 손님들보다 더 즐겁게 장기를 두고 있었다.

그런 소녀들 사이에서 가장 빛나고 있는 사람은 바로——.

"역시 아야노 양이 최고네! 방금 휘젓기는 정말 멋졌어."

"그, 그렇지 않아요! 저는…… 아직……."

"아니, 진짜 대단해. 나보다 훨씬 소질이 있는걸."

"가……감사합, 니다……♡"

아야노 양은 겸손한 태도를 취했지만, 그래도 입가가 슬며시 올라갔다. 그걸 필사적으로 참으려는 모습이 정말 귀여웠다. 나 또한 표정이 부드러워졌다.

"……모지리."

어딘가에서 제자의 목소리가 들려오자, 나는 무심코 표정을 굳혔다.

"자아! 미오의 중비차 왼쪽 동굴곰을 상대할 강자는 어디 없느냐~?!"

미오 양은 요즘 유행하는 전법을 적극적으로 시험하며 기세를 높이고 있었다.

이 아이는 정말 항상 밝고 활기차다.

하나같이 성격이 다른 여초연의 멤버들이 친하게 지낼 수 있는 것도 미오 양을 중심으로 모여 있기 때문이며, 아이가 오사카에 금방 익숙해질 수 있었던 것도 미오 양 덕분이다.

미오 양이 장기 때문에 고민하고 있다면 도와주고 싶다……

그 전에 나부터 어떻게 해야겠지만.

그런 미오 양과 대국 중인 샤를 양이 얼마나 귀엽냐면—— 인류를 초월했다는 생각이 들 정도다.

샤를 양은 조그마한 손으로 커다란 비차(飛車)를 쥐더니 임금님 앞에 탁 둔 후, 방긋 웃으면서 말했다.

"쭈삐짜."

"아니야. 중비차, 야."

"쭈삐짜~."

샤를 양은 혀 짧은 목소리로 그렇게 말하면서 방긋 웃었다. 미오 양은 손가락으로 입가를 가리키며 발음을 교정해 주려고 했다.

"『삐짜』가 아니라 『비차』야~. 중, 비, 차!"

"쭈……비자~?"

"중! 비! 차!!"

"쭈삐짜."

"됐어! 그냥 쭈삐짜인 걸로 해!"

"삐짜~♡"

우와, 이 공간에 있으니 마음이 마구 치유돼…….

몇 시간 후.

"하아암…… 실컷 뒀네!"

"이제 중비차는 질렸어요……."

"다들 잘했어. 특별히 오픈 전에 목욕탕을 이용하는 걸 허락해 주지!"

""와아~ 목욕탕~!""

여자 초등학생들은 환성을 지르며 기뻐했다. 아직 영업시간이 안 되었으니, 짧은 시간이나마 목욕탕을 독점할 수 있을 것이다.

개점 준비를 하던 아스카 양은 여초연 멤버들과 초면이기에 얼굴을 붉혔지만, 아이들을 흔쾌히 여탕으로 안내해 줬다.

"자아…… 나도 이참에 씻을까."

혼자서 남탕의 탈의실에 들어간 내가 상의 단추를 풀고 있을 때——.

쪼르르르.

그런 귀여운 발소리가 들리더니, 누군가가 탈의실에 들어왔다.

"싸뿌~♡"

"응? 샤를 양, 왜 그래? 여기는 남탕이야. 샤를 양은 반대쪽 목욕탕에 들어가야 해."

"쩌기~. 샤우 말이지~."

천사는 내 바지를 잡아당기면서 이렇게 말했다.

"샤우, 싸뿌와 까치 모욕하래~."

…………뭐?

"샤를 양, 방금 나와 같이 목욕할 거라고 했어?"

"응~."

"저기, 그건 안 돼."

내가 미소를 지으며 딱 잘라 안 된다고 말하자, 샤를 양은 진짜로 이해가 안 된다는 표정을 지었다.

"이유가 모야~? 샤우는, 싸뿌의 색쉬자나~."

나는 일전에 샤를 양이 내 제자가 되는 걸 거절하는 구실 삼아 『아내로 삼아 주겠다』라는 비장의 기술을 사용했다.

물론 그건 농담이었지만, 순진무구한 샤를 양은 내 말을 믿었으며, 그 후로, 뭐랄까, 이렇게…… 부부나 할 법한 일을 요구하고는 했다.

뭐, 솔직히 말해…… 어린 여자애가 아버지와 같이 남탕을 이용하는 일은 비교적 흔하지만…….

"으, 음……… 여섯 살은 좀…… 여섯 살…… 초등학교 1학년……."

나는 오랫동안 고민했다.

"…………아슬아슬하게, 오케이려나?"

확실히 아슬아슬하지만, 샤를 양은 평범한 여섯 살 아동보다 앳된 느낌이고, 초등학생들끼리 목욕을 하게 두는 것도 위험할 것 같은 데다, 프랑스 사람이라 일본 목욕탕에 익숙하지 않을 것이니, 샤를 양만이라도 나와 함께 목욕을 하는 편이 이 아이를 위해서도 좋을지도 모른——.

"아, 아니야, 아니야! 좋지 않아! 절대로 안 된다고!!"

나, 왜 이론무장을 하려고 한 거지?! 여섯 살이든, 프랑스 사람이든, 같이 목욕을 해도 될 리가——.

"아앗~! 샤를만 약았어~!"

샤를 양을 쫓아서 남탕 탈의실에 돌입한 속옷 차림의 미오 양,

그리고 그 뒤를 따르는 여자 초등학생들이 소리를 질렀다.

"우리도 쿠쭈류 선생님과 같이 목욕하고 싶다구~. 아야농도 그렇지?"

"저, 저는………… 다른 사람들의 의견에 따를래요."

얼굴이 새빨개진 아야노 양은 안경을 벗더니, 고개를 숙인 채 나를 힐끔힐끔 곁눈질했다.

그런 모습이 묘하게 어른스러워 보였…… 어이, 용왕. 뭐 하는 거야. 정신 차려. 이 아이는 초등학교 4학년, 이 아이는 초등학교 4학년…….

내 고뇌를 비웃듯, 여자 초등학생들은 연거푸 공세를 펼쳤다.

"그럼 다수결로 정하자! 쿠쭈류 선생님과 같이 목욕하고 싶은 사람은 손들어! 저요~!!"

"샤우, 싸부와 가치 모욕하래~."

"…………할래요."

"저, 저는 제자로서 사부님의 등을 씻겨드려야만 해요!!"

샤를 양은 만세를 하듯 두 손을 번쩍 들었고, 아야노 양은 새빨개진 얼굴을 숙인 채 한 손을 슬며시 들었으며, 아이는 이유를 늘어놓더니 단호한 표정을 지으며 손을 들었다.

만장일치였다.

"어, 어이어이어이! 자, 잠깐만 있어 봐! 그럴 수는 없어!"

"예~? 왜요~?"

미오는 입술을 삐죽 내밀었다. 다른 애들도 불만 섞인 표정을 지었다.

"그, 그야…… 너희는 초등학생이니까……."

난처한 상황에 처한 채 주위를 두리번거리던 내 눈에 아스카 양의 모습이 들어온 순간, 나는 강력한 도우미가 존재한다는 사실을 눈치챘다.

그것은 바로 『법률』이다.

"아…… 아스카 양! 아스카 야~앙!!"

나는 카운터에 있는 법의 파수꾼에게 도움을 청했다. 내 이성이 무너지기 전에, 빨리 법의 힘을 빌려야 한다!!

"아스카 양! 초등학생과 혼욕을 하면 안 되지?! 연령 제한 같은 게 있지?! 법률로 정해져 있지?!"

"저, 저기………… 그런 건, 없어……."

"뭐?"

"공중목욕탕법에는 연령 제한 같은 조문은 없어……. 보통 각 지자체의 조례로 정해지는데……."

아스카 양은 얼굴을 붉힌 채 평소보다 유창한 어조로 이야기를 시작했다.

"도쿄는 『공중목욕탕 설치 장소의 배치 및 위생 조치 등의 기준에 관한 조례』의 제3조 11항에 『10세 이상 남녀의 혼욕을 금한다.』라고 명기되어 있고, 교토는 6세, 시가는 7세까지로 정해져 있지만…… 오사카의 조례에는 그런 게 없어……."

"뭐? ……연령 제한이 없는 거야? 진짜로 없어……?"

"아…… 응. 오사카의 조례에는 공중목욕탕에 연령 제한이 없어……."

정말이야?! 어이, 오사카! 그건 문제 있는 거 아니야?!

"그, 그래도 일단 기준은 있는데…… 오사카의 건강의료부 환경위생과에서는 10세 이상 남녀의 혼욕을 금하고 있어……."

"그럼 문제될 게 없네! 샤를은 여섯 살이고, 우리도 아홉 살인걸! 만세~!!"

"""만세~!!"""

만세를 한 여자 초등학생들은 그대로 옷을 훌렁 벗어 던지기 시작했다. 어, 어이어이어이!!

"다, 다들, 잠깐만 있어 봐! 안 돼! 남자 앞에서 알몸이 되는 건 ────."

나는 말을 이으려다 문득 깨달았다.

이 상황에서 내가 눈을 돌리는 건…… 초등학생의 알몸을 보고 흥분하는 변태라는 사실을 인정하는 행동이 아닐까? 오히려 당당히 알몸을 쳐다봐야 성인 남성이라고 할 수 있지 않을까……?

그럴 리가 없잖아! 성인 여성과 혼욕을 하는 것보다 훨씬 위법적일 거라고!!

"아스카 양, 이게 진짜로 합법적인 거야?! 나, 체포당하는 거 아니야?!"

"지, 진짜야…………. 그리고, 저기…… 동일 세대에 거주하는 이들이라면 목욕탕에서 혼욕을 해도 돼……. 흔히 『가족탕』이라고 부르는 조그마한 탕에서 말이야……."

"뭐?! 그럼 나와 케이카 씨가 한집에서 산다면 그 가족탕에 같이 들어가도 괜찮은 거야?!"

"으, 응……."

"지금도?! 열여섯 살과 스물다섯 살인데도 합법이야?!"

"으, 응……."

"우와~!! 나는 왜 사부님의 집에서 나온 거야아아아아아아아아아아아!!"

"아이를 내제자로 삼기 위해서죠?"

제자는 빙긋 웃더니, 내 팔을 꽉 잡았다.

웃고 있는데, 왠지 무섭다.

"앗~! 약았어, 아이! 새치기 하지 마!"

"새치기 아니야!"

"미오도 쿠쭈류 선생님을 씻겨드리고 싶단 말이야! 아야농도 마찬가지지?! 쿠쭈류 선생님을 씻겨드리고 싶지 않아?! 항상 신세를 지고 있으니 답례 삼아서 말이야!"

"저, 저는………… 쿠즈류 선생님의 몸 어디라도……."

아야노 양도 불온한 발언을 입에 담았다.

한편, 샤를 양은 아스카 양의 반바지를 잡아당기면서 말했다.

"쩌기, 말이야~? 샤우는 색쉬니까 갠찬치~?"

"으, 응………… . 하지만 여섯 살 밖에 안 된 어린애를 아내로 삼는 건…… 문제가 될지도 몰라……."

"응~?"

샤를 양은 수수께끼라도 들은 것처럼 고개를 갸웃거렸다.

……결국 법에 저촉되든 안 되든 『용왕이 내제자를 비롯한 여

러 초등학생들을 연구회를 하자는 구실로 목욕탕에 불러서 같이 목욕을 했다』 같은 소문이 퍼졌다간 장기계가 파멸하고 말거라는 당연한 결론에 도달한 나는 혼자서 목욕했다.

🔲 고백

"휴우…… 큰일 날 뻔했어……."

나는 남탕에 들어가서 바가지로 뜬 물을 뒤집어쓴 후, 의자에 앉았다.

나는 목욕을 할 때, 우선 머리부터 감는다.

샴푸와 린스에 들어 있는 성분이 피부에 남으면 여드름의 원인이 되기 때문이다.

타이틀 보유자는 장기계의 간판이라는 역할도 맡고 있기 때문에 항상 청결할 필요가 있다. 자의식이 강한 타입의 용왕인 나는 그런 부분도 신경 썼다.

"그런 그렇고…… 진짜로 위험했어……."

나는 머리를 감으면서 아까 펼쳐졌던 혼돈스러운 상황을 떠올렸다.

샤를 양은 끝까지 납득하지 않았고, 아이와 미오 양도 매우 강경하게 혼욕을 주장했다.

게다가 아야노 양까지…….

"저희의 혼욕은 법의 보호를 받아요!!"

……하고 어린이의 권리를 주장해댔기에, 한때는 진짜로 같

l 목욕을 해야만 할 것 같은 분위기에 휩쓸렸을 정도다.

"그렇게 얌전하고 차분한 아야노 양까지 그런 주장을 하다
l…… 목욕탕과 몰이비차의 열기 때문에 그런 걸까……."

"그……그럴지도 몰라……."

"하지만 여자 초등학생과 혼욕을 하는 건 용서받지 못할 짓이
l? 초등학교 4학년과의 혼욕도 진짜 위험하고, 1학년도 문제
l 많아."

"마, 맞아……. 요즘 초등학생은 발육도 좋거든……."

"그래~."

"스…… 슬슬, 물, 뿌려줄……까?"

"아, 부탁해~."

나는 뜨거운 물로 머리카락의 거품을 씻어내다 문득 눈치챘
l. 나는 왜 혼자서 목욕탕에 들어와서 누군가와 대화를 나누고
l는 거지? 하고 말이다.

나는 천천히 뒤쪽을 돌아보았다.

체육복과 반바지 차림인 아스카 양이 한 손에 샤워기를 쥔 채
l 있었다.

"왜…… 왜 그래? 물이…… 뜨거웠어……?"

"……뭐? 아, 온도는 딱 좋았는데…… 아, 아스카 양? 어? 왜
l탕에 들어온 거야?"

"저, 저기…… 그게……."

"샴푸를 보충하려고?"

"아, 아……아니야……."

아스카 양은 내 말을 부정하더니, 옆에 놓여 있던 세면대야에
물을 채웠다. 그리고 그 물에 스펀지를 담그더니, 보디 샴푸를
묻혀서 열심히 거품을 냈다.

"저, 저기…… 그럼, 등…… 씻겨 줄……게."

"뭐???"

아스카 양이 왜 내 등을 씻겨 주려는 거야?

"아스카 양이 왜 내 등을 씻겨 주려는 거야?"

나는 머릿속에 떠오른 말을 그대로 입에 담았다. 혼란에 빠진
사람은 단순한 행동밖에 못하는 것이다.

"으…………!"

아스카 양은 거품이 묻은 스펀지를 움켜쥐며 고개를 숙이더
니, 얼굴을 새빨갛게 붉히면서 이렇게 말했다.

"으, 으음…… 저기………… 우, 우리, 엄마가……."

"어머니가?"

"나, 나, 나…… 남자, 에게…… 부탁할 때는………… 가
가, 같이, 목욕하면…… 꼭 들어준…………다고……."

어머님, 대체 딸에게 뭘 가르친 겁니까?

"나, 나…… 요, 요, 요……."

"요?"

"요, 요, 요, 요…… 저기, 잠깐만……."

아스카 양은 잠시 동안 "스읍…… 하아……." 하고 심호흡을
한 후…….

"요, 요, 요……."

변함없네!

"요……용왕에게, 부탁……할, 게……."

"부탁?"

나는 되물었지만…… 실은 이미 눈치챘다.

나를 향한 아스카 양의 뜨거운 시선을 보고 말이다.

처음 이 목욕탕에 왔을 때도, 아스카 양은 나를 향해 뭔가 할 말이 있는 듯한 눈빛을 보냈다.

카운터에 서 있을 때도, 도장에서 지도대국을 할 때도, 그 시선은 느껴졌다. 그녀의 가슴속에는 사우나처럼 뜨겁고 애타는 감정이 존재할 것이다……!

으음~, 하지만 어떻게 하지~?

아스카 양은 귀엽지만, 나는 일편단심 케이카 씨다. 게다가 아직 수행 중인 몸이라 여자와 사귀는 것도 좀 그렇거든~? 게다가 지금은 내제자도 있다고~. 『로리왕』에 이어 여자에게 인기가 많다고 『인기왕』 같은 별명까지 붙으면 곤란한데~. 이야, 인기 많은 남자는 고민이 많아서 힘들다니깐~. 인기가 많은 것도 고생이야~.

"가, 가르쳐 주세요……!!"

뭘? 하고 묻는 것은 무례한 짓이리라.

물론 그것은 『사랑』이라는 이름의 게임일 게 뻔하니까!

내가 여자애한테서 처음으로 『고백』이라는 행위를 당해 긴장한 가운데, 얼굴을 새빨갛게 붉힌 채 스펀지를 꼭 움켜쥔 아스카 양은 평소와 다르게 단호하기 그지없는 어조로 이렇게 말했다.

"저한테………… 장기를 가르쳐 주세요!!"

그날, 나는 태어나서 처음으로 장기를 증오했다.

⌂ 고양이털

"…………장기, 라…….."

아무도 없는 로비에 놓인 의자에 앉은 나는 패배한 권투선수처럼 수건을 뒤집어쓴 채 고개를 숙이고 있었다.

아스카 양은 그 후 모습을 감췄다. 아마 부끄러워서 그런 것이리라. 나 또한 부끄러웠다.

이대로 재가 되도록 새하얗게 불태우고 싶다는 생각을 하고 있을 때…….

"사부님? 왜 그러세요?"

제자가 아래쪽에서 내 얼굴을 쳐다보며 말을 걸었다. 우왓!!

"아, 아이?! 아, 아아, 아무것도 아니야! 아무것도 아니라고!"

"흐음? 뭐가 말이에요~?"

내가 격렬하게 동요하자, 아이는 이상하다는 듯이 고개를 갸웃거렸다. 이 아이는 귀신같이 내 거짓말을 간파하지만, 이번에는 진짜로 아무 일도 없었으니, 딱히 반응하지 않는 것 같았다. 왠지 기쁘면서 슬프네…….

"다…… 다들 목욕을 마쳤어?"

"저만 먼저 나왔어요. 사부님과 장기를 두고 싶어서 일찍 나왔어요!"

방금 목욕을 마쳐서 얼굴이 새빨개진 아이는 젖은 머리카락을 말리는 시간조차 아깝다는 듯이 나를 장기판 쪽으로 데려가려 했다. 여초연의 활동을 마친 다음에는 항상 이런 느낌이었다. 내가 다른 애와 장기를 두는 모습을 보면, 아이는 항상 자기도 나와 두고 싶어 했다. 정말 귀여운 애다.

　"……응. 장기를 두고 싶다는 마음은 중요하지."

　"에헤~♡"

　"하지만 머리카락을 먼저 말리도록 해. 감기에 걸릴 수도 있잖아. 그리고 머리카락에서 물이 뚝뚝 떨어지는 상태에서 장기를 두는 건 상대방에게 실례야."

　"아…………. 예, 죄송해요……."

　"잠깐만 기다려."

　나는 카운터 쪽에서 빗과 드라이기를 꺼낸 후, 자신이 앉아 있는 의자 앞에 의자를 하나 뒀다. 그리고 그 의자를 손으로 두드리며 이렇게 말했다.

　"여기에 앉아. 내가 머리카락을 말려 줄게."

　"예?! 사, 사부님이 제 머리를 말려 주려고요?!"

　"오늘만 특별히 해 주는 거야. 그리고 다른 애들에게는 비밀이야."

　들키면 다들 해달라고 할 것 같았다. 게다가 미오 양 말고는 전부 머리카락이 기니 여간 큰일이 아닐 것이다.

　"그, 그럼…… 저기………… 부족한 몸이지만 모쪼록 잘 부탁드려요!"

아이는 기묘한 인사를 입에 담으면서 내 앞에 놓인 의자에 앉았다.

나는 수건으로 머리카락의 물기를 닦은 후, 드라이어의 바람으로 말리기 시작했다.

"아아~…… 기분 좋아요~♡"

"흐음…… 오호라. 가늘어서 잘 달라붙을 것 같은 머리카락이네. 고양이털 같아."

"아이는 고양이털이에요야용~♪"

기분이 좋은지 계속 싱글벙글하고 있는 제자는 "냥냥냥~♡" 하고 울음소리를 냈다.

아아…… 귀여워.

제자는 정말 귀여워. 큰일 났네. 너무 귀엽잖아.

"사부님~ 머리를 잘 말리시네요~."

"그래?"

"가게를 차려도 될 것 같아요~."

"그럼 장기 기사를 은퇴하면 드라이어로 머리 말리는 가게를 차려 볼까……."

그런 별것 아닌 말 하나하나가 불행한 착각 때문에 상처를 받은 내 마음을 치유해 줬다.

"손님, 가려운 곳은 없으십니까?"

"없어요~! 사부님은 머리를 정말 잘 말리시네요! 완벽해요!!"

"그래? 나는 잘 모르겠지만, 옛날부터 해서 그런가?"

"……옛날부터요?"

"내제자 시절에 사저의 머리카락은 내가 도맡아 말렸거든."

"……호오~."

"그 사람도 아이처럼 『머리카락을 말릴 짬이 있으면 장기를 한 번이라도 더 둔다!』 타입이야. 하지만 몸이 약하니까 머리카락을 젖은 채로 두면 감기에 걸리거든. 그래서 케이카 씨의 지시로 내가 사저의 머리카락을 말리는 임무를 맡게 됐어."

"……하아~."

"그립네……. 사저도 머리카락이 고양이털 같았거든. 게다가 색깔도 특이하잖아? 어릴 적에는 너무 신기해서 '긴코는 코털도 은색이야?' 하고 물었다가 두들겨 맞은 적이 있어. ……사저는 뭐든 케이카 씨에게 해달라고 했지만, 머리카락을 말리는 것만큼은 항상 내 임무였어. 노예에게나 시키는 일이라고 생각한 거겠지."

"……흐음~."

"사저가 나를 너무 함부로 대하니까, 케이카 씨가 '야이치 군의 머리카락은 내가 말려 줄게.' 하고 말했는데…… 나는 그게 싫었어. 지금 생각해 보면 아쉽지만, 초등학생 남자애는 여자애와 붙어 다니면 부끄러워하잖아? 아이의 동급생 중에도 여자애에게 짓궂은 장난을 치는 남자애 없어? 그건 좋아한다는 의미야."

"……."

"뭐, 나도 그때는 어렸어. 연상의 누님이 왠지 눈부셔 보였지……."

"……."

"그런 나와 다르게, 사저는 애초부터 케이카 씨만 졸졸 쫓아다녔어. 자석으로 된 장기판을 들고 항상 케이카 씨를 따라다녔다니깐."

암갈색 기억을 떠올린 나는 제자의 머리카락을 말려주면서 말을 이었다.

"하지만 케이카 씨는———."

♟ 케이카의 기억

"오늘부터 야도 이 집에서 살 거대이."

아버지에게 그 말을 들었을 때는 농담이라도 하는 줄 알았다.

"……긴코. 소라, 긴코야."

도전적인 표정을 지으며 그렇게 말한 이는 은색 머리카락과 회색 눈동자를 지닌 네 살짜리 여자애였다.

혈연관계도 아니고, 인형 대신 자석으로 된 장기판을 항상 품에 안고 있는 이 아이가, 나는 처음 만났을 때부터 정말 싫었다.

어릴 적에 돌아가신 어머니와의 기억은 이미 흐릿해졌고, 같이 살던 할머니 또한 1년 전에 돌아가셨다. 그래서 당시 고등학교 1학년이었던 나는 아버지와 단둘이서 살고 있었다.

장기도장 일과 집안일에 겨우 익숙해져서 부활동과 그런 것들을 양립하기 시작했을 때, 아버지가 나와 한마디도 상의하지 않고 받은 『내제자』라는 존재.

"잠깐만…… 말도 안 되는 소리 하지 마."

나는 당연히 반발했다. 하지만 아버지는 고집스럽게…….

"이 애를 돌봐주그라."

……하고 이 애를 나에게 떠넘겼다.

"긴코야. 이 애는 내 딸인 케이카대이. 오늘부터 진짜 언니라고 생각하며 사이좋게 지내그라."

"……케이카?"

"계마의 『계(桂)』와 향차의 『향(香)』을 써서, 케이카대이."

"……케이카."

은색 머리카락을 지닌 여자애는 회색 눈동자로 나를 쳐다보며 도발적인 표정을 짓더니…… 그날부터 내 뒤를 졸졸 쫓아다니게 되었다. 자석으로 된 조그마한 장기판을 들고 말이다.

……몇 년 후, 나는 긴코를 맡기로 한 이유를 아버지에게 물어보고 웃음을 터뜨리고 말았다.

"니가 쓸쓸한 것 같아서 맡기로 했던 기다……."

지금은 고맙게 생각하지만, 당시의 나는 긴코를 정말 싫어했다. 쳐다만 봐도 화가 치밀 만큼 말이다.

2주 후, 장기대회의 심판을 보러 갔던 아버지가 또 다른 애를 데리고 왔다.

"쿠즈류 야이치라고 해요! 잘 부탁합니다!"

이번에는 여섯 살 된 남자애였는데, 이 아이…… 야이치 군은 긴코처럼 싫지 않았다.

야이치 군은 나이에 걸맞게 활발하고 말수가 많은 애라서 커뮤니케이션을 취하기 쉽기도 했지만…… 역시 여자애인 긴코는 아버지가 찾아온 『내 대타』처럼 느껴졌기 때문이리라.

　고등학생인 나는 겨우 네 살밖에 안 된 여자애를 질투한 것일지도 모른다.

　네 살이면, 내가 부모님에게 장기의 룰을 배웠을 때보다 어리다. 나는 장기말을 옮기는 법을 외우는 것만으로도 고생했는데, 긴코는 두 살 때 룰을 전부 마스터했을 뿐만 아니라 네 살 때는 어른과 대등하게 장기를 뒀다.

　천재.

　그런 존재가 있다는 것은 어렴풋이 알고 있었다. 애초에 내 아버지 또한 그런 천재 중 한 명이다.

　그리고 그런 천재들은 평범한 사람을 이해하지 못한다.

　"오늘부터 장기를 가르쳐 주꾸마. 수행 중에는 내를 『사부』라고 부르그라."

　아버지는 내가 초등학생이 된 그 날, 그렇게 말했다.

　평소와 전혀 다른 아버지의 분위기가 나에게 거부권이 없다는 사실을 알려줬다.

　아마 아버지는 어머니를 여읜 딸에게 한시라도 빨리 이 세상을 살아가는 법을 가르치자고 생각했으리라.

　그리고 아버지는 이 세상을 살아가는 법을 장기밖에 모른다.

　"왜 그런 수도 못 읽는 기고!"

"방금 가르쳐 준 정석을 벌써 까먹은 기가?!"

수행은 혹독했으며, 나는 아버지가 기대하는 것만큼 성장하지 못했다.

가르침을 받으면 받을수록, 나는 장기가 싫어졌다. 싫어하는 것을 아무리 해 봤자 몸에 익을 리가 없다. 수행을 하면 할수록 내 실력은 늘지 않았고, 장기 또한 점점 싫어졌다.

그런 마음이 전해진 것인지, 아버지는 어느 날 이렇게 말했다.

"관두고 싶으면 관두그라. 니 맘대로 해도 된대이."

나는 관두는 쪽을 선택했다. 지긋지긋한 장기를 두 번 다시 두지 않아도 된다는 사실에 기뻐했다.

나는 장기를 두지 않게 됐지만, 장기와의 인연을 완전히 끊을 수는 없었다.

우리 집은 장기도장을 경영하고 있으며, 나도 도장 일을 도와야 했기 때문이다. 부녀 가정이기에 아버지의 일을 돕는 것은 당연하다고 생각했으며, 용돈도 받았다.

장기는 싫지만, 때때로 도장에 온 손님과 마음 편히 장기를 두기도 했다. 주위 사람들에게는 예전에 아버지에게서 특훈을 받았다는 사실을 숨기며 룰만 알고 있는 걸로 말해 뒀다. 아버지도 그 점에 대해서는 아무 말도 하지 않았다. 그걸 언급하지 않는 게 나와 아버지 사이에 존재하는 암묵의 룰이 되었다.

"이런 미인이 있으면 장사도 잘 될 끼다. 키요타키 선생님이 부럽대이."

장기도장에는 젊은 여자애가 흔치 않다. 장기를 싫어하고 잘 두지도 못하지만, 나는 손님들 사이에서 인기가 좋았다.

긴코가 오기 전까지는.

이 기묘한 여자애는 아버지가 경영하는 도장에서 금세 인기를 독차지했다.

무뚝뚝하고 말수도 적지만, 도장에서는 장기만 잘 두면 긍정된다. 반대로, 나는 장기를 잘 두지 못하기에 아무리 붙임성 좋게 행동해도 부정당했다.

"긴코는 장기를 진짜 잘 둔대이."

"이 애만 있으면 이 도장도 번성할 끼다."

"케이카도 좀 보고 배우그라."

괜한 참견하지 말라고 외쳐 주고 싶었지만, 나는 그냥 미소를 지으며 흘려들었다. 상대는 소중한 손님인 것이다.

쌓일 대로 쌓인 울분은 작고 연약한 존재를 향했다.

"그만 좀 해!"

어느 날, 나는 긴코를 향해 고함을 질렀다.

"눈에 거슬려! 왜 항상 나만 졸졸 따라다니는 거야?!"

고등학생인 나는 아직 초등학교도 들어가지 않은 여자애를 향해 악의를 퍼부었다. 도저히 억누를 수가 없었다.

아버지와 도장 손님들에게 있어 긴코야말로 이상적인 딸이며, 나는 실패작이다.

그런 열등감과 장기에 대한 혐오감…… 내가 안고 있던 온갖 부정적인 감정이 긴코를 계기로 터져 나오더니, 나는 그 모든 것을 눈앞에 있는 어린 여자애에게 퍼부었다.

"······."

내가 고함을 질러도, 긴코는 꼼짝도 하지 않았다.

그뿐만 아니라, 그녀는 내가 전혀 예상하지 못했던 행동을 취했다.

울지도, 화내지도, 나와 거리를 두지도 않으며──.

"······은(銀)은."

항상 안고 있던 자석 장기판을 들어 보인 긴코는 이렇게 말한 것이다.

"은은······ 계와 향의, 옆에 있어."

머릿속이 멍해졌다.

긴코가 말한 것은 장기말의 초기 배치다. *은(銀)은, 계(桂)와 향(香)의 옆에 있다. 제아무리 격렬한 장기를 두더라도, 장기가 끝나면 또 그 자리로 돌아온다. 왜냐면, 은(銀)은 계(桂)와 향(香)의 옆에 있는 존재니까······ 장기란, 그런 것이니까······.

그리고 긴코가 장기를 좋아하는 데 이유가 없는 것과 마찬가지로, 나와 같이 있는 것에도 이유가 없다고, 그렇게 말하는 것이다.

그 행동에 존재하는 것은 지나칠 정도로 순수한 호의였다.

"미안해, 긴코! 정말······ 미안해······!"

---

* 소라 긴코의 '긴'은 한자로 은(銀)을 쓴다. 장기말의 배치는 「용왕이 하는 일」 1권 용어 해설을 참조.

정신을 차리고 보니, 나는 엉엉 울면서 눈앞에 있는 소녀를 꼭 끌어안고 있었다. 그리고 계속 사과했다.

　이 아이의 안에는 장기밖에 없다.

　하지만 그 장기 안에는, 이 아이와 내가 있다.

　바로 그때, 내 안에 항상 존재하던 장기를 향한 혐오감이 사라지는 것을 느꼈다.

　그로부터 1년 후, 나는 여류기사가 되기 위해 연수회에 들어갔다.

⌂ 마사지

　"와아♡ 사부님~ 고마워요!!"

　완전히 마른 머리카락을 양쪽으로 나눠서 묶어 주자, 아이는 나를 쳐다보며 환한 미소를 지었다.

　아까 약간 언짢은 듯한 기색을 보였는데…… 대체 뭐가 신경에 거슬린 걸까? 뭐, 지금은 기분이 좋아 보이니 됐지만.

　"답례로 이번에는 아이가 사부님의 머리카락을 말려드릴게요냐옹♡"

　"말은 고맙지만, 내 머리카락은 이미 다 말랐거든……."

　나는 자신의 머리카락을 만지면서 목을 돌렸다.

　그러자 아이는 갑자기 걱정스러운 표정을 지었다.

　"저기…… 사부님? 요즘 자주 그렇게 목을 돌리던데, 어깨가 결리는 건가요?"

"응? 아…… 한동안 안 했던 지도대국을 해서 그런지, 어깨와 묵, 그리고 허리가 안 좋네……. 그리고 육체노동에 익숙하지 않아서 팔과 하반신에서 근육통이 난 것 같아……."

가혹한 수행과 노동 때문에 생각했던 것보다 피로가 누적된 것 같았다. 나는 대체 얼마나 허약한 거야…….

아이는 눈을 반짝이면서 나를 향해 몸을 내밀면서 이렇게 말했다.

"그럼 제가 답례 삼아 마사지를 해드릴게요!"

"……마사지? 아이가?"

"예! 이래 봬도 꽤 본격적인 마사지를 할 줄 알아요! 온천여관 집 딸이거든요!"

"호오?"

이거…… 꽤 기대가 됐다. 만약 아이의 마사지 실력이 요리 실력에 버금간다면, 나는 마사지를 받다 기분이 너무 좋아서 죽을 가능성마저 있다. 왠지 좀 무서운걸.

"……그럼 부탁해 볼까?"

"예!!"

이번에는 아이가 내 뒤편에 서더니, 조그마한 두 손으로 내 어깨를 주무르기 시작했다.

"호오~? 손님, 어깨가 많이 뭉치셨군요~."

"아…… 역시 그런가요?"

"무슨 일을 하시나요~?"

"아…… 프로 장기기사입니다……."

"흐음~? 힘든 일을 하시는군요~."

톡톡. 조물조물.

아이는 조그마한 주먹으로 어깨를 두드리거나, 온기가 감도는 말랑말랑한 손바닥으로 내 목덜미를 주물렀다. 『본격적』이라고 말한 만큼 솜씨 자체는 프로급이었다. 마사지를 해 준 부위가 개운했다. 게다가 제자의 애정이 내 마음을 치유해 줬다 하지만…….

"……으음. 역시 힘이 약하네."

"벼, 별로인가요……?"

"아, 그렇지 않아. 그저 기사의 어깨는 너무 심하게 뭉치거든. 무라카미 하루키 선생님의 책에도 『어깨가 가장 뭉치는 사람은 장기 기사』라고 나와 있을 정도야…….."

"옛?! 노벨상 후보였던……?!"

무라카미 하루키 선생님은 예전에 도쿄의 장기회관이 있는 센다가야에서 재즈 카페를 경영하며 소설을 썼다고 하니, 그 시절에 프로 기사의 어깨가 얼마나 뭉치는지 알 기회가 있었을 것이다. 분명 누군가의 어깨를 주무른 적이 있으리라. 이런이런, 피곤하지 않은 사람이 없군.

정좌 혹은 책상다리를 하고 열 시간 넘게 장기판을 내려다본다는 행위는 당연히 육체에 심각한 부담을 준다. 완벽한 자세 같은 것은 존재하지 않는다. 완벽한 전법이 존재하지 않는 것처럼 말이다.

"기사가 은퇴하는 이유 중 하나는 이 무리한 자세에서 비롯된

어깨 결림과 허리 통증이야. 나이가 많은 분들은 하나같이 '정
좌를 취하는 게 힘들다.'라고 하거든."

"크, 큰일이네요! 직업병이에요!"

"바둑은 의자 대국이 주류가 되어 가고 있지만, 장기는 아직
도 다다미에 앉아서 두는 게 주류니까 말이야……. 정좌 자세
를 취할 수 없으면 대국을 둘 수 없으니, 그렇게 되면 은퇴하는
수밖에 없어……."

세계로 진출하고 있는 바둑과 달리, 장기는 일본의 전통 문화
라는 면이 강하게 부각되고 있다. 앞으로도 정좌 대국은 계속되
리라.

그런 만큼, 젊은 시절부터 몸을 관리해야만 하는 것이다.

이대로 온몸의 결림을 방치해 둔다면 프로로서 실격이다. 그
러니 서둘러 치료해야 할 필요가 있다.

"……좋아. 아이."

"예!"

"밟아 줘."

"…………예?"

"발로 내 어깨나 목덜미, 등, 그리고 허리 같은 데를 밟으라는
거야."

"예엣?! 하, 하지만…… 사부님을, 발로 밟으라니……."

"괜찮아. 이 사부가 허락할 테니까 과감하게 밟아."

나는 바닥에 목욕수건을 깔고 드러누운 후, 망설이는 제자를
부추기듯 강한 어조로 "밟아!" 하고 재촉했다.

"으, 으음…… 그럼………… 바, 밟을게요!"

"응. 인정사정없이 밟아도 돼."

"하……할게요!!"

꾸욱.

"우오오오오!!"

"꺄앗?! 사, 사부님, 괜찮으세요?! 아팠나요?!"

"아니야, 반대야. 정말 기분 좋았어……♡"

"저…… 정말, 인가요……?"

아이는 조그마한 발로 머뭇머뭇 내 어깨와 목덜미를 밟았다.
꾸욱꾸욱.

그리고 긴장이 점점 풀렸는지, 체중을 절묘하게 싣기 시작했
다.

"아아…… 좋아. 아이…… 엄청 기분 좋아…………♡"

"에헤헤~♡ 사부님이 기뻐해 주시니, 아이도 기뻐요냥~♡"

고양이털인 아이가 말끝에 냥을 붙이며 말하니, 마치 고양이
에게 밟히는 것 같은 느낌이 들었다. 귀엽네.

그리고 또 다른 목소리가 들렸다.

"우왓! 아이, 뭐하는 거야?!"

"사부님에게 마사지를 해 주고 있어!"

"까, 깜짝 놀랐어요……."

미오 양은 놀랐고, 아야노 양은 겁먹은 목소리를 냈다. 뭐,
제자가 사부를 밟고 있고, 사부라는 작자가 "아……♡" "오
오……♡" 같은 소리를 내니 놀라는 것도 무리는 아니다.

"샤우도~! 샤우도 싸뿌 발블래~!!"

샤를 양은 이게 새로운 놀이라고 생각한 건지 내 허리 위에 올라서서 조그마한 발로 나를 밟기 시작했다.

"꾸욱꾸욱~ ♪ 싸뿌, 샤우의 발, 끼분 조아?"

"그래…… 최고야, 샤를 양………… 끝내줘……."

"좋아~! 미오도 쿠쭈류 선생님을 밟을래~!"

"저, 저도…… 할래요!"

미오 양과 아야노 양도 내 발바닥과 허벅지 같은 부분을 열심히 밟았다. 여자 초등학생에게 전신 마사지를 받다니…… 정말 행복해……!

"사부님! 좀 어떠세요?!"

"……왕이 된 기분이야."

초등학생들이 감사의 마음을 담아 내 온몸을 치유해 주고 있다……. 그 행위가 혹독한 수행과 싸움으로 인해 피폐해진 내 몸만이 아니라 마음도 고쳐줬다.

이곳, 쿄바시에 있는 그 어떤 마사지점도 이렇게 충실한 서비스를 제공해 주지는 않을 것이다……!

특히 샤를 양이 지닌 아동 특유의 높은 체온과 부드러운 피부 감촉은 마치 치료기구라도 되는 것처럼 뛰어난 긴장 완화 효과를 발휘하고 있었다.

"아아…… 좋아……. 너희는 정말 끝내줘…………. 끝내주게…… 기분 좋아……♡"

그래…………. 이게………….

"이게…… 생명의 무게인가……!"

꽈악!

갑자기 그 무게가 내 뒤통수에 집중되자, 나는 바닥에 안면을 처박았다.

"으음~? 아이, 어디를 밟는 거야? 거기는 목덜미가 아니라 뒤통수야~."

"그래서?"

그것은, 아이의 목소리가 아니라…… 얼음처럼 차가운 목소리였다.

이…… 이 목소리는………… 설마————.

"사—— 사저어어어엇?!"

"고개 쳐들지 마."

퍼억! 꽈악꽈왁꽈악꽈악꽈악!!

내 머리에 발을 얹은 《나니와의 백설공주》는 검은색 타이츠에 감싸인 발로 사제의 머리를 인정사정없이 밟아댔다.

그리고 절대영도의 목소리로 이렇게 말했다.

"변태 주제에 인간처럼 고개를 들지 말아 줄래? 변태는 변태답게 초등학생의 발자국이 남아 있는 바닥이나 핥지 그래? 그걸로 만족할 수 있잖아? 안 그래? ……로리왕 폐하?"

어버버버버버버버……

사저의 격렬한 분노가 뒤통수에 닿아 있는 발바닥을 통해 느껴지자, 나는 몸을 덜덜 떨 수밖에 없었다.

"""히이이이이익……."""

© shirabii

여자 초등학생들도 로비 구석에 모여서 떨고 있었다. 평소에
감하게 사저에게 맞서는 아이조차도 사저가 뿜고 있는 압도적
인 분노를 느낀 나머지 저항조차 못하고 있었다. 무서워.

"오이시 선생님 밑에서 연구회를 하고 있다기에, 얼마나 수준
높은 연구를 하나 했더니…… 확실히 수준이 높기는 하네. 로
리콤으로서 말이야."

"자, 잠깐만요! 오해예요! 오해라고요, 사저!!"

"이 상황에서 대체 어떤 변명을 늘어놓으려는 건데? 야이치
너는 방금 초등학생들에게 밟히면서 '끝내주게 기분 좋아♡'
같은 소리를 늘어놓았잖아. 끝내주게 기분 나쁘거든?"

"아니에요!! 이, 이건, 그러니까…… 그래, 기분전환! 장기 연
구를 너무 해서 피곤하니, 조금 기분전환 삼아 마사지를 받은
것뿐이에요!"

"초딩들을 이용해 기분전환을 한 거네?"

"그런 게 아니라고요!!"

여러 조례에 걸릴 듯한 단어 좀 사용하지 마! 내가 엄청 못난
인간 같잖아!! 이미 어렴풋이 그런 느낌이 들고 있단 말이야!!

"이, 일부러 초등학생을 고른 건 아니에요! 제자가 초등학생
이라 제자의 친구들 또한 초등학생인 것뿐이고…… 그 애들에
감사의 마음을 담아 마사지를 해 준 것뿐이라고요!! 그런데 내
가 왜 변태인 거냐고요!"

"초등학생에게 전신 마사지를 받고 기뻐하니까 변태인 거야!"

"그럼…… 중학생인 사저도 같이 밟는 건 어때요?"

"확! 담가! 버린다!!"

사저는 퍽퍽퍽퍽퍽! 하고 땅을 다지듯 내 머리를 몇 번이나 밟아댔다. 그만해! 뇌세포가 파괴되어서 장기 실력이 약해지니까, 머리를 밟지 마!

"그, 그것보다, 사저가 왜 여기에 있는 거예요?!"

"그야 물론 연구회를 하기 때문이지."

뭐?

"서, 설마…… 오이시 씨하고 연구회를 한다는 장려회 회원이……."

"바, 로, 나, 야."

"마에스트로오오오오오오오오오!! 미리 말해달라고요오오오오오오오오오오오!!"

왜 『연구가』, 『열의 넘치는 장려회 회원』 같은 정보는 알려줬으면서, 중요한 이름은 말하지 않은 거냐고! 일부러 그런 거지?! 맞지?!

아무튼, 연구가이자 열의 넘치는 장려회 회원께서는 갑자기 목소리 톤을 낮추면서 이렇게 말했다.

"……케이카 씨 일로 야이치와 상의할까 했는데…… 그래. 너희가 나나 케이카 씨 같은 지구인의 심정을 알 리가 없어……."

지, 지구인? 이 사람, 무슨 소리를 하는 거야?

아니, 그것보다——.

"저기…… 사저? 케이카 씨는 요즘——."

"좋아. 알았어. 자아아아아알~ 알았어요. 너희는 그렇게 놀기나 해. 하지만 우리도 노력하면 너희와 대등하게 싸울 수 있다는 걸 가르쳐 주겠어. 그러니까——."

사저는 마지막으로 내 머리를 축구공처럼 걷어차더니…….

"돈사해버려! 이 장기별 인간아!!"

그런 영문 모를 발언을 남기고 가버렸다. 무슨 소리를 하는 건지 모르겠네…….

🔲 야샤진 아이의 가치관

"……그런 일이 있었어~."

"흐음, 그냥 죽어버리지 그래?"

내가 감상전을 하면서 최근에 있었던 일을 이야기해 주자, 야샤진 아이 양은 아무래도 상관없다는 듯한 어조로 매서운 한마디를 뱉었다.

이곳은 연맹 2층에 있는 도장이다.

좀 떨어진 곳에서는 보디가드인 이케다 아키라 씨가 팔을 걷어붙인 채 초등학생과 장기를 두고 있었다. 꽤 열띤 대결을 펼치고 있는 것 같았다.

"……아키라 씨는 장기를 계속 두나 보네."

"나보다 더 열심히 둬. '아가씨, 빨리 도장에 가죠!' '아가씨, 온라인 장기 사이트에서 이기지를 못하니까 최강의 전법을 가르쳐 주세요!' 같은 소리를 밥 먹듯이 한다니깐. ……정말 시끄러워 죽겠어."

아이는 투덜대듯 말했지만, 목소리 자체는 왠지 밝았다.

나는 야이를 향해 고개를 숙였다.

"미안해……. 그렇게 되어서 지금은 사부님의 집에 데려갈 수 없어. 빨리 인사를 시켜야 한다고 생각하지만……."

나는 야샤진 아이를 제자로 삼았지만, 아직 키요타키 사부님에게 정식으로 소개를 하지 않았다.

물론 아이를 제자로 삼은 경위는 이미 설명했고, 아이의 보호자인 할아버지가 사부님에게 정중하게 인사를 했다는 이야기 또한 들었다.

그러니 오늘, 연맹도장에서 아이와 만나기로 한 것은 수행을 마친 후에 키요타키 사부님의 집에 인사를 하러 가자고 생각했기 때문이다.

그래서 아이에게도 연락을 해둔 건데…… 케이카 씨, 그리고 사저와의 일을 고려해 보니 나중에 인사를 하러 가는 편이 좋겠다는 생각이 들었다. 특히 사저의 오해는 정말 치명적이었다.

"그래도 타이밍을 봐서 꼭 소개를 해 줄 테니까──."

"됐어. 애초에 너희 일문과 친해질 생각은 없거든."

"또 마음에도 없는 소리를……. 화려한 환영 파티를 열어 줄 테니까 안심해."

"어처구니가 없네. 진심으로 하는 말이거든?"

아이는 그렇게 말하더니, 조그마한 손으로 검은 머리카락을 쓸어 넘겼다.

"솔직히 말해, 어째서 그렇게까지 경쟁 상대와 놀 수가 있는 건지 나는 이해가 안 돼."

"노, 노는 게――."

"안 그래도 칸사이는 장기기사의 숫자가 적으니, 예선에서 싸울 확률이 높잖아? 사적으로 친해져 봤자 괴롭기만 할 거야. 지금처럼 말이야."

"그건……."

칸토 쪽 기사한테서도 비슷한 말을 자주 들었다.

칸사이는 행사 같은 게 있으면 전원이 참가하지만, 칸토에서는 절친한 사람만 부른다고 한다.

"그, 그게, 우리는 프로거든. 친분과 승부는 따로 생각한다고."

"그러지 못하니까 지금 난처한 상황에 처한 거 아니야?"

"으……."

"정말! 칠칠치 못한 사부라니깐. 딱히 남과 친하게 지내고 싶은 건 아니지만, 자기 입으로 한 말은 지켜 주지 않겠어?"

아이는 고개를 치켜들면서 나에게 설교했다.

이래서야 누가 사부인지 모르겠다.

"네가 전에 나한테 했던 말을 기억해? 자기 가족이 되라는 둥, 행복하게 해 주겠다는 둥, 그런 소리를 하면서 나를 꼬셨던 걸로 기억하는데 말이야."

"쉬잇! 쉬이이잇~!! 모, 목소리가 너무 커!!"

나는 허둥지둥 아이에게 주의를 줬지만, 이미 한발 늦었다.

"아아~, 용왕이 또 초등학생을 헌팅하고 있네……."

"그러고 보니 용왕은 첫 제자의 부모님한테 따님을 달라면서 무릎을 꿇고 빌었다던데……?"

"뭐엇?! 로리콤인 걸로 모자라, 양다리까지……?!"

도장 손님들이 이쪽을 쳐다보며 쑥덕거리고 있었다.

말도 안 되는 헛소문이 퍼져 나가는 가운데, 나는 그저 고개를 숙인 채 입술을 깨물었다. 타이틀의…… 용왕의 권위가…….

"그…… 그런데, 연수회에서는 지금까지 한 번도 지지 않았다며? 순조롭게 승급하는 건 다행이지만, 이제 슬슬 접장기를 훈련——."

"걱정 마세요, 사부님. 동네 도장에서 충분히 경험을 쌓고 있답니다."

"……정말 손이 안 가는 제자네."

"아마추어의 연구와 네트워크는 의외로 무시할 게 못 돼. 프로급의 실력자도 잔뜩 있고, 프로도 모르는 서반 전법도 엄청 많거든."

"응. 그건 맞는 말이야."

요즘 들어 프로 사이에서 유행하고 있는 『각교환 사간비차』나 『중비차 왼쪽 동굴곰』 같은 전법도 처음에는 아마추어 사이에서 유행하면서 다듬어졌다.

아마추어 대회는 제한시간이 짧고, 토너먼트이기에 단판 승부다. 그런 조건에 대응하기 위해 프로가 쓰지 않는 기술이 발달하고 있다.

그리고 그것들은 연수회나 여류기전에서 쉽게 응용할 수 있다는 측면을 지녔다.

"그러니 나는 신경 쓰지 않아도 돼. 지금까지도 쭉 혼자서 해 왔는걸."

"······."

"나한테는······ 장기만 있으면 돼."

나는 쓸쓸히 장기말을 옮기는 제자를 보면서 무력함을 통감했다.

이 아이의 새로운 일문이 되겠다고······ 장기로 행복하게 해 주겠다고 약속했으면서, 실제로는 아무것도 해 주지 못했다.

그뿐만 아니라, 우리 일문 안에서 생긴 말썽을 접하고 실망한 건 아닐까······. 내가 그런 고뇌에 빠져 있을 때, 아이는 화가 난 것인지 얼굴을 살짝 붉히면서 무슨 말을 했다.

"자, 장기와············ 둔해빠진 사부만 있으면············."

"응? 방금 뭐라고 했어?"

도중에 갑자기 목소리가 작아진 바람에 듣지 못했다.

내가 되물으면서 아이의 입가를 향해 얼굴을 내민 순간······.

"아가씨이이이이이이이이이이이이이이이이이이이잇!!"

마치 도라●몽에게 울며 매달리는 진구처럼, 아키라 씨가 아이의 품에 안겼다.

"제 말 좀 들어보세요, 아가씨!! 저 초등학생 꼬맹이, 엄청 비겁해요! 약아빠졌다고요!! 반칙을 한단 말이에요오오오!!"

"바, 반칙이라고요? 잡은 말을 손에 쥐고 보여 주지 않나요?"

"자리를 비운 사이에 두 수를 둔다든가?"

나와 아이가 그렇게 말하자, 아키라 씨는 울먹거리면서 '그런

게 아니에요! 더 야비한 짓이에요!!' 하고 말하면서 충격적인
사실을 밝혔다.

"왕을 장기판 구석에 두고 철저하게 둘러싸버려요!! 완전 반
칙이라고요!!"

단순한 동굴곰이잖아.

"그건 반칙이 아니에요."

"엄연히 합법적인 수잖아……."

"반칙이야! 그딴 건 반칙이라구!!"

아키라 씨는 너무 분한 나머지 유아퇴행을 한 것처럼 발을 동
동 굴렸다. 의외로 이러는 사람이 꽤 많지.

뭐, 동굴곰이 반칙이라고 말하는 심정도 이해는 됐다. 프로도
그런 생각이 들 때가 있다. 하지만 그것도 완벽하게 펼치기 위
해서는 상당한 기술이 필요하다고…….

"아가씨, 부탁이에요! 저 꼬맹이한테 따끔한 맛을 보여 주세
요!!"

"하아…… 어쩔 수 없네. 가자."

아이는 귀찮다는 듯한 표정을 지으며 몸을 일으켰다. 아무래
도 아키라 씨의 원수를 갚아 주려는 것 같았다. 상냥하네.

"원수를 갚아 줄 거야? 하지만 네가 나설 만한 상대는 아닌 것
같은데 말이야."

"……내가 나설 만한 상대가 아니야? 흥!"

아이는 내 말을 듣더니, 마치 칠흑빛 날개를 펄럭이듯 검은 머
리카락을 힘차게 쓸어 넘겼다.

그리고 그녀는 쳐다보는 내가 다 놀랄 만큼 진지한 표정을 지으면서 이렇게 말했다.

"상대가 누구든 전력을 다해 싸워서, 이길 뿐이야."

야샤진 아이는 원래 그런 소녀였다. 아이, 멋져요~.

🔔 재능

"…………더는, 무리군."

"좋았어!!"

오이시 씨가 패배를 인정하자, 나는 주먹을 쥐고 기뻐했다.

"히…… 힘들었어…………!! 하지만 나도 이제 올라운더가……!!"

"……한 번 이겼다고 그렇게 호들갑 떨지 마. 너는 용왕이잖아."

목욕탕 영업이 시작하기 전에 빈 시간을 이용해 1층 로비에서 나에게 장기를 가르쳐 주던 오이시 씨는 쓴웃음을 지으면서 그렇게 말했다.

"하지만 조금은 휘저을 수 있게 됐구나. 아이 양이나 너처럼 단시간에 이렇게 실력이 느는 애들을 가르치면 보람이 느껴지는걸."

"아, 맞아요. 『가르친다』는 말을 듣고 생각난 건데——."

오늘은 일요일. 연수회가 있는 날이다.

아이와 아스카 양이 가게에 없는 틈을 이용해, 나는 오이시 씨

에게 얼마 전에 있었던 일을 이야기했다. ……물론 아스카 양
이 남탕에서 내 등을 씻겨줬다는 부분을 빼고 말이다.

"아스카가 장기를 가르쳐 달라고 했다는 거냐?"

"예. 느닷없이 말이에요. ……오이시 씨도 알고 있었나요?"

"뭐, 어렴풋이 눈치는 채고 있었지. 장기를 지켜보는 아스카
의 눈빛을 보고 말이야."

오이시 씨는 얇은 비닐 장기판 위에 놓인 플라스틱 장기말을
정리하면서 딱히 놀라지 않은 투로 그렇게 말했다.

"……아스카는 말이지. 어릴 적부터 나나 손님들이 두는 장
기를 봤어. 처음에는 그저 같이 놀아달라는 뜻으로 쳐다보던 거
였지만…… 아이 양 정도의 나이가 되었을 즈음이었나? 명백하
게 장기를 『읽고 있는』 눈빛을 띠게 됐지."

"장기 자체에 흥미를 가진 건가요?"

"그래. 그래서 내가 직접 그 녀석에게 장기를 가르치려고 했
지만——."

"했지만?"

"재능이 없었어."

마에스트로는 별일 아니라는 투로 그렇게 말했다.

"나도 부모야. 자식이 나처럼 장기에 재능이 있었으면 하는
꿈은 그 녀석이 태어나기 전부터 가지고 있었지……. 부모자
식이 함께 장기를 직업으로 삼을 수 있으면 좋겠다고 생각한 거
야."

"오이시 씨……."

"사실 나는 그 녀석의 이름을 『아스카』가 아니라 『비차』라고 지으려고 했을 정도라고."

이 사람, 완전 제멋대로네.

"아내가 맹렬하게 반대해서 『아스카』로 짓기는 했는데…… 덕분에 부부싸움 때마다 그 이야기를 꺼내. 얼마 전에도 그 이야기를 꺼내면서 대판 싸웠지. 결국 아내는 친정에 가버렸어."

"그래서 아내 분이 댁에 안 계신 거군요……."

모습이 안 보여서 이상하다고 생각했어.

"하지만 지금 생각해 보면 『아스카』라고 짓기 잘했어. 그 녀석은 장기에 재능이 눈곱만큼도 없거든. 부모가 보기에도 말이지."

"그래서…… 가르치는 걸 관둔 건가요?"

"그래. 장기는 관두라고 딱 잘라 말했지. 이런 건 일찌감치 미련을 끊어버리는 편이 좋거든."

오이시 씨는 평소와 다르게 단호한 어조로 말했다.

"너도 봤을 텐데? 재능이 없는데도 장기계에서 살아가려 하는 게 얼마나 힘든지 말이야."

"……예."

어떤 사람은, 두 번 다시 장기를 두지 않겠다고 맹세했다.

어떤 사람은…… 마음의 병에 걸렸다.

그렇게 좋아하던 장기를 어느새 진심으로 싫어하게 됐다. 『장기 없이는 살 수 없다』고 생각했던 사람이 장기를 증오하게 되는 경우도 있다.

그렇게 되는 곳이 장려회이며, 여류기사에게는 연수다.

"장려회의 연령 제한은 26세, 여류기사는 27세. 그 나이까지 장기를 두고도 프로가 되지 못하면 내버려지고 말아……. 내 장려회 동기 중에도 그런 녀석들이 잔뜩 있었지. 다들 지금은 잘 살고 있지만…… 그중에는 종적을 감춘 채 연락이 되지 않는 녀석도 있어. 부모로서, 딸에게 그런 고생을 시키고 싶지는 않아."

나한테는 자식이 없지만, 오이시 씨의 심정은 충분히 이해가 됐다.

두 제자가 그런 상황에 처한다면…… 상상만 해도 가슴이 옥죄어 들었다.

"나도 프로가 된 후, 한동안 나한테는 재능이 없다고 생각했어. 꽤 진지하게 말이지. 그것도 그럴 것이, 우리 세계에는 차원이 다른 어마어마한 천재가 있잖아?"

누구를 말하는 건지 나는 바로 눈치챘다. 바로 명인이다.

"하지만 오이시 씨는 그 사람한테서 타이틀을 빼앗았잖아요. 그것도 두 번이나……."

"하나는 금방 다시 빼앗기고 말았지만 말이야."

오이시 씨는 껄껄 웃으면서 말을 이었다.

"뭐, 그것도 내가 노력한 결과라고 생각했어. 누구보다 노력했기 때문에, 프로 기사가 되어서 타이틀을 땄다고 여긴 거지. 하지만——."

"하지만?"

"딸에게 장기를 가르치면서, 그리고 이 도장에서 손님과 장기를 두면서 깨달은 게 있어. 똑같이 가르쳤는데도, 성장하는 녀석과 성장하지 않는 녀석이 있는 거야. 똑같이 노력했는데도 보답받는 양은 사람마다 달라. 왜 그렇게 된다고 생각해?"

"재능…… 때문인가요?"

"맞아. 그래서 나는 이렇게 생각하게 됐지. 내가 다른 장려회 회원보다 노력한 게 아니다. 우연히 가지고 태어난 『재능』이라는 녀석 덕분에 프로가 된 게 아닐까, 하고 말이야."

"……."

"장려회는 생지옥이야. 다들 목숨을 걸고 장기를 두지. 그 와중에 자기만 남보다 노력했다고 여기는 건 오만한 생각이 아닐까?"

자신에게 재능이 있냐고 누군가가 물을 때마다, 나는 『없다』고 대답했다.

하지만 『재능』이라는 것이 장기 세계에 존재하느냐가 묻는다면, 나는 『있다』고 대답할 것이다.

『노력하면 꿈은 이루어진다.』

그것은 진실이다. 아무리 재능이 있더라도, 노력하지 않는다면 꿈은 이뤄지지 않는다.

하지만 노력만으로는 어찌할 수 없는 것이 있다. 노력만으로는…….

"그럼…… 어떻게 할 거죠? 아스카 양 말이에요……."

"나로서는 이참에 그 녀석의 미련을 깔끔하게 자르고 싶군."

"저보고 망나니 역할을 맡으라는 거예요? 잠자리가 뒤숭숭할 것 같네요……."

장려회 탈퇴가 걸린 일전이나 프로 기사의 은퇴 경기에서 대전 상대가 되는 것을 『망나니 역할』이라고 표현한다. 『장기 생명을 끊는 역할』이라는 의미다.

"너한테 그 역할을 맡기려는 건 아니야."

"······예?"

내가 아니라고?

그럼 누구에게·········· 설마?!

"오이시 씨? 설마······ 나와 아이에게 몰이비차를 가르쳐 준 게······."

"······재능 문제만이 아니야. 아스카의 성격은 승부 같은 것에 맞지 않지. 그 녀석은——."

오이시 씨는 말을 이으려다 말았다.

목욕탕 현관 쪽에서 소리가 들렸기 때문이다.

"죄송합니다만, 아직 개점 시간이——."

현관을 향해 고개를 돌린 나는 그대로 경악했다.

그곳에는—— 온몸이 비에 젖은 아이가 서 있었다.

"윽?! 아이! 무, 무슨 일이야?! 흠뻑 젖었잖아!"

"············."

아이는 그제야 내 존재를 눈치챈 것처럼 고개를 들었다.

마치 유령이라도 된 것처럼 얼굴에 생기가 없었으며, 머리부터 발끝까지 흠뻑 젖었다. 어딘가 이상했다. 몸마저 희미하게 떨고 있었다.

"……사부님…………."

아이는 현관 앞에 서서 넋이 나간 듯한 목소리로 말을 이었다.

"…… 저기, 비가………… 연수회가 끝나서, 연맹을 나섰더니, 비가 쏟아져서………… 저, 그래서…… 하지만, 젖어도………… 저…… 저…… 미오한테………… 심한 짓을…… "

미오? 미오 양과 무슨 일이 있었던 걸까?

"혹시 완패한 거니?"

오이시 씨가 상냥한 목소리로 물었다.

하지만 아이는 고개를 숙인 채 고통을 참고 있는 듯한 목소리로 이렇게 말했다.

"……대국은………… 이겼어요……."

비에 젖은 아이는 훌쩍이기 시작하더니, 더는 못 참겠다는 듯이 엉엉 울기 시작했다.

머리카락과 옷에서 흘러내린 물방울이 아이의 볼을 타고 흘러내린 뜨거운 눈물과 섞이면서 바닥에 얼룩을 남겼다.

"…… 이겼는데………… 제, 제가………… 이, 이겼는데…………!"

아이는 떨리는 오른손으로 가슴을 꼭 움켜쥐며 외쳤다.

"이겼는데…… 마음이 아파요……!"

제 4 보

Mio Mizukoshi

미즈코시미오

생년월일	8월 24일
혈 액 형	AB형
출 신 지	오사카부
특 기	외발자전거
	급식 빨리 먹기
	장기!
좋아하는것	551의 돼지고기 만두

🪧 승리의 아픔

아이는 연수회에서 미오 양에게 첩창기로 이겼다.

그래서 이렇게 엉엉 우는 거라고, 아이는 훌쩍이면서 이야기했다.

"……미오는 대국 전부터 평소와 좀 달라 보였는데………저도 처음으로 향을 떼고 두는 거라 허둥댔지만…… 미오는 저보다 더…….."

결국 미오는 자멸에 가까운 형태로 졌다고 한다.

"'졌습니다.' 하고 말한 후…… 미오는 장기판 앞에 앉은 채큰 소리로 울기 시작했는데…… 저는 그런 모습은 처음 봐서 어쩌면 좋은지 몰랐어요…….."

아이가 연수회에 들어갔을 때, 미오가 급이 더 높았다. 그래서 연수회의 선배로서 아직 연수회에 익숙하지 않은 아이를 항상 챙겨 줬다.

맞장기로 아이에게 진 적이 있으니, 아이가 실력적으로는 위라는 것은 알고 있었을 것이다.

하지만…… 첩장기로 질 거라고는 생각도 못했으리라.

머릿속으로는 이해하고 있었을 것이다. 아이가 특별하다는 것을, 아이가 자신보다 더 재능이 있다는 것을……

하지만 접장기로 지고 나니 상상 이상으로 분했으리라. 동갑내기 여자애이자, 자기보다 늦게 장기를 시작한 아이가, 연수회에서 자신을 추월했을 뿐만 아니라 핸디캡을 안고도 자신에게 이겼으니……. 두 번 다시 장기를 두고 싶지 않다는 생각이 들 정도로 분했을 게 틀림없다. 미오 양의 심정은 충분히 이해가 됐다.

아무리 상대가 강하더라도 지면 분한 게 장기라는 게임이다.

나 또한 자신의 실력이 프로 중에서 최정상이라고 생각하지는 않는다. 우연히 재수 좋게 타이틀을 따기는 했지만, 아직 프로 기사들 중에서 실력적으로는 하위다. 그 사실은 충분히 이해하고 있다.

그래도, 그걸 알고 있더라도……

설령 그 절대제왕과 싸워서 선전을 하더라도, 진다면 분명 울부짖고 싶을 만큼 분할 것이다. 장기란 그런 것이며, 그렇기 때문에 우리는 필사적으로 싸운다. 무슨 수를 써서라도 이기려고 한다.

왜냐하면 지면 괴롭기 때문이다. 분하니까! 슬프니까!!

하지만 이번에 이긴 아이는…… 졌을 때보다 더 어두운 표정을 지은 채 엉엉 울고 있었다.

"저, 저는………… 이기는 게 이렇게 괴로운 건 줄, 몰랐어요……"

"아이……"

아홉 살 된 제자는 비에 젖은 채 눈물을 흘리고 있었다.

소중한 친구를 상처 입힌 걸 후회하고, 그 친구의 심정을 헤아리며 눈물 흘리는, 상냥하디 상냥한 초등학교 4학년 여자아이.

그런 어린 여자애에게, 나는 이렇게 말했다.

"그럼 져 줄 거야?"

"예……?"

"접장기로 져 줄 거야? 일부러 져 주고, 분한 척해서, 미오 양이 웃으면 만족할 거야?"

"그, 그게……! 저는, 그럴 생각이……."

아마, 상냥하게 위로해 줄 거라고 생각했으리라.

스승인 내가 이 괴롭고 안타까운 마음을 어떻게 해 줄 것이다. 그렇게 믿으며, 상처 입은 마음을 안고, 내 곁으로 돌아온 것이리라.

꼭 안아 주고 싶었다.

빨리 목욕을 하게 한 후, 상냥한 말을 건네주고 싶었다. '너는 아무 잘못도 없어.' 라고 말하며 눈물을 닦아 줄 수 있다면 얼마나 좋을까.

하지만 나는 쌀쌀한 현관에 비에 젖은 제자를 세워 둔 채, 지금까지 단 한 번도 건네지 않았던 엄격한 말을 건넸다.

그것이 사부의 역할이라고 믿기 때문이다.

"남의 마음을 헤아려 주는 건 좋아. 패배자의 심정을 헤아려 주지 못하는 인간은 자기가 패배했을 때 금방 무너지고 말거든."

"……."

"하지만 아이, 장기판 앞에 앉았을 때 네가 생각해야 할 것은 딱 하나야. 정정당당하게, 자신이 지닌 모든 힘을 마지막 한 방울까지 쥐어짜서, 이긴다. 그것 말고는 전부 잡념에 불과해. 그리고 잡념을 가진 채 장기판 앞에 앉는 걸, 사부인 나는 용납할 수 없어."

나 또한 과거에 아이와 마찬가지로 마음의 고통을 느꼈으며, 그때 사부님에게서 같은 말을 들었다.

나는 당시의 사부님과 똑같은 어조로, 똑같은 말을, 아이에게 건넸다.

"만약 네가 이기는 걸 두려워하는 사람이라면, 더는 괴로워할 필요 없어. 지금 이 자리에서 바로 파문해 줄게. 짐을 싸서 고향으로 돌아가!!"

"윽……!"

내가 단호한 어조로 그렇게 말하자, 아이의 눈동자에서 또 눈물이 흘러나왔다.

방금 그 말은 협박이 아니라 내 진심이었다.

"……장려회에도 아이 양처럼 상냥한 녀석이 있었지."

묵묵히 이야기를 듣고 있던 오이시 씨가 상냥한 어조로 그렇게 말했다.

"그 녀석은 엄청난 재능을 지녔어. 나와 동급생이었고, 옛날부터 라이벌이었는데, 나보다 몇 배는 더 재능이 있어서, 그가 프로가 될 거라는 걸 추호도 의심하지 않았지……. 하지만, 3단이 된 날, 그는 장려회를 관뒀어."

"왜요……? 조금만 더 하면 프로가 될 수 있는데——."

"그 녀석은 나한테 이렇게 말했어. '장기는 좋아해. 하지만 누군가를 상처 입히거나 밀쳐내는 건 싫어.' …… 그 후, 필사적으로 공부를 해서 의사가 됐다. 소아과 선생님이 됐지."

칸사이 장기계에서는 유명한 이야기다. 나도, 사저도, 병에 걸리면 항상 그 선생님을 찾아갔다. 진찰 후에는 장기를 뒀는데…… 그 선생님은 항상 우리에게 져 줬다.

그런 삶도 있다.

오히려 그런 삶이야말로 존귀하다 할 수 있으리라.

장기는 단순한 게임에 지나지 않는다. 타인을 치유해 줄 수는 없다. 사회 발전에 기여할 수도 없다. 오히려 귀중한 에너지를 낭비할 뿐인 괜한 짓에 불과할지도 모른다.

하지만 우리에게 장기는 모든 것이다.

"우리는 장기 없이는 살 수 없어. 장기를 두지 못한다면 이 세상을 살아갈 이유가 없지. 장기로 부정당한다면 우리에게는 아무것도 남지 않아. 장기 말고는 아무것도 필요 없어."

그렇게 믿고, 장기 이외의 모든 것을 버리며, 싸운다.

프로도, 장려회 회원도, 연수생도, 아마추어도, 마찬가지다.

그렇게 믿으며 싸우는 이가 바로 『장기 기사』인 것이다.

"그 어떤 상대에게도 질 수 없어. 그렇다면 고민할 필요가 없지. 안 그래?"

"…………예!"

아이는 고개를 끄덕였다.

사부 앞에서 두 번 다시 눈물을 보이지 않도록, 오열을 흘리지 않도록…… 조그마한 주먹을 말아 쥐며, 필사적으로 입술을 깨물었다. 비에 젖은 강아지처럼 떨면서 말이다.

　아이는 나에게 버림받고 싶지 않다는 마음 하나만으로, 승리를 정당화했다.

　하지만, 그런다고 해서 마음의 상처가 아물 리가 없다.

　우리는 서로 마음에 상처를 주면서 강해진다. 상처 입은 마음에는 딱지가 잔뜩 붙어 있으며, 그게 떨어져 나가면 예전보다 강인한 피부가 생겨난다. 부러진 뼈가 예전보다 튼튼해지듯, 마음 또한 부러지면서 더욱 강해지는 것이다.

　하지만 그 상처가 아물기 전에 새로운 상처가 생긴다면…… 언젠가 마음은 산산조각 나면서, 두 번 다시 원래 상태로 돌아가지 못하리라.

　"휴우……."

　제자가 탈의실에 들어간 후, 나는 표정을 풀었다. 꾸짖는 건 어렵네…….

　하지만 이제부터가 더 큰 문제다.

　미오 양은 여초연의 리더 격이다. 그런 미오 양과 사이가 나빠진다면, 다른 애들과의 사이도 나빠질지도 모른다.

　애초에 지나치게 강한 인간은 질투와 대항심의 표적이 되며 고립된 후, 정신적인 싸움까지 치러야 하는 상황에 처한다. 아이가 연수회에서 고립되지는 않았으면 좋겠는데…….

"······아이 양은 착한 애구나."

아이를 위해 목욕탕을 일찍 연 오이시 씨는 로비에서 나와 단둘이 있게 되자, 구구절절한 목소리로 그렇게 말했다.

"씩씩하고 솔직해. 저런 애일수록 쑥쑥 성장하는 법이지. 걱정할 필요 없어. 뭐, 한동안은 몰이비차를 두기 힘들지도 모르지만 말이야······."

아이는 이곳에서 핸디캡을 안고 장기를 두게 될 때를 대비해 몰이비차를 수행했지만, 하필이면 그 성과를 절친을 상대로 선보이고 말았다.

그 사실이 아이의 실력을 옭아매는 주박이 될 가능성이 컸다.

장기는 이겼을 때 경험치를 받아서 레벨업을 하는 단순한 게임이 아니다. 경우에 따라서는 마음에 상처를 입게 되고, 그 상처 때문에 장기 실력이 약해지기도 한다.

"연수회의 간사는 쿠루노 군이지? 그 사람이라면 알아서 잘할 거야. 몰이비차 파거든."

확실히 쿠루노 선생님이라면 믿어도 될 것이다. 몰이비차와는 딱히 상관이 없지만 말이다······.

"······예. 아이는 괜찮을 거예요. 문제는──."

"아이 양한테 진 애 말이구나······."

"······미오 양은 요즘 슬럼프라서 힘들어 했었던 것 같아요."

나는 얼마 전에 목욕탕 2층의 장기 도장에서 봤던 미오 양의 모습을 떠올리면서 한숨을 내쉬었다. 그때 눈치챘다면······.

"평소와 다르게 동굴곰 같은 것도 두려고 하더니, 그 탓에 자기 페이스를 더 잃은 것처럼 보였어요. 그건 아마——."

"급격하게 성장하는 아이 양을 의식해서 그런 건가. 뭐, 흔한 일이지."

"예. 셀 수도 없을 만큼 흔하죠."

그건 어린이들 사이에서만 일어나는 일이 아니다. 프로 세계에서도 지나치게 강한 라이벌을 너무 의식한 나머지 자기 발에 걸려 넘어지는 경우가 얼마든지 있다.

재능이란 태풍 같은 것이다.

그 중심에 있는 자기 자신은 아무렇지도 않지만, 주위 사람들은 가까운 곳에 있을수록 영향을 심하게 받고 휩쓸려 날아가고 만다…….

"야이치. 너, 명인과 붙은 적 있어?"

"다행인지 불행인지 모르겠지만 아직 없어요……."

"그 사람과 싸우면 이기든 지든 페이스가 흐트러져. 그 사람의 장기에서 『자신은 절대로 두지 못할 수』를 보게 되거든. 그걸 동경해서 손을 뻗다 그대로 균형을 잃고 말지……. 그런 경험을 몇 번이나 하게 되면 깨닫게 돼."

"뭘요……?"

"『무슨 수를 써도 이 사람에게 닿을 수 없다』라는 걸 말이야."

"……."

"그래도 이기면 좋아. 닿지 못하더라도 어떻게든 된다고 착각할 수 있거든. 하지만 지면 정말 비참하다고. 한 줌의 희망조차 박살이 나버리면서, 다음에 싸울 때는 절대로 이기지 못해. 처음 몇 번은 명인에게 이기지만 그 후에 대부분의 사람들이 연패를 하게 되는 건, 그 사람이 대국 중에 상대방의 마음에 독을 주입하기 때문이야."

"독?"

"그래. 독이야. 『절망』과 『체념』이라는 이름의 독 말이야. 그게 스멀스멀 우리의 마음에 퍼져 나가면서, 꿈과 희망을 썩어들어가게 해."

사람의 마음을 썩게 하는, 독…….

명인이 강한 이유 중 일부를 안 듯한 느낌이 들었다. 역시 경험자의 말에는 무게감이 있었다.

"지고 얻게 되는 것은 그런 비굴한 발견뿐이야. 장기는 지면 강해질 수 없어. 지면 약해져. 너한테 승산이 있다면, 그건 『아직 명인과 싸우지 않았다』는 점뿐이겠지."

"조언은 고맙지만, 아직 명인과 싸울 준비를 하기에는 일러요. 언제 맞붙게 될지도 모르니까요."

"거짓말하지 마."

"윽……!"

"나타기리는 명인의 연구 파트너다. 앉은비차를 베이스로 한 올라운더이며 기풍도 비슷하지. 그야말로 명인의 마이너 카피라고 할 수 있어. 그리고 네가 몰이비차 연구를 하는 건 순위전이나 나타기리 때문이 아니야."

"…………."

"명인에게 이기기 위해서잖아? 너는 명인이 용왕전의 도전자

가 될 거라고 예상하고 있어. 각오를 다지라고. 나타기리에게
이기지 못해서야 명인에게 이길 확률은 제로야. 한 번도 이기지
못하고 질 거라고."

"……이길 수, 있을 거라고 생각하나요? 지금의 제가…… 나
타기리 씨에게요."

'명인에게.' 라고 묻지는 못했다. 그 대답은 이미 알고 있기 때
문이다.

"재능은 확실히 네가 더 뛰어나. 전에도 말했다시피 나타기리
의 재능은 프로 중에서도 밑바닥 수준이거든."

"그런데 나타기리 씨는 어떻게 A급 기사가 된 거죠?"

A급 기사는 총 열 명이다.

그 위에는 명인밖에 없는, 최정상 프로의 대명사인 것이다.

나는 용왕전에서 정점에 섰지만, 순위전에서는 C급 2조 꼴찌
에서 열 번째 정도다. 이제부터 최단 루트로 올라가더라도, A
급이 되기 위해서는 4년은 걸릴 만큼 험난하고 머나먼 곳이다.

첫 대국 때 얕봤던 것처럼, 나는 나타기리 씨가 A급이 될 그릇
이라고 생각하지 않았다. 장기계에 속한 대부분의 인간이 그렇
게 생각할 것이다. 연구 없이는 아무것도 못하는 인간이라고 말
이다…….

"마에스트로, 나타기리 씨가 강한 이유를 가르쳐 주세요."

"……아까 했던 재능과 노력에 관한 이야기를 기억해?"

"물론이죠. 장려회 회원은 누구나 다 극한의 노력을 하고
있으니, 결국 재능이 프로가 되는 이와 되지 않는 이를 나눈

다……는 이야기였죠?"

"그래. 장려회를 돌파하고 프로가 된 인간은 누구나 다 극한의 노력을 했어. 하지만 프로가 되고 나서도 그만큼 노력하는 인간은 적지."

"나타기리 씨는 장려회 시절에 버금갈 정도로 노력을 하고 있는 건가요?"

"아니야. 장려회 시절보다 더 노력하고 있어."

"으……!"

"장려회 시절의 그 녀석은 앉은비차, 그것도 망루만 둘 줄 알았지. 올라운더가 된 것은 프로가 된 후야. '너처럼 재능이 없는 녀석이 명인 흉내를 내지 마.' 같은 소리를 들으면서도, 그 녀석은 관두지 않았어. ……이윽고, 모든 전법을 망라한 그 녀석의 연구가 명인의 눈에 들면서, 연구 파트너로 발탁된 거야."

오이시 씨는 짜증 섞인 어조로 말을 이었다.

"그 녀석의 근성은 장난이 아니야. 비정상적일 정도지. 몇 번을 깨지든, 제아무리 재능의 차이를 실감하든, 좀비처럼 다시 부활해. 게다가 전보다 더 강해져서 말이야. 그러니 나는 그 녀석이 싫어. 그 녀석을 보면 마치 내가 노력하지 않는 것 같거든."

"……."

"나타기리는 연구 파트너로서 일상적으로 명인의 재능을 접하고 있어. 그런데 그 녀석의 마음은 썩는 건 고사하고 점점 강해지고 있는 거야. 그 녀석은 다른 이의 재능을 솔직하게 인정하고, 그 실력을 자신의 것으로 만들려 하는 넓은 도량을 지녔

. 타인의 주특기 전법을 경험하면서, 그 연구 성과를 흡수하
 하는 거지. 그러니 강한 상대나 재능이 뛰어난 젊은이와 싸
 는 걸 좋아하는 거야. 야이치, 너도 호감의 대상이 되고 있을
?"

"……뭐, 그런 경향이 있기는 했던 것 같은데……."

그건 그런 의미였던 걸까? 전혀 다른 의미의 『호감』인 것 같
 느낌도 드는데…….

"나타기리는 패배를 두려워하지 않아. 그 녀석은 장기가 아니
 마음이 강해. 그러니, 그 녀석의 연구는 깊이가 있고, 그 녀
 의 장기는 강하지. 그 녀석은 단순한 연구가가 아니야. 우리
 같은 칸사이 기사보다 더 촌스럽고 끈질긴, 진정한 장기꾼이
야."

진정한…… 장기꾼…….

"나타기리가 강한 이유를 가르쳐 달라고 했지? 딱히 이유 같
 건 없어. 그 녀석은 누구보다도 노력하고 있을 뿐이야. 농담
 아니라 모든 인생을 장기에 바치고 있지. 누구보다도 노력하
까 강한 거야. 당연하지 않아?"

누구보다 노력하니까, 강하다.

당연한 것 같지만, 그 당연한 일을 할 수 있는 사람은 적다.

"하지만 그 노력이라는 것도 어찌 보면 재능이지. 사상 네 번
째 중학생 기사이자 사상 최연소 타이틀 보유자…… 짜증 나지
만, 네 재능도 상상을 초월해. 몰이비차를 가르치면서 다시 한
번 실감했어."

"……"

"네 재능과 나타기리의 노력. 냉정하게 볼 때, 현시점에서는 나타기리 쪽이 아주 약간 앞서지만…… 네 몰이비차로 얼마나 그 녀석의 의표를 찌를 수 있느냐가 승부의 갈림길이 될 거다."

내 몰이비차…….

《휘젓기의 마에스트로》에게 배웠다고는 해도, 내 몰이비차는 어디까지나 급조한 것에 불과하다. 나타기리 씨처럼 근성이라는 뜨거운 불꽃으로 연마한 기술과는 다르다.

하지만 나는 이 미숙한 기술로 승부하기로 결심했다.

첫걸음을 떼지 않는 한, 아무것도 시작할 수 없기 때문이다.

"……그런데 오이시 씨. 아까 이야기하다 말았던, 아스카 양이 장기에 적성이 없는 이유라면──."

"아스카는 너무 착해. 아이 양처럼 말이야. 하지만 아스카는 아이 양처럼 재능을 타고 나지는 않았어."

오이시 씨가 이렇게 재능에 집착하는 이유가 있었다.

"지고 상처 입은 마음을 치유할 방법은 단 하나뿐이야. 바로 이기는 거지. 재능이 있는 인간은 져도 금방 강해지니까 머지않아 이기지만, 재능이 없는 인간은 연패를 하게 돼. 그건 불행한 일이잖아? 부모가 자식을 불행으로부터 지키려는 게 뭐가 잘못됐다는 거지?"

마음속에는 그 말을 부정하고 싶다는 생각이 맴돌았다.

하지만 나는 반론할 수 없었다. 그리고 이렇게 생각했다.

분명 아이를 제자로 들이기 전이었다면 반론했을 것이다──

라고 말이다.

▢ 올라운더

　그리고 월요일이 되었다. 나타기리 씨와 싸우는 날이다.

　제자와 함께 집을 나선 나는 대국을 위해 연맹으로 향했다. 아이는 겉으로나마 밝게 행동하고 있지만…… 역시 왠지 애처롭다는 생각이 들었다.

　나니와스지 대로의 횡단보도를 지나려던 순간…….

　"안녕!"

　오늘의 대국 상대가 활기찬 미소를 지으며 나를 향해 활기차게 인사를 건넸다.

　"아, 안녕하세요…… 나타기리 씨."

　"오늘은 잘 부탁해."

　대국 전에는 상대방과 가볍게 목례만 나누는 기사도 많지만, 이 사람은 그런 이들과 달랐다. 뭐, 성적 취향 또한 다를지도 모르지만…….

　나는 거북한 느낌을 받으면서도 '딴 데 가세요.' 하고 말하지 못했다. 결국 함께 연맹으로 향했다.

　1층 자판기에서 차를 사면서 자연스럽게 나타기리 씨와 헤어지려 했지만, 그는 기다려 줬다. 정말 좋은 사람이다. 먼저 가라고요…….

　"이야, 오늘은 운이 좋네."

"왜, 왜요?"

단둘이서 엘리베이터를 타자, 나타기리 씨는 묘하게 나와 몸을 밀착하면서 상큼한 미소를 짓더니, 이렇게 말했다.

"실은 늦잠을 잘 뻔했거든. 어제 오사카에 늦은 시간에 와서 말이야……."

"무슨 일 있었나요?"

'신주쿠의 게이바에서 놀고 왔거든!' 같은 소리를 시원시원한 표정으로 하면 어쩌나, 하고 생각했지만…… 나타기리 씨는 어찌 보면 그것보다 더 충격적인 말을 했다.

"어제 명인과 연구회를 했어. 대국 전날이라서 나는 야이치 군을 상대할 대책을 짜는 데 몰두하고 싶었지만, 워낙 바쁜 분이라 좀처럼 시간을 못 내시거든……. 맞아. 오늘 우리의 대국도 주목하고 있다고 하셨어."

"윽! 명인이…… 이 대국을요?"

"물론이지. 그뿐만 아니라 용왕의 장기는 전부 체크하고 계신 것 같더라고."

"……."

명인이…… 내 대국을? 전부?

내가 그 말을 듣고 가장 먼저 느낀 것은 황홀할 정도의 기쁨이었다.

그렇게 바쁜 사람이 일부러 내 기보를 체크한다는 것은 내 안에 자기가 주목할 말한 무언가가 있다고 생각했기 때문—— 내 실력을 인정했기 때문이 틀림없다.

하지만 그런 황홀한 몇 분이 흐른 후…… 어마어마한 압박감
이 나를 덮쳤다.

명인이 지켜보고 있다…… 그 사실만으로 '단 한 수도 실수할
수 없다'는 부담을 느끼고 말았다.

그리고 무엇보다…… 명인이 내 장기를 살피는 것은 언젠가
나와 싸울 때를 대비해, 내 장기를 분석하고 있다는 뜻이다.

사상 최강의 기사가 내가 가진 타이틀을…… 용왕위를 노리
고 있다는 당연한 사실을 다시 깨닫자, 무릎이 멋대로 떨리기
시작했다.

그렇다. 나는 겁에 질렸다.

사자의 시선을 눈치챈 토끼처럼…….

그런 내 심정을 꿰뚫어 본 것처럼, 나타기리 씨는 내 귓가에 속
삭였다.

"오늘은 너나 나나 이상한 장기를 두지 못하겠네."

"윽……!"

'당했다.' 하고 생각했다.

대국을 코앞에 앞두고 있는 상황에서 딴 일에 정신이 팔리고
말았다.

이렇게 되면 명인의 압박감에서 벗어나는 것은 어려우리라.
대국 중에도 정신이 그쪽에 쏠릴지도 모른다.

상대방이 장외전술 삼아 이런 짓을 벌인 것인지는 알 수 없지
만…… 이 일이 장기에 영향을 끼치지 못하도록 주의해야만 할
것이다.

엘리베이터가 4층에서 멈추자, 우리는 나란히 걸으며 대국실로 향했다.

이날의 대국은 『현왕전(賢王戰)』의 단위별 예선이다.

현왕전은 7대 타이틀에 포함되지 않는 일반 기전이지만, 대국 상황이 인터넷에 중계되는 점, 그리고 예선이 단위별로 치러진다는 특색을 지녔다.

보통은 용왕이라는 타이틀로 불리는 나 또한, 이곳에서는 그저 쿠즈류 8단에 지나지 않는다.

촬영장비 문제로 대국은 4층에 있는 『미나세』라는 방에서 치러진다. 이곳은 평소 기사들이 휴식시간에 음식을 먹는 곳이며, 방 밖에는 전자레인지가 있다.

나는 "안녕하십니까." 하고 말하면서 나타기리 씨와 함께 방에 들어갔다.

이미 기록 담당과 관전기자가 방에 있었으며, 이제 우리만 준비를 마치면 된다.

"······쿠즈류와 나타기리는 사이좋게 입실······."

관전기자인 쿠구이 씨는 바로 펜을 휘둘렀다. 그러지 마요.

"선후수를 정하겠습니다."

기록 담당이 그렇게 말하면서 몸을 일으켰다. 장기말을 던져서 선수와 후수를 정하는 것이다.

현왕전의 제한시간은 한 시간이며, 그걸 다 쓰고 나면 1분 장기를 둬야 한다.

이렇게 제한시간이 짧은 대국에서는 사전 준비가 크게 영향을 끼친다.

가령 한 시간 동안 사전 연구를 하고, 실전에서도 그 연구대로 진행된다면, 실질적인 제한시간은 두 배가 되는 것이다.

상대의 연구가 빗나가고, 자신의 연구한 대로 대국을 이끌어 나갈 수 있다면, 실질적인 제한시간으로 상대를 압도할 수 있다. 이런 어드밴티지가 때로는 승부를 가르는 것이다.

"나타기리 선생님이 선수입니다."

……좋아!

나는 마음속으로 환성을 질렀다. 물론 겉으로는 『우왓, 후수가 되어버렸잖아~』 같은 분위기를 자아내면서 말이다.

"……후수가 된 쿠즈류는 표정을 굳혔다. 아무래도 선수가 되고 싶었던 것 같다…….'

옆에 있는 기자가 바로 속아 줬다. 좋았어.

"그럼 열 시가 되었으니 대국을 시작해 주십시오."

""잘 부탁드립니다!""

선수인 나타기리 씨는 몸을 앞쪽으로 크게 숙이더니, 힘찬 손놀림으로 각행(角行)의 길을 텄다. 나 또한 각행(角行)의 길을 터 줬다. 가장 정석적인 전개다.

나타기리 씨는 바로 비차(飛車) 앞의 보(步)를 옮겼다.

"……나타기리는 재빨리 ▮2육보를 옮겼다. 이 시점에서 전법의 선택권은 후수인 쿠즈류의 손에 넘어갔다…….'

관전기자가 방금 말한 것처럼, 다음에 내가 둘 수가 바로 전법의 분기점이 된다.

"후훗! 오늘은 어떤 장기를 보여 주려나?"

나타기리 씨는 흥분한 듯한 표정을 지으며 그렇게 말했다.

《쌍칼잡이》라는 별명을 지닌 올라운더다운 발언이다. 상대에게 전법의 선택권을 맡기고, 그 어떤 장기를 두게 되더라도 연구량으로 상회하겠다는 자신감이 묻어났다.

『내 장기에 빈틈은 없거든?』

나타기리 씨는 지금까지 둔 세 수를 통해 나에게 그렇게 말한 것이다.

"……."

나는 눈을 감은 후, 오른쪽 무릎을 움켜쥐었다.

다음에 둘 수는 이미 정해졌다. 그러기 위해 지금까지 수행한 것이다.

하지만 그 수를 두기 위해서는 용기가 필요했다. ……다양한 감정이 내 가슴속에서 날뛰었다.

결단을 내리는 데 5분이라는 시간이 필요했다.

마음을 정리하는 데도 5분이라는 시간이 필요했다.

한 시간밖에 안 되는 제한시간 중에서 총 10분이나 되는 시간을 감정이라는 것을 제어하는데 쓴 후, 나는 다음 수를 뒀다.

"어?"

"어?!"

내가 수를 둔 순간, 기록 담당과 관전기자가 연이어 똑같은 목소리를 토했다.

아마 중계 화면에는 경악을 나타내는 문자가 난무하고 있을 것이다. 당연했다. 앉은비차 파인 용왕이 몰이비차의 수를 뒀으니까 말이다.

내가 둔 수는—— 중앙의 보를 전진시키는, 5사보!

"싱글벙글 중비차……. 이거 참 의표를 찔렸는걸. 솔직히 놀랐어……."

나타기리 씨는 눈을 깜빡이면서 몇 번이나 장기판을 보더니, 얼굴을 들면서 머리카락을 쓸어서 올린 후, 마지막으로 크게 숨을 내쉬었다.

상대방이 뜻밖의 수를 뒀을 때, 기사가 보이는 반응에는 몇 가지 패턴이 있다.

완벽하게 포커페이스를 유지하는 사람도 있는가 하면, 놀란 심정을 순순히 겉으로 드러내는 사람도 있다. 또한 일부러 크게 놀란 척해서 상대방을 방심시키려 하는 이도 있다.

——이 사람은 어떤 타입이지……?

나는 장기판을 주시하면서, 모든 신경을 동원해 상대방의 『기』를 느끼려 했다.

말이나 표정이 아니라, 대국 상대가 뿜는 미세한 기척…… 장기판을 사이에 두고 대치한 자만이 감지할 수 있는 그것을 읽는 것도 기사의 능력 중 하나다.

"네 공식전 기보는 전부 분석했어……. 장려회 시절의 기보도 손에 넣을 수 있는 건 전부 살펴봤지만, 맞장기에서 몰이비차를 둔 적은 한 번도 없지. 나를 위해…… 나를 위해, 용기를 쥐어짜 처음으로 비차를 옮긴 거지?"

"……."

"후훗! 야이치 군의 처음을 내가 가져버렸네♡"

여러모로 묘한 소리를 하고 있지만, 자신이 동요했다는 사실을 숨기기 위한 장외전술일 것이다. 그렇기를 바란다. 그렇지 않으면 곤란하다…….

"나타기리는 기뻐하며, 쿠즈류의 처음을 받아들였다……."

관전기자는 흥분한 어조로 그렇게 말하며 붓을 놀렸다. 그만해!

……뭐, 아무튼 나타기리 씨의 의표를 찌르는 데는 성공한 것 같았다.

명인과 연구회를 했다는 게 거짓말이 아니라면, 나를 상대할 대책을 짜는 데 거의 시간을 투자하지 못했을 것이다. 네 번째 대결에서야 드디어 서반에서 리드를 한 건가——.

내가 그런 결론을 내리려 한 바로 그 순간이었다.

"하지만 유감인걸. 너와는 실력만으로 싸우고 싶었는데……."

"……예?"

"하다못해 이 대국이 이틀 전에 치러졌다면, 공평한 조건에서 싸울 수 있었겠지만…… 진짜로 유감이야. 분명 명인도 그렇게 생각하고 계시겠지. 이걸로 이 장기는 결판이 나고 말았어……."

나타기리 씨는 진심으로 아쉬워하는 듯한 표정을 짓더니, 천천히 장기말을 쥐면서 말을 이었다.

"그 전법은 어제, 나와 명인이 끝장냈거든."

♟ 지금까지 쌓은 것

"야이치 군이 중비차를……?!"

나는 중계를 보다 무심코 그렇게 말했다.

자택 2층. 긴코에게 가르침을 받고 있는 어린이방에는 낡은 컴퓨터가 놓여 있으며, 그 화면에는 야이치 군이 비차를 옮기려 하는 광경이 나오고 있었다.

"……오이시 선생님 밑에서 수행했으니, 혹시나 했지만……."

긴코는 화면을 뚫어져라 쳐다보면서 그렇게 중얼거렸다.

오늘은 평일이지만, 학교 행사의 대체휴일이라 수업이 없다고 한다. 분명 거짓말일 것이다. 하지만 장기를 배우고 있는 입장이기에, 꾸짖을 수도 없었다.

야이치 군의 대국이 시작되기 전, 나는 긴코에게 예회에서 둔 장기를 보여 주며 평가를 받고 있었다.

예회의 결과는—— 1승 3패였다.

전패를 하지는 않았지만, B를 지우는 건 고사하고 비기지도 못했다.

다음 예회에서 2승을 거두지 못하면, 강등당할 위기는 계속된다.

하지만 나는 현재 1승조차도 매우 높은 허들처럼 느껴졌다.

긴코와 연구회를 한다고 이길 수 있을 거라고 생각하지는 않았지만——.

아니, 솔직하게 말하겠다.

『어쩌면 금방 이길 수 있게 될지도 몰라.』

나는 그런 물러터진 생각을 품고 있었다.

그리고 그 물러터진 마음을, 기보를 본 긴코에게 바로 간파당했다.

『물러터졌어.』

긴코는 기보를 보자마자 그렇게 말했다.

『기술 이전의 문제야. 경솔하게 둔 수가 너무 많아. 전혀 머리를 쓰지 않고 있어.』

……반론조차 할 수가 없었다.

하지만 강등 위기에 처했다는 것은 목에 밧줄을 건 채로 장기를 두는 거나 다름없다. 제대로 된 판단을 할 수 있을 리가 없다.

『그래도 둬야 해.』

『어떻게 말이야……?』

『지금까지 쌓은 것을 사용해.』

『쌓은 것…… 하지만 나한테는…….』

『저기에 있잖아?』

긴코가 가리킨 것은 방구석에 쌓여있는 노트 다발이다.

내가 썼던 연구 노트다.

지금까지 내가 둔 모든 장기의 기보, 연구회에서 배운 것, 기록 담당을 맡은 대국의 감상전에서 프로 선생님에게서 들은 지식을 적어둔 노트다.

하지만 언제부터인가 저 노트에는 타인의 지식만 적게 되었다……. 아무런 의미도 없는, 남의 옷이나 억지로 입고 있는 인형의 일기다.

『그래도 그건 헛수고가 아니야. 스스로 생각하게만 된다면, 저건 충분히 무기가 될 수 있어.』

『무기? 이 노트가 말이야?』

『케이카 씨에게는 많은 무기가 있어. 케이카 씨는 사실 강해. 하지만 자신이 약하다고 생각하니까…… 자신감이 없으니까, 스스로 생각하면서 수를 두지 못하는 거야. 자기 자신을 스스로 부정하고 있어.』

내가 강해? 농담하는 거지?

내가 그런 생각을 하고 있을 때, 긴코는 이렇게 말했다.

『그러니까 케이카 씨는 더욱 자신감을 가지며 장기를 둬! 승부에 있어서 가장 중요한 건 자신감이야!! 그것보다 더 중요한 건 없다고 해도 과언이 아니야!!!』

매우 격렬한 어조로…… 내가 다 놀랄 만큼 격렬한 어조로, 긴코는 나를 향해 그렇게 말했다.

그런 이야기를 나누고 있을 때, 바로 야이치 군의 대국이 시작됐다.

지금까지 축적한 앉은비차의 기술을……『용왕』까지 된 자기 자신을 바꿔가며, 완전히 새로운 장기에 도전하고 있다.

매우 용기 있는 행동이라는 생각이 들었다.

나라면 할 수 있을까? 중요한 대국에서, 완전히 새로운 무언
가를 시험할 수 있을까?

나도 가능할까? 자기 자신을 바꾸는 게…….

야이치 군이 비차(飛車)를 쥐더니, 힘찬 손놀림으로 그것을 중
앙으로 옮겼다.

마치 몇만 번이라도 반복했던 것 같은, 당당한 손놀림이었다.
나와는 다르게 자신감으로 가득했다.

"멋진 손놀림이네."

"손놀림만 괜찮은 거야."

긴코는 엄했다. 아무래도 오이시 선생님을 찾아갔다 야이치
군과 만난 것 같은데…… 아마 그때 마음에 들지 않는 일이 벌
어졌던 것 같았다. 그 후로 나에게 장기를 가르쳐 줄 때마다 어
마어마한 기백을 뿜었다. '초등학생들을 남김없이 피떡으로
만들어.'가 입버릇이 되어버렸다…….

"하지만…… 야이치 군, 괜찮을까? 싱글벙글 중비차는 요즘
승률이……."

"맞아. 안 그래도 초속이 맹위를 떨치고 있는 프로의 세계에
서 벼락치기 싱글벙글 중비차를 뒀다간 보통은 학살을 당할 거
야."

게다가 상대는 연구가로 잘 알려진 나타기리 8단이다. 서반에
서 완전히 우열이 갈릴 가능성조차 있다.

"하지만 오이시 선생님과 연구를 했으니까——."

"하긴, 《휘젓기의 마에스트로》라 불리는 사람이잖아……."

엄청난 스피드로 움직이는 앉은비차의 은(銀)을 깨부술 수단을 고안했을지도 모른다. 나도, 긴코도, 곧 벌어질 엄청난 대결을 고대하면서 마른침을 삼켰다.

하지만 그 대책을 볼 수는 없었다.

나타기리 8단이 쥔 장기말은 은(銀)이 아니었다.

그가 쥔 것은———.

〇 초급전

"윽?! 은……이, 아니잖아……?"

나는 나타기리 씨가 쥔 장기말을 보자마자 무심코 그렇게 말했다.

내가 비차(飛車)를 중앙으로 옮기며 싱글벙글 중비차를 쓸 거라는 사실을 확정한 순간, 나타기리 씨는 자신의 옥(玉) 오른편에 있던 금(金)을 중앙으로 옮겼다. 그 금(金)으로 내 비차(飛車)를 상대하려는 것처럼.

이 수는———.

"윽……! 초급전(超急戰)……!!"

싱글벙글 중비차 대책———— ♟5팔금 우(右)『초급전』.

『초속! ♟3칠은』과 쌍벽을 이루는, 싱글벙글 중비차 대책이다.

하지만 이 전법은 단순한 대책 이상의 의미를 지니고 있다.

"이 수가 뭘 의미하는지…… 알고 있지?"

"……윽!"

나타기리 씨가 그렇게 말한 순간, 나는 마른 침을 삼켰다.

초급전은 전법으로서 한물갔다는 평가를 받고 있지만, 그건 이 수가 초속에게 뒤지기 때문이 아니다.

이제부터 열두 수 안에 펼쳐지는 국면――.

앉은비차 파와 몰이비차 파. 상반되는 두 대국관이, 그 국면에서 이미 승부가 갈렸다는 공통된 견해를 가지고 있다.

즉, 열아홉 수째에 이미 승부가 갈리는 것이다.

그렇기에…….

"……초급전을 선택한다는 것은 싱글벙글 중비차라는 전법을 멸종시켰다는 선언이나 다름없다. 나타기리는 일곱 번째 수를 둔 순간에 승리를 선언한 것이다…… 뜨거워!"

관전기자가 열정적인 손놀림으로 펜을 놀리고 있었다.

초속은 싱글벙글 중비차를 이기기 위한 전법이다.

그리고 초급전은―― 싱글벙글 중비차를 근절하기 위한 전법인 것이다.

"나와 명인은 이 국면을 계속 연구해 왔어. 결론이 나지 않아서 이 전법을 계속 피했지만…… 어제, 그 연구가 겨우 끝났지 뭐야."

결론은? 하고 물어볼 필요도 없다.

"앉은비차 필승, 으로 말이지."

"……."

앉은비차 필승……인가.

나는 지금까지 순수 앉은비차 파로서 싱글벙글 중비차를 상대로 대책을 짜왔다. 다양한 수단을 동원해서 싱글벙글 중비차를 저절하려 했다.

나만이 아니다. 프로의 세계에서는 몰이비차 파보다 압도적으로 많은 앉은비차 파 기사가 연구에 연구를 거듭하며 다양한 대책을 만들어냈다. 『마루야마 백신』, 『쌍은급전』, 『초속! ▲3관은』, 그리고 『초급전』…… 그런 대책들이 생겨날 때마다, 이걸로 싱글벙글 중비차는 끝났다고 여겨졌다.

──하지만, 싱글벙글 중비차는 죽지 않았다.

아무리 열세에 처하더라도, 몰이비차 파는 우리의 연구를 비웃듯 아름다운 휘젓기로 가볍게 그 결론을 뒤집었다.

역설적인 발상이지만…… 나는 내가 멸종시키지 못한 싱글벙글 중비차를 믿는다!

"자아…… 누구의 연구가 올바른지──."

나는 페트병 안에 든 차를 힘차게 들이킨 후, 입가를 손으로 닦으며 중얼거렸다.

앉은비차와 몰이비차.

그 둘의 운명을 가르는 싸움의 막이 올랐다. 한쪽을 멸종시키기 위한 전쟁이 시작된 것이다.

"……어디 붙어 볼까!"

나는 중앙에 있는 보(步)를 전진시키면서, 정석이라는 이름의 열차에 올라탔다.

달리기 시작한 열차는 멈추지 않는다. 정석에서 벗어나는 순
간이 바로 권총을 뽑아 들 순간이다.

열아홉 수째에 문제의 국면이 벌어지는 것은 필연이나 다름없
었다.

그 국면을 그대로 지나간 후, 서로가 엄청난 스피드로 전례에
따라 장기말을 옮겼다.

"너, 너무 빨라……!"

기록 담당이 당황한 목소리로 그렇게 말할 정도의 속도로 ㅅ
리는 장기를 계속 뒀다. 태블릿을 쓰지 않았다면 제대로 기록히
지 못할 만큼 빨랐다. 그리고──.

"……여기다!"

서른여섯 수째.

나는 바로 그때, 전례에서 벗어나면서 지금까지 아껴뒀던 ㅅ
로운 수를 뒀다.

"흐음? 여기서 수를 바꾼 거야? ……오호라. 이 변화는──."

니디기리 씨는 내 연구를 보더니…….

"알고 있어."

"윽?! ……………빨라……!"

거의 노타임으로 수를 뒀다!

『수를 읽었다』는 기적은 느껴지지 않았다. 그렇다면 미리 연
구해 둔 것이다.

이런 수까지 연구한 건가……?!

나는 나타기리 씨의 연구가 얼마나 엄청난 깊이를 지니고 있는지 실감하며 놀랐다.

그리고 나타기리 씨와 함께 이 수를 연구했을 인물의 그림자를 느끼자, 내 손가락이 떨렸다.

바로 명인의 그림자다.

"…………."

나는 대국시계를 쳐다보았다.

지금까지 20분가량의 시간을 소비했다. 이제 남은 시간은 40분밖에 안 된다…….

내 옥(玉)은 상대보다 불안정하며, 빼앗긴 장기말도 많았다. 앉은비차 파의 대국관으로 본다면 압도적인 열세로 판단할 수밖에 없는 상황이다.

예전의 나라면 더는 수를 두지 못할 만큼 움츠러들었을 것이다.

하지만 현재 내 가슴 속에서는 마에스트로의 말이 뜨겁게 고동치고 있었다.

『안전하게 이기려고 하지 마. 상대의 공격을 유도한 후, 종이한 장 차이로 이긴다. 그게—— 휘젓기다!』

지금까지는 사전에 연구한 대로 진행됐다.

다시 수를 읽을 시간은 없다. 가슴의 고동을 믿으며——.

"……공격하자!"

나는 옥(玉)을 위험에 노출시킨 채, 상대의 옥(玉)을 노리며 수중에 있는 향차(香車)를 뒀다.

나타기리 씨는 그 향차(香車)를, 자신의 수중에 있는 향차(香車)로 막아냈다.

"지금이야……!!"

"아니?!"

나는 나타기리 씨가 둔 향차(香車)를 잡지 않고, 상대에게 띤 계마(桂馬)로 공세를 펼쳤다. 장기말을 따는 것보다 속도를 우선하면서, 상대방이 내 장기말을 잡는 틈을 이용해 마구 몰아붙인다!

"……이 국면에서 속도 승부를 펼치려는 거야? 후훗! 가슴이 두근거리는걸……. 역시 용왕이야. 아슬아슬한 순간까지 즐겁게 해 주는걸……!"

나타기리 씨는 내 목적을 간파했으면서도 그에 응했다. 옥(玉)의 바로 앞에 빈틈이 생기는 것도 개의치 않으면서, 향차(香車)로 향차(香車)를 잡았다. 최강의 응수다……!

"하지만…… 아직 멀었어!!"

나는 옥(玉) 앞에 생긴 빈틈을 향해 마지막 창을 밀어 넣었다.

나타기리 씨의 옥(玉)과 내 향차(香車) 사이에 존재하는 것은 초급전의 방아쇠가 된 5팔금뿐이다.

하나 남았어……!

저 금(金)만 돌파하면 나타기리 씨의 옥(玉)을 짓뭉갤 수 있다. 그러면 단숨에 승부를 끝낼 수 있다!!

거북한 상대에게 처음으로 이길지도 모른다는 느낌이 들자 내 심장은 갈비뼈를 부술 것처럼 격렬하게 뛰었다. 뜨거워!!

하나 남았어……!!

하나 남았다고!!

그리고 내 창^{향차가}이 나타기리 씨의 방패를 꿰뚫고, 성향(成香)으로^{금 을}

승격하면서 옥(玉)을 궁지에 몰아넣었다……. 장군!

"이걸로————— 끝이다아아앗!!"

"과연 그럴까?"

"어."

다음 순간, 말도 안 되는 광경을 봤다.

"아닛?!"

"서, 설마……?!"

기록담당과 관전기자가 화들짝 놀라며 경악에 찬 목소리를 토

했다.

궁지에 몰린 줄 알았던 나타기리 씨의 옥(玉)이 직접 내 성향(成

香)을 잡은 후, 그대로 나를 향해 돌진한 것이다!

"아——『안면 응수』?!"

"후후…… 기분 좋은걸!!"

상큼한 미소를 지으며 변태적인 수를 둔 나타기리 씨는 내 총

공격을 전혀 개의치 않으면서 벌거숭이가 된 옥(玉)을 돌격시켰

다.

옥(玉)을 지키는 게 아니라, 옥 그 자체를 방어에 참가시키는

결사의 응수——『안면 응수』다.

"마…… 말도 안 돼?! 어떻게 이런 응수를……?!"

"기분 좋아!!"

나타기리 씨는 황홀한 표정을 지으면서 그렇게 외쳤다.

홀로 돌격하고 있는 그 옥(玉)은 비정상적일 만큼 생명력이 넘쳤다. 나타기리 씨의 수에서는 눈곱만큼의 겁이나 두려움도 존재하지 않았다. 공방일체의 엄청난 승부수다……!

『상대의 공격을 유도한 후, 종이 한 장 차이로 이긴다』.

나는 그것을 목표로 삼았다. 그리고 그것을 성공시켰다고 생각했다. 자신의 옥(玉)을 최대한 위험에 처하게 하며…… 몇 수 후에는 지고 말 상황까지 상대의 공격을 유도한 후, 반격을 펼쳐서 종이 한 장 차이로 이긴다.

하지만 나타기리 씨는 나보다 더 자신의 옥(玉)을 궁지에 몰아넣었다.

종이 한 장 차이가 아니라, 내 공격이 피부에 닿을 정도로 말이다.

그리고 내 공격이 자신의 피부만 벨 뿐, 치명상을 입히지 못한다는 사실을 먼 옛날에 깨달았던 것이다. 믿기지 않을 정도로 정밀한 연구를 통해서 말이다.

공격을 유도당한 사람은 바로 나였다.

휘젓고 있다고 생각했는데, 오히려 휘젓기를 당하고 있었던 것이다…….

"아………… 아, 아…………."

가슴속의 뜨거운 고동이 순식간에 잦아들었다.

팔꿈치 걸이에 팔을 얹으면서 고개를 푹 숙인 채, 나는 무심코 신음을 흘리듯 이렇게 말했다.

"나, 나는……."

나는………… 이 사람에게 이길 수, 없는 걸까……?

♟ 백억의 도전과 천조의 죽음의

"1000시간이야."

"……예?"

나는 나타기리 씨의 말을 듣고 고개를 치켜들었다.

"내가 초급전 연구에 들인 시간만 해도 1000시간은 될 거야. 싱글벙글 중비차 전체의 연구량이라면 곱절은 될 테고, 몰이비차 전체의 연구는 그것의 수십 배는 되겠지."

"……."

"나는 그 정도로 준비를 한 끝에 몰이비차를 두고 있어. 야이치 군, 너는 몰이비차를 두기 위해 얼마나 준비를 했으려나?"

내가 실제로 몰이비차를 두기 시작한 것은 2주 전부터이며…… 아마 100시간 정도일 것이다.

초급전에 들인 시간은 열 시간 정도일까.

물론 정석 공부는 예전부터 쭉 해 왔지만, 프로에게 그것은 연구가 아니라 기초지식에 지나지 않는다.

"1000시간의 사전 연구, 그리고 그중 100시간은 명인과의 공동 연구…… 그 정도의 어드밴티지를 뒤집을 수 있을까?"

나타기리 씨가 짓고 있는 상큼한 미소의 이면에 존재하는 감정을, 나는 이때 명확하게 인식했다.

화가 난 것이다.

내 준비가 부족하다는 사실을 꿰뚫어 봤을 뿐만 아니라, 『앉은비차로 안 된다면 몰이비차로』라는 내 얄팍한 생각을 파악한 나타기리 씨는…… 어마어마한 분노에 사로잡혀 있었다.

하지만 나는 반론할 수 없었다.

입은 물론이고, 장기말로도 아무 말을 할 수 없었다.

상대가 항상 한 걸음 앞서 나가는 느낌——.

아니, 한 걸음 정도가 아니다. 몇백 걸음…… 몇천 걸음에 이를 정도로 연구량에서 차이가 났다. 게다가 그 연구를 지탱하고 있는 것은 근성이다. 강해지고 싶다는 열망이다.

기술만이 아니다.

나는 마음으로도, 나타기리 씨에게 뒤지는 것이다…….

"으………… 으, 윽……."

나는 신음을 흘리면서 다시 장기판을 쳐다보았다.

이제 단순히 장기말의 숫자에서 밀리는 정도가 아니었다.

상대방은 비차(飛車)와 각행(角行)이라는 대마 두 개를 필두로, 나에게 딴 말을 대량으로 보유하고 있다.

그리고 나타기리 씨는 이대로 맞부딪쳐도 자신이 이길 거라는 걸 정확하게 파악하고 있다.

한정 멍군을 읽히고 졌던 2주 전과 마찬가지로 말이다…….

"아직 방법이 있을 거라는 생각은 버리는 편이 좋을 거야. 내가 말했지? 싱글벙글 중비차는 나와 명인이 끝장냈다고 말이야."

"…………."

"이 연구는 완벽해. 부술 수 있을 리가 없어."

완벽. 절대로 부술 수 없는 벽.

끝없이 높고, 두꺼우며, 또한 미세한 흠집 하나 없는 그 벽과 마주한 순간, 내 마음은 잔가지처럼 간단히 부러지고 말았다.

——또 엉엉 울면서 뛸 거야?

"큭……!!"

욱신, 하면서 온몸에 통증이 흘렀다.

딱지가 떨어지면서, 아물어가던 상처가 벌어졌다. 이를 악물지 않았다면 신음을 흘렸을 정도로, 아팠다.

나는 이 고통을 안다.

도저히 견뎌낼 수 없는 마음의 고통…….

결코 익숙해질 리가 없는 고통…….

『패배의 고통』이다.

——불가능하니까 포기할 거냐? 부술 수 없는 벽이니까 체념할 거냐?

"크윽…………!!"

이미 마음은 꺾였다. 패배를 인정했다.

하지만 포기하려 하면 할수록 고통은 더욱 거세어졌다.

역전은…… 거의 불가능하다.

하지만 나는 이제부터도 할 수 있는 일이 있다는 걸 알고 있으며, 그것이 고통이 되어 패배를 거부하고 있었다. 이성이 아니라, 기사로서의 본능이 그러고 있는 것이다.

불가능을 가능하게 하는 유일한 방법.

그것은 바로—— 불가능에 도전하는 것이다.

항상 눈앞에는 높은 벽이 있었다.

장기를 처음 시작했을 때는 아버지와 형에게 항상 졌다. 처음 갔던 장기도장에서는 두 달 동안 지기만 했다. 두 살 어린 사저에게도 처음에는 전혀 이기지 못했고, 입문하고 2년이 흐른 후에야 비차(飛車)를 뗀 사부님에게 이겼다. 장려회에서는 B가 붙었고, 프로가 되고 처음 둔 대국에서도 완패를 했으며, 용왕이 된 후에도 11연패를 했다.

어릴 적의 내가 '프로가 되겠다.' 라고 말하자, 다들 불가능하다며 웃었다.

하지만 나는 용왕이 됐다.

질 때마다 도전했고, 도전할 때마다 졌으며, 마음에 고통이 새겨졌다.

하지만 계속 도전하는 것이야말로, 불가능을 가능하게 만드는 유일한 방법이라는 걸 알고 있다.

그리고…….

수많은 벽을 뛰어넘은 끝에 나타난, 최강의 벽.

수많은 불가능을 뛰어넘은 끝에 나를 막아선, 최강의 불가능.

내일부터도, 다음 대국부터도 아니다.

지금 이 순간부터———— 나는 『최강』에 도전할 것이다!

나는 장기판을 노려보면서 기록 담당에게 물었다.

"시간을 얼마나 썼죠?"

"34분 썼습니다."

"남은 시간은요?"

"25분 34초입니다."

──……해낼 수 있을까?

상대의 연구 시간은 1000시간에 이른다. 게다가 명인과 A급 8단이 함께 내놓은 결론이다.

그 결론은── 겨우 25분 34초 만에 뒤집힌다.

순위전 C급 2조의, 프로가 된 지 2년도 안 된 신입이 뒤집으려 하는 것이다.

무모할지도 모른다. 오만불손한 짓일지도 모른다.

그것도 그럴 것이, 나는 그 두 사람과 비교도 안 될 만큼 약한 것이다.

그렇다. 약하다. 하지만──────── 나는 『용왕』이다!!

"…………하아……."

고개를 들고 크게 숨을 들이마신 후, 폐와 뇌에 힘껏 산소를 보냈다.

두 손을 말아 쥐었다.

그리고 주먹을 바닥에 대며 온 체중을 실은 후, 장기판을 가리려는 듯이 극한까지 몸을 앞으로 숙였다.

그저, 장기판을── 장기판만을, 쳐다보았다.

제자에게 해 줬던 말을, 괴로움으로부터 눈을 돌리지 말고 계속 도전하라는 말을 떠올렸다.

　분명 아이도, 초등학교에서 스마트폰을 통해 이 대국을 보고 있을 것이다.

　아이만이 아니다.

　마에스트로도, 사저도…… 어쩌면 미오 양과 케이카 씨도 이 장기를 보고 있을지도 모른다.

　그리고──.

　"…………명인이……."

　언젠가 싸우게 될 그 사람이…….

　방금, 뛰어넘겠다고 결심한 그 사람이…….

　──명인이 보고 있다고ㅇㅇㅇㅇㅇㅇㅇㅇㅇㅇㅇㅇㅇㅇㅇㅇ!!

　"크으윽!!!"

　입술이 찢어질 정도로 세게 깨문 나는 고통을 기합으로 바꾸며 단숨에 『수읽기』의 속도를 가속시켰다.

　머릿속에서, 내 옥(玉)이 몇 번이나 죽었다.

　어떤 수순으로는 돈사했고, 또 어떤 수순에서는 무참하게 유린당했다.

　수읽기를 하면 할수록 미래에는 죽음이 넘쳐흘렀고, 절망만이 보였다.

　"크아아아아아아아아아아아아아아아아아아아아아아아아아아아아아앗!!"

지금까지 겪은 무수한 죽음 때문에 마음이 꺾일 것만 같았다
눈앞에 펼쳐진 어마어마한 숫자의 변화가…… 장기라는 이름
의 무한한 가능성에 짓뭉개질 것만 같았다. 남은 변화는? 억
조? 무모한 도전을 한 걸 후회하기도 전에 새로운 죽음이 찾아
왔다.

수를 읽었다.

그래도, 수를 읽었다.

몇 번이나.

몇 번이나. 몇 번이나.

몇 번이나, 몇 번이나, 몇 번이나.

몇 번이나, 몇 번이나, 몇 번이나, 몇 번이나, 몇 번이나, 몇 번
이나, 몇 번이나, 몇 번이나, 몇 번이나, 몇 번이나, 몇 번이나,
몇 번이나, 몇 번이나, 몇 번이나, 몇 번이나, 몇 번이나, 몇 번
이나, 몇 번이나, 몇 번이나, 몇 번이나, 몇 번이나, 몇 번이나,
몇 번이나, 몇 번이나.

백억 번의 도전과 천억 번의 절망과 천조 번의 죽음의…….

그, 끝에…….

────────────────나는, 유일한 장소에 도착했다.

"…………찾았다."

"뭐?"

나타기리 씨의 말을 듣고, 나는 내가 무슨 말을 중얼거렸다는

사실을 눈치챘다. 아마『찾았다』같은 말을 중얼거렸으리라.

시간 감각을 잃었던 나는 고개를 들어서 시계를 쳐다보았다.

내가 사용한 시간은…… 25분 34초였다.

"쿠즈류 선생님. 제한시간을 전부 쓰셨으니, 이제부터 1분 장기를 부탁드립니다."

기록 담당이 그렇게 말했지만, 나는 동요하지 않았다.

이제 시간이 필요하지 않은 것이다.

"예."

나는 대답을 하면서 바로 수를 뒀다.

"음? 그 수는………… 그래. 다음 수로 나는 외통수순이 되지……."

나타기리 씨는 내 수를 음미하더니…….

"하지만 지금 이 순간에는 아무것도 아니야."

……하고 말하면서 내 옥(玉)을 향해 향차(香車)를 날렸다.

『응수를 하지 않으며 계속 싸우면 한 수 차이로 이긴다.』

그렇게 확신한 듯한 손놀림이었다.

"……."

나도 응수를 하지 않고, 바로 나타기리 씨의 옥(玉)을 향해 외통수순을 날렸다.

내가 전혀 머뭇거리지 않으며 담담하게 수를 두자…….

"……오호라. 기보 꾸미기구나."

나타기리 씨는 미소를 지었다.

"하지만 분통을 터뜨릴 필요는 없어. 야이치 군은 약하지 않

아. 싱글벙글 중비차라는 전법 자체가 박살이 났을 뿐이니까 뭐
이야······."

나타기리 씨가 내 옥(玉)의 바로 옆에 잡은 말인 비차(飛車)를
놓으면서 첫 번째 장군을 날렸다.

나는 그 장군을 피했다.

그러자 나타기리 씨는 자신의 수중에 있는 계마(桂馬)를 놓으
면서 또 장군을 날렸다.

나는 그 계마(桂馬)를 보(步)로 잡아서 장군을 무력화시켰다.

나타기리 씨는 각으로 세 번째 장군을 날렸다.

지금이다.

나는 말받침을 향해 손을 뻗었다.

나타기리 씨는 그것을 투료를 하는 동작으로 착각한 건지 우
로의 감정이 어린 미소를 지으며 이렇게 말했다.

"역시 너한테는 몰이비차가 어울리지 않아. 다음에는 특기인
한 수 버리기 각교환을 보여 줬으면 좋겠네. 분명 명인도 그걸
원할——."

하지만 나는 투료를 할 생각이 없었다. 말받침을 향해 손을 뻗
은 것은 거기에 놓인 말로 상대의 장군을 막기 위해서다.

내가 장기판에 둔 말은 바로————『은(銀)』이다.

"······은?"

나타기리 씨의 얼굴에서 미소가 사라졌다.

"은으로 받아낸 거야? ……은? 계마를 가지고 있는데……?"

보통 장군을 막는 명군의 용도로는 약한 말을 쓴다. 강력한 말이 상대방에게 넘어가면, 자신의 옥(玉)이 거꾸로 위험해질 수도 있는 것이다.

하지만── 나에게는 이 방법밖에 없다.

나타기리 씨는 당연하다는 듯이 그 은(銀)을 잡더니, 또 장군을 불렀다.

이번에도 마찬가지다.

나는 또 주저 없이 명군을 했다.

"또………… 은?"

나타기리 씨는 내 명군의 의미를──.

"………………설마?"

두 번 연속으로 은(銀)으로 명군을 한 의미를, 그제야 비로소 눈치챘다.

"설마? 어? 설마………… 설마, 설마, 설마?!"

그렇다.

바로 그 설마다.

내가 은(銀)으로 명군을 한 건──.

"…………한정 명군인…… 거야? 게, 게다가…… 두, 두 번 연속으로? …………자, 잠깐만?! 서, 설마………… 한 번 더……?!"

나타기리 씨는 아연실색한 표정을 지으면서 눈치챘다.

자신이 이미 졌다는 사실을…….

만에 하나, 억에 하나도 질 리가 없다고 생각했던 국면에, 단 하나…… 천조 분의 일로 패배가 존재했다는 사실을.

"……어…… 어떻게…… 어떻게, 이런 일이…………?"

나는 나타기리 씨가 저런 반응을 보이는 심정을 이해할 수 있었다.

하지만, 있었던 것이다.

완전무결한, 그야말로 어마어마한 강도를 자랑하던 벽에는, 현미경으로 확대해도 찾을 수 없을 만큼 조그마한 구멍이 하나 존재했던 것이다. 기적보다도 조그마한 구멍이.

그리고 벽은 무너졌다.

내가, 무너뜨렸다.

"이………… 이럴 리가……."

나타기리 씨는 떨리는 손으로 여섯 번째, 일곱 번째, 여덟 번째, 아홉 번째 장군을 날렸다.

너무 분해서 패배를 인정할 수 없다기보다, 눈앞에서 일어난 일이 믿기지 않는다는 듯한 반응이었다.

하지만 승부는 이미 갈렸으며, 뜨거웠던 장기판 위에서는 차디찬 결론만이 존재했다.

대답은 단 하나뿐이다.

————투료.

총 열 번의 연속 장군을 날린 나타기리 씨는 내가 그 장군을 막는 걸 보더니, 비틀거리는 몸을 지탱하려는 것처럼 말받침에 손을 대며 아무 말 없이 고개를 숙였다.

나도 아무 말 없이 마주 고개를 숙였다.

""………….""

나타기리 씨는 물론이고, 기록 담당과 관전기자 또한 아무 말도 하지 않았다.

이 자리에는 승패를 초월한 경악이 존재했다.

다들 장기판 위에서 일어난 천문학적인 확률의 여운에 잠겨 있었고…… 장기의 심오함에 압도당했다.

실전에서 한정 명군이 일어날 확률은 지극히 낮다.

그리고 그게 연속해서 일어나는 대국은 10년에 한 번 일어날까 말까 할 것이다.

나는 기적적으로 승리를 거머쥐었지만…… 그 기적을 일으킬수 있었던 것은 나타기리 씨의 연구가 기적을 일으키지 않는 한 부술 수 없을 만큼 완벽하기 때문이라고 할 수 있다.

"…………패착……은, 뭐지……?"

그것이 투료 후의 첫마디였다.

나타기리 씨는 감정을 억누른 듯한 목소리로 장기판을 쳐다보며 그렇게 말했다.

"여기서——."

나는 나타기리 씨가 자기 옥(玉)의 뒤편에 계마(桂馬)를 뒀던 57수째를 지적했다.

"계마가 아니라, 향차를 뒀다면……."

"앗……!"

나타기리 씨는 바로 그 의미를 이해한 것 같았다. 반사적으로 장기말을 향해 손을 뻗으려 했지만, 곧바로 손을 거뒀다.

나타기리 씨가 뻗은 손은 희미하게 떨리고 있었다.

'분한가 보네.' 하고 나는 생각했다. 그리고 저 분함이야말로 저 사람이 지닌 실력의 원천이라는 생각이 들었다.

같은 프로 기사들에게서 『재능이 없다』며 무시당했던 나날이, 이 사람을 강하게 만들었다. 겉으로는 온화해 보이지만, 무시를 당하고 상처 입지 않는 사람은 프로의 세계에 존재하지 않는다. 『이기고 싶다』는 마음을 단 하루도 품지 않았던 적이 없으리라. 그래서 이 사람은 누구보다 강렬한 노력을 계속해 온 것이다. 단순한 노력이 아니라, 강력한 노력을 말이다.

장기판을 사이에 두고 앉아, 이 사람의 연구를 깊이 헤아리고 또 헤아리자, 이 사람이 얼마나 장기에 몰두해 왔는지를…… 그리고 장기에 몰두한 채 보낸 방대한 시간을 체감할 수 있었다.

그리고, 알았다.

내가 벽에 부딪쳤던 것처럼, 이 사람도 벽에 부딪쳤으며, 그 벽을 뛰어넘어왔다는 사실을……. 그리고 나 따위보다 훨씬 더 많은 불가능에 도전해 왔다는 사실을 말이다.

누구보다도 뜨겁고, 격렬하며, 그리고 끈질긴…… 진정한 장기꾼.

온몸에 퍼져 나가는 기쁨에 젖어 있을 때…… 나타기리 씨가

=닷없이 나를 쳐다보며 입을 열었다.

"……아까 질문에 대답해 주지 않겠어?"

"예?"

"몰이비차를 두려고 얼마나 오래 준비했지?"

"2주……."

"뭐?"

나타기리 씨는 깜짝 놀란 것처럼 눈을 치켜뜨더니, 몸을 뒤쪽
으로 젖히면서 폭소를 터뜨렸다.

"하핫! 2주! 2주라! 걸작이군! 역시 천재인걸! 보통은 겨우 2주
동안 연구한 전법을 올라운더 상대로 처음으로 쓸 엄두도 내지
못할 거야! 게다가 지금까지 3연패를 한 상대한테 말이지! 이야,
천재는 발상 자체가 다른걸! 그러고도 이기니까 말이야!"

"……죄송합니다."

"아니, 사과할 필요 없어. 그건 그렇고, 2주라……."

나타기리 씨는 미소를 짓더니, 담담한 목소리로 말을 이었다.

"……A급에 올라오고 좀 자만한 것 같네. 나와 명인이 내놓은
결론이라면 아무도 뒤집을 수 없을 거라고 생각해서, 그걸 내비
치기만 해도 이길 수 있을 거라고 착각했어……. 진짜 소중한
두기는 따로 있는데 말이지."

나타기리 씨는 그렇게 말하더니, 자세를 고치면서 고개를 깊
이 숙였다. 그리고 단호한 어조로 자신의 패배를 인정했다.

"졌습니다. ……고마워."

나는 이 사람에게 이긴 게, 정말 기뻤다.

△ 코끼리와 개미

기적.

그것이 눈앞에서 일어났다.

"대……체? 무, 무슨…… 일이, 일어난 거야……?"

나타기리 8단이 패배를 인정하는 모습이 모니터에 나왔지만 나는 믿기지가 않았다.

야이치 군의 옥(玉)은 간단히 잡힐 것만 같았다.

『저 국면이라면 나도 쉽게 이길 수 있어.』

그런 생각이 들 정도로 차이가 벌어졌다. 내가 야이치 군이었다면 예전에 승부를 포기했을 것이다.

하지만 야이치 군은 승리했다.

총 열 번의 장군을 버텨낸 것은 경이적이지만…… 감상전을 듣다 보니, 더 당치도 않은 사실이 판명됐다.

"은, 은, 각의…… 3연속 한정 멍군……?"

"그래."

나와는 달리, 긴코는 대국 중에 그 사실을 눈치챈 것 같았다. 평소와 다름없는 표정으로 담담하게 말을 이었다. 그 얼굴은 투명해 보일 만큼 새하얗다.

"각으로 장군을 막는 상황은 펼쳐지지 않았지만 말이야. 하지만 야이치는 분명 거기까지 읽었어."

"어……언제……?"

"아마 선수가 5팔계를 뒀을 때야."

"5팔계?"

처음에는 그게 어느 국면인지 이해하지 못했다.

그리고 이해한 순간—— 온몸의 피가 전부 빠져나가는 느낌이 들었다.

"노…… 농담하는 거지?! 57수 째에 30수 후의 승리를 읽었다는 거야?! 그건 불가능해!!"

"3연속 한정 멍군 같은 게 우연히, 혹은 운이 좋다고 일어날 것 같아? 진짜로 그렇게 생각해?"

"윽……! 하, 하지만……!"

나는 반론하고 싶었지만, 입에서 말이 나오지 않았다.

한정 멍군이란 『그 외의 다른 장기말로 멍군을 하면 지는 상태』를 말한다.

즉, 유일한 해답을 완벽하게 찾아냈다는 것을 의미한다.

야이치 군은 그것을 세 번이나 해낸 것이다.

우연일 리가…… 운이나 감일 리가 없다.

읽은 것이다.

완벽하게 읽은 것이다.

하지만 아무리 종반이라고 해도…… 현실적인 수순만 고려해도 어마어마한 분기가 존재할 것이다.

평범한 인간이 그걸 전부 다 파악할 수 있을 리가 없다. 최신식 컴퓨터로도 며칠을 걸릴 듯한, 그 천문학적인 분기를…….

"……몇백 억……? …………몇천………… 조……?"

"뛰어넘은 거야. 야이치는 그 전부를 뛰어넘었어."

긴코는 담담한 목소리로 그렇게 말했다.

"그리고 유일한 정답에 도달한 거야. 우리가 천 년을 걸려도 도달하지 못할 장소에, 겨우 30분 만에 말이야."

"마……말도 안 돼……."

설명을 들었지만, 내 뇌가 그 말을 이해하는 것을 거부했다.

애초에 명군에는 되도록 약한 장기말…… 보(步)나 향차(香車) 같은 말을 쓴다.

그러니…… 은(銀)이나 각(角)을 명군에 쓴다는 발상 자체를 보통은 할 수 없는 것이다.

기적—— 아니, 기적 이상의 불가능을, 야이치 군은 해냈다.

이…… 이래선…….

"이…… 인간이…… 아니야……."

"내가 전에 말했지?"

긴코는 당연한 말을 하는 듯한 어조로, 자기 사제의 정체를 밝혔다.

"쟤는 장기별 사람이야."

……긴코가 돌아간 후, 나는 방에 홀로 남아서 무력감에 젖어 있었다.

분명 방금 그 대국을 본 많은 프로 기사와 여류기사, 장려회 회원들이 나와 같은 심정일 것이다.

압도적인 재능은 존재하는 것만으로 주위 사람들의 마음을 꺾는다.

"하지만………… 야이치 군은 아무 잘못도 없어. 아이 양도……."

당연했다. 코끼리가 걷다가 개미를 밟아 죽인다고 해서 비난을 받을 리가 없다. 코끼리에게는 악의도 없고, 죄 또한 없다. 애초에 코끼리는 개미를 인식조차 못했을 것이다.

하지만 코끼리는…… 개미를 간단히 밟아 죽일 수 있다.

그런 코끼리를, 개미는 무서워하고, 두려워하며, 우러러볼 뿐만 아니라…… 증오한다.

"……얄팍하네……."

자신이 얼마나 보잘것없는지 느껴지자 눈물이 날 것만 같았다. 나 따위는 방구석에 쌓여 있는 연구 노트의 종이처럼 얄팍한 존재다.

"이런 게 내 무기라니…… 긴코도 참 너무하──."

나는 말을 이으려다 문득 눈치챘다.

여류기사가 되는 것을 목표로 삼으면서 수행을 시작한 후에 쓰기 시작한 이 노트 다발은 어느새 다리가 달린 장기판보다 두꺼워졌다.

한 장 한 장은 얇고 미미한 존재일지라도…… 내가 쌓아 온 7년 반은 어느새 코끼리의 발톱만 한 크기가 되어 있었다.

"내…… 무기……."

나는 방구석에 쌓여 있던 노트를 펼쳐 보았다.

반가운 기보를 보자, 희망으로 가득 차 있었던 나날이 머릿속에 떠올랐다.

 아장아장 걷는 갓난아기처럼 어설프고 서투른 장기…… 하지만 그 안에는 장기를 두는 기쁨, 그리고 자유로운 발상으로 가득 차 있었다.

 "내가, 이런 장기를 뒀어……?"

 완전히 잊고 있었던 자기 자신과 만난 게 왠지 기쁜 나머지, 나는 그 노트에 몰입되며 페이지를 넘겼다.

 어느새 아침이 되었지만, 그래도 나는 계속 페이지를 넘겼다.

 다음 날 아침이 되었는데도…….

 그리고 그다음 날 아침이 되었는데도…….

🔔 아버지와 딸

 『최신식 미사일을 풀스윙으로 휘둘러서 상대를 날려버리는 장기』.

 오이시 옥장은 오늘 대국을 그렇게 평했다.

 "화려함이라고는 눈곱만큼도 없어. 모처럼 몰이비차라는 미사일을 줬는데, 너는 결국 그걸 둔기로 쓴 거냐."

 "죄, 죄송해요……."

 "2주 동안 여기서 뭘 했지? 목욕이나 하러 왔던 거냐?"

 ……할 말이 없다.

 대국이 끝나고 『싱글벙글 탕』에 돌아온 나는 재즈바처럼 화려한 장기도장에서 마에스트로에게 설교를 듣고 있었다.

　가적적인 수순을 발견해서 이기기는 했지만, 처음부터 그걸 노린 건 아니다. 연구로도, 휘젓기로도, 나는 명백하게 나타기리 씨에게 밀렸다. 우연히 바닥에 떨어져 있던 승리를 주운 것에 지나지 않았다.

　하지만 인터넷에서는 찬사가 쏟아지고 있었고, 항상 안티만 바글대던 거대 게시판에서도 오늘은 쿠즈류 야이치 축제가 개최됐다.

　딱 그런 상황이다.

『용왕 쨩쎄에에에에에!!』

『3연속 한정 멍군?! 완전 기적 아니야?!』

『처음 두는 몰이비차로 A급 기사를 작살냈어……. 역시 천재네.』

『진정한 드래곤킹이네요.』

『쓰레기 용왕, 요즘 각성한 거 아니야?』

『동감. 제자를 들이고 레벨업한 느낌이 들어.』

『두 번째 제자도 여초딩이라면서?』

『그쪽으로도 레벨업했군.』

　말도 안 되는 뜬소문이 엄청난 속도로 퍼져 나가고 있는 느낌이 들었지만, 그래도 기뻤다. 이 부분, 저장해 둬야지!

"므흐♡ 후히히♡"

"설교당하면서 웃지 마. 진짜 기분 나쁜 녀석이군…….."

"죄, 죄송해요……."

"……솔직히 말해──."

오이시 씨는 내 기보를 손가락으로 두드리면서 말했다.

"네가 나타기리를 이길 줄은 생각도 못했어. 아무리 너한테 재능이 있더라도, 어설픈 몰이비차로 나타기리와 명인의 연구를 깰 수 있을 거라는 생각은 안 들었거든. ……하지만 아무래도 네 재능은 내가 생각했던 것보다 더 대단한 것 같구나. 역시 용왕은 대단하군."

"……재능은 확실히 중요하다고 생각해요. 노력도 물론 중요하죠. 하지만——."

"하지만?"

"……."

나는 도장 구석을 쳐다보았다.

거기서는 내 조그마한 제자가 손님과 열심히 장기를 두고 있었다.

"재능보다, 노력보다, 더 중요한 게 있어요. 그걸 깨달았기 때문에, 저는 오늘 이길 수 있었다고 생각해요."

"호오. 그게 뭐지?"

"『동경』."

"……윽!"

오이시 씨는 깜짝 놀란 것처럼 눈을 치켜떴다.

나는 도장 구석에서 장기를 두고 있는 아이를 의식하면서 확신에 찬 어조로 말했다.

"재능은 중요해요. 하지만 그 재능을 최대한 발휘하기 위해 필요한 것이 『꿈』과 『동경』이 아닐까요? 그게 있으니까 노력할 수 있고, 어린애들은 쑥쑥 성장한다고 생각해요."

나는 키요타키 사부님을 동경해서 프로 기사를 목표로 삼았다.

그리고 츠키미츠 회장님을 동경해서 한 수 버리기 각교환의 스페셜리스트가 되었다.

또한 지금은―― 명인을 동경해서 『최강』을 목표로 삼았다.

"경험을 쌓으면 쌓을수록, 현실을 알면 알수록, 저희는 겁쟁이가 되죠. 패배를 두려워하고, 주위의 눈길을 두려워하며, 똑똑하게 행동하려 하다…… 불가능에 도전하는 걸 관두고 말아요. 하지만 좀 더 솔직하게, 순수하게, 목표를 좇으면 되지 않을까, 하는 생각이 들었어요."

자신이 해낼 수 있을지 없을지는 상관없다.

왜냐면 우리는 장기를 둘 수밖에 없으며…… 그렇기에, 최강을 목표로 삼을 수밖에 없는 것이다.

"나는 앞으로도 몰이비차를 둘 거예요. 앉은비차도, 몰이비차도 둘 수 있는 올라운더가…… 명인처럼 되겠다고 장기판 앞에서 계속 주장할 거예요. 아무리 부정당하더라도, 쓰레기 취급을 당하더라도, 이 마음은 틀리지 않았다고 생각하니까요."

나타기리 씨와의 장기가 나에게 그 점을 가르쳐 줬다. 중요한 것은 연구결과가 아니다. 뭔가를 목표로 삼으며 연구를 계속해 나가는 그 행위 자체가 최강의 무기다. 계속 도전한다는 것이 말이다.

"…………."

오이시 씨는 한숨을 푹 쉬더니, 머리카락을 거칠게 긁적였다.

"⋯⋯⋯⋯나와 나타기리는 완전히 무시하는 거냐. 정말 건방진 꼬마⋯⋯. 이게 천재라는 놈들인가⋯⋯."

"예?"

"'이게 오사카 최강의 바보인가.'라고 말했어."

으⋯⋯.

"뭐, 나타기리와 명인이 초급전을 이렇게 깊이 연구했을 줄이야. 한동안은 싱글벙글 중비차를 봉인하는 편이 무난하겠군."

"하지만 오이시 씨에게 싱글벙글 중비차는 에이스 전법이죠? 그걸 봉인한 채 순위전을 치르는 건⋯⋯."

"횡보잡기라도 두지, 뭐."

"예? 그건 앉은비차——."

"횡보잡기의 8오비 전법 말인데⋯⋯."

"예."

"그걸 90도 기울여 봐."

"⋯⋯예?"

나는 머릿속 장기판을 기울여 봤다.

"어때? 중비차가 됐지?"

이 사람, 정신 나간 거 아니야?

마에스트로의 발상 때문에 현기증이 난 바로 그때였다.

"저기⋯⋯."

어느새 도장에 온 아스카 양이 오이시 씨에게 말을 걸었다.

"목욕탕⋯⋯ 문 닫았어⋯⋯."

"그래? 수고했어. 청소는 야이치한테 시킬 테니 먼저 들어가."

……뭐, 청소 정도야 얼마든지 해 주겠다. 대국을 치른 날에는 잠이 잘 안 오니까.

겸사겸사 아이도 데려가 달라고 부탁해야겠다. 오늘은 오이시 씨의 집에 묵고, 내일 아침에 일찍 일어나서 아파트로 돌아가자.

내가 그런 생각을 하고 있을 때…… 왠지 분위기가 심상치 않다는 사실을 눈치챘다.

아스카 양이 우리 옆에 선 채 꼼짝도 하지 않은 것이다.

"왜 그래?"

오이시 씨가 엄격한 목소리로 그렇게 말했다.

"저, 저기…… 나………… 나도………… 여기서…………."

아스카 양은 그 말을 듣고 몸을 부르르 떨었지만, 평소보다 명확한 어조로 이렇게 말했다.

"나, 야이치 군에게 장기를 배울…… 거야."

""……""

나와 오이시 씨는 잠시 동안 꿀 먹은 벙어리가 됐다.

하지만 놀라지는 않았다. 올 때가 왔다는 생각만 들었다.

"장기를 관두라고 말했을 텐데?"

"……아빠한테 배우지는 않을 거야."

나도 가르쳐 주겠다고 말한 적은 없는데…….

내가 당혹스러워하는 가운데, 아버지와 딸의 시선이 맞부딪쳤다.

"으……."

먼저 고개를 돌린 사람은 바로 아스카 양이었다.

하지만 그녀는 꼼짝도 하지 않았다. 고개를 숙인 채 입술을 깨물더니, 아버지가 뿜는 압력을 필사적으로 견디고 있었다.

"……말로 해서는 이해를 못하는 것 같구나."

오이시 씨는 짜증 섞인 어조로 그렇게 말하더니…….

"아이 양! 이쪽으로 좀 와 봐."

"예?"

방금 대국을 마친 듯한 아이는 대국 상대를 향해 허둥지둥 고개를 숙이더니, 영문을 모르겠다는 표정을 지으며 이쪽으로 왔다.

오이시 씨가 나와 아이에게 몰이비차를 가르쳐 준 가장 큰 이유…….

그것은 우리를 단련시키기 위해서도, 몰이비차를 보급하기 위해서도 아니다.

아스카 양의 마음을 꺾기 위해서다.

거대한 재능을 접하면, 인간은 싸우기 전부터 마음이 꺾이고만다. 『절대로 이길 수 없다』는 사실을 이해하면 도전할 마음조차 들지 않는 것이다.

오이시 씨는 아이의 재능을 보여 줘서 아스카 양의 마음을 완전히 꺾어버릴 작정이다. 장기를 포기하게 만들기 위해서.

하지만 그것은 역효과였다.

개인적으로 이런 성품을 싫어하지 않는다. 특히 아스카 양처

평소에는 우물쭈물하는 애가 장기에 관한 일에서는 고집쟁이가 되다니…… 끝내주는걸!

"인마."

"아얏?!"

마에스트로가 내 머리를 때렸다. 왜 때리는 거예요?!

"……방금 내 딸을 엉큼한 눈으로 쳐다봤지?"

나, 날카로워……!

"……나한테 재능이 없다는 건, 알아……."

고개를 숙이고 있느라 우리가 어쩌고 있는지 눈치채지 못한 듯한 아스카 양은 반바지를 꼭 움켜쥐며 쥐어짜낸 듯한 목소리로 말했다.

"아, 아빠가…… 아이 양을 통해 나한테 무슨 말을 하고 싶은지도, 알아……. 그러니까…… 그, 그러니까──."

아스카 양은 고개를 들더니…….

이렇게, 외쳤다.

"내가 아이 양한테 이기면…… 다시 장기 공부를 시작하는 걸, 허락해 줘!!"

♙ 중비차 vs 중비차

"제, 제가 아스카 씨와 장기를 두는…… 건가요?"

"아이 양, 부탁해도 될까?"

오이시 씨가 부탁하자, 아이는 도움을 청하듯 나를 보았다.

나는 아이의 마음을 이해할 수 있었다.

방금 들은 이야기로 볼 때, 자기가 이기면 아스카 양은 장기를 그만둬야 한다. 아스카 양이 얼마나 장기를 좋아하는지도 알고 있을 것이다.

아이는 일전에 사저와의 연수회 시험 때, 아스카 양과 같은 의장에서 장기를 뒀다. 그러니 아스카 양에게 공감할 수 있을 것이다. 하지만——.

"사, 사부님……."

"아이……."

나는 도움을 청하는 제자를 향해 이렇게 말했다.

"아이. 너는 케이카 씨의 꿈을 짓밟아야만 할 거야."

"케이카…… 씨?"

아이는 내가 느닷없이 케이카 씨를 언급하자 당황했다. 나는 그런 제자를 향해 말을 이었다.

"연수회의 최근 대진을 확인해 봤어. ……오늘은 붙지 않았지만, 다음 예회에서 네가 케이카 씨와 붙게 될 가능성은 충분히 있어. 설령 이번에 붙지 않더라도 언젠가는 붙게 될 거야. 아니, 어쩌면 네가 케이카 씨를 강등시키게 될지도 몰라."

"으……!"

아이는 숨을 삼키더니, 점점 얼굴이 새파랗게 질렸다.

자신이 케이카 씨의 『망나니 역할』을 맡게 될지도 모르는 미래를 상상한 아이는 온몸을 부르르 떨었다. 스물다섯 살에 강등되면, 케이카 씨는 그대로 연수회를 관둘지도 모른다…….

"지금 이 자리에서 아스카 양과 싸울 수 없다면, 케이카 씨와도 싸우지 못할 거야. 안 그래?"

"……."

"누구에게나 피치 못할 사정이라는 게 있어. 그리고 지고 싶어 하는 사람은 없어. 상대가 불쌍하다고 승리를 양보한다면, 애초부터 싸울 필요가 없어. 아마추어로서 취미 삼아 즐겁게 장기를 두면 돼. 안 그래?"

나는 도장에 있는 손님들을 의식하면서 그렇게 말했다.

장기를 직업으로 삼을 필요는 없다. 아마추어인 채로도 장기 실력은 늘 수 있으며, 승패에 집착하지 않고 자유롭게, 즐겁게 둘 수 있다. 그런 장기 또한 올바르며, 존중받아 마땅하다.

"어떻게 할지는 네가 직접 정해."

"제, 제가……."

아이는 얼굴에서 핏기가 가신 채, 아스카 양과 마찬가지로 주먹을 말아 쥐더니, 결국 결정했다.

"……하겠, 어요!"

곧 대국 준비가 시작됐다.

남아 있던 손님들은 자신들의 대국을 마치더니, 도장 중앙에 무대를 만들었다. 그리고 아이와 아스카 양을 둘러싸듯 관전 태세를 갖췄다.

선후수를 정한 결과, 아이가 선수였다.

"잘 부탁드립니다!"

"자, 잘 부탁드려요……!"

두 사람은 인사를 나눈 후, 신중한 손놀림으로 장기말을 옮겼다.

이윽고 장기판 위에 펼쳐진 전법을 본 순간, 이 자리에 있는 이들 모두가 눈을 치켜떴다.

"""……아니! 서——서로 중비차?!"""

……였던 것이다.

아이가 선수 중비차를 펼치자, 아스카 양은 싱글벙글 중비차로 응수했다.

중비차 대 중비차——.

아이가 선수에서 중비차를 둔 것도 놀랍지만, 더 놀라운 것은 아스카 양이 후수에서 같은 전법을 선택했다는 점이다.

"아스카. 너…… 장기가 우습게 보이나?"

마에스트로는 낮은 목소리로 그렇게 말했다. 그 목소리에는 명백한 분노가 어려 있었다.

선후수가 같은 전법을 펼칠 경우, 먼저 수를 두는 선수가 유리하기 때문이다.

힌 수 버리기 각교환처럼 예외도 존재하지만, 그 한 수 버리기 각교환조차 나 같은 스페셜리스트가 실수를 한 번도 범하지 않아야 겨우 약간 유리해진다.

그러니 아스카 양이 후수에서 중비차를 고른 것은 스스로 불리해지는 길을 선택한 것이나 다름없다. 그리고 그 물러터진 생각이 오이시 씨를 화나게 한 것이다.

"하, 하……하지만……."

아버지가 분노하자, 딸 또한 같은 감정을 드러내며 대답했다.

"하지만, 나는——중비차를 좋아한단 말이야!!"

"말 한번 잘했어."

나는 아스카 양의 말을 듣고 무심코 고개를 끄덕였다.

자신이 더 장기를 사랑한다. 자신이 더 많이 장기를 두고, 수행을 하며, 매일같이 장기 생각만 한다.

그런 마음이 최후의 순간, 승리를 가져온다.

상대를 밀쳐내는 것을…… 소중한 것이 걸린 승부에서 이기는 것을 정당화하기 위해서는, 누구보다도 더 이렇게 생각해야만 한다.

——장기를 좋아한다.

——장기가 좋아 죽겠다! 하고 말이다.

그러니까, 아이. 너도 빨리 그걸 눈치채!!

"윽?! 으…… 큭!!"

아이는 아스카 양의 싱글벙글 중비차를 상대로 고전하고 있었다.

애초에 몰이비차 경험이 적은 아이에게, 서로 몰이비차는 거의 미지의 영역이다. 아무리 선수라서 유리하다고 해도, 상대가 뭘 두려는지 예측하지 못하는 상황에서는 선수라는 점을 활용할 수 없다.

하지만, 그것보다도——.

"……대단해!"

나는 아스카 양의 수를 보고 무심코 그렇게 외쳤다.

서로 몰이비차는 정석이 거의 존재하지 않기에, 힘겨루기 장기가 되기 십상이다.

　하지만 아스카 양이 서반에서 망설임 없이 수를 둘 수 있다는 건——.

　"……어이, 아스카. 너, 어째서 이 정도로 서로 중비차의 수를 읽을 수 있는 거지……?"

　오이시 씨가 그렇게 묻자, 아스카 양은 장기판에서 눈을 떼지 않은 채 대답했다.

　"……도장에 온 손님들한테 배웠어."

　"뭐?"

　마에스트로가 주위를 노려보자, 손님들은 슬며시 고개를 돌렸다.

　하지만 그들은 곧 체념한 것처럼 이렇게 말했다.

　"……그게, 마에스트로. 아스카 양의 부탁을 어떻게 거절하느냐 말이에요."

　"그래요. 몰이비차 파를 늘릴 기회…… 그것도 여자애 숫자를 늘릴 절호의 기회잖아요. 놓칠 수가 없었어요."

　"'비차는 내팽개쳐도 여자애는 내팽개치지 마라!' 가 우리 구호잖아요!"

　손님들은 그렇게 말하더니 대대적으로 아스카 양을 응원하기 시작했다.

　그 모습을 본 오이시 씨는 머리를 감싸 쥐었다.

　"이 몰이비차 바보들이…… 진짜 어쩔 수 없는 녀석들이군!"

오이시 씨는 한탄했지만, 왠지 좀 기뻐 보였다.

그러고 보니 오이시 씨는 우리가 처음 이곳에 왔을 때도 기뻐 보였다.

혹시 마음 한편으로는 딸이 다시 장기를 두기를 바라고 있었던 게 아닐까?

"장기를 직업으로 삼을 수 있을 거라고 생각하지는 않아! 여류기사가 될 생각도 없어! 나, 나는…… 나는………… 장기를 좋아할 뿐이야!!"

아스카 양은 열정적인 수로 아이를 압도하면서 자신의 감정을 폭발시켰다.

"그러니까 아빠하고도 장기를 두고 싶어! 손님들과도 장기를 두고 싶어! 강해지지 못해도, 어린애한테 추월당하더라도, 상관없어! 왜냐면…… 왜냐면, 나는 장기를 좋아한단 말이야!!"

『싱글벙글 중비차』는 정말 불가사의한 전법이다.

애초에 전법에 『싱글벙글』 같은 단어가 붙은 것 자체가 기묘하다.

그 이유에는 여러 가지 설이 있지만, 내가 가장 좋아하는 설은 『중비차를 두면 누구나 싱글벙글 웃기 때문이다』라는 설이다.

불가사의한 이야기지만, 장기를 전혀 모르는 사람이 자연스럽게 두게 되는 수가 바로 중비차다. 그렇기 때문에, 중비차를 두는 것은 인간의 본능 같은 것이며, 그것을 언제 어느 때나 관철하는 싱글벙글 중비차는 인류에게 있어 최고로 기분 좋고 해피한 전법, 이라고 한다.

　황당무계한 소리라고 생각하지만…… 아스카 양을 보니 그 설이 맞을지도 모른다는 생각이 들었다.

　"나는 장기가 좋아! 중비차가 좋아! 항상 구석에 틀어박혀 꾸물대기만 하는 나도, 비차를 한가운데로 옮기면…… 이, 이런 나라도, 똑바로, 정정당당하게, 마음을 상대에게 전할 수 있단 말이야! 누가 뭐라고 하든, 상대가 그 어떤 전법을 쓰든, 나는 내 중비차로 싸울 거야!! 싱글벙글 중비차로 계속 싸울 거야!!"

　지금까지 쌓여있던 감정을 단숨에 토한 아스카 양은 한층 더 큰 목소리로 선언했다.

　"내 중비차는── 길이야!!"

　그 말대로…….

　아스카 양은 중앙에 옮긴 비차(飛車)를 일직선으로 돌격시켜서, 아이의 옥(玉)으로 이어지는 길을 만들었다!

"윽……?!"

뜻밖의 타이밍에 공격을 당한 아이는 상대의 기백을 미처 받아 내지 못한 바람에 불리한 형세에 처하고 말았다.

바로 그때…….

"이야아아아아아아아아아 아아아아아아아압!!"

아스카 양의 휘젓기가 작렬했 다!

비차(飛車)를 버린 것으로 시작 해, 차례차례 자신의 장기말을 돌진시키며 아이의 진지에 파고 들었다.

아버지와 전혀 다른, 서툴 뿐만 아니라 무모한 휘젓기였다. 하 지만——.

"……뜨겁, 군."

《휘젓기의 마에스트로》가 중 얼거린 그 말을, 나는 똑똑히 들 었다.

아이는 점점 궁지에 몰리기 시 작했다.

그리고, 완전히 궁지에 몰린 순간——.

"잡고…… 둔다."

망설임과 주저 같은 필요 없는 감정이 떨어져 나가면서, 투쟁 본능이 송곳니를 드러냈다.

"잡고…… 두고…… 잡고…… 잡고, 두고, 이렇게, 이렇게, 이렇게, 이렇게이렇게이렇게이렇게이렇게이렇게——."

드디어 스위치가 켜진 아이는 몸을 앞뒤로 흔들면서 수읽기의 리듬을 새기기 시작했다.

실력을 제대로 발휘하기 시작한 것이다.

"이렇게이렇게이렇게이렇게이렇게이렇게이렇게이렇게이 렇게이렇게이렇게이렇게이렇게이렇게이렇게이렇게이렇게이 렇게————."

"윽……?! 아…… 아이………… 양……?"

조금 전까지 기세 좋게 공격하던 아스카 양은 변모하기 시작 한 초등학생 여자애를 보더니 그대로 압도당했다.

그리고——.

"…………졌습, 니다……."

한 시간 후.

패배를 인정한 사람은—— 바로 아이였다.

"가…… 감사……합니다……."

아스카 양은 하아, 하아, 하고 거친 숨을 내쉬면서 인사를 건 넸다.

아이가 봐준 것은 아니었다. 그것은 옆에서 지켜보고 있었기에 충분히 알 수 있었다.

하지만, 전력을 다한 것도 아니었다.

아직 아물지 않은 마음의 상처가 제동을 건 것이다. 자신이 이긴 바람에 누군가가 불행해진다는 사실을 두려워한 나머지, 상대의 급소를 공격하지 못했다. 게다가 왼손으로 장기를 두는 아스카 양의 페이스에 휘말린 걸지도 모른다.

하지만 무엇보다…… 아스카 양의 수가 절묘했다.

서반에 확보한 리드를 살리며, 종반에 맹렬하게 추격을 당하면서도 끝까지 무너지지 않고 승리를 거뒀다. 아마 백 번 싸우면, 아스카 양은 아이에게 한 번밖에 이기지 못할 것이다. 하지만 그 한 번을 지금 이뤄낸 것은 정신적인 면에서 아이를 능가하고 있다는 증거다.

아스카 양의 장기에서는 재능이 느껴지지 않았다.

하지만, 그렇기 때문에 설득력이 있는 대국이었다고 생각한다.

학교를 다니고 집안일을 다니며, 부모 몰래 이 정도 장기 실력을 갖춘 것은 그녀의 근성이 어마어마하다는 증거다.

그리고 무엇보다, 장기를 좋아한다는 마음에 한 점의 거짓도 섞여 있지 않았다.

"이……이겼…………어……."

감정이 격앙된 나머지 눈가에 눈물마저 맺힌 아스카 양이 아버지를 쳐다보았다.

"아, 아빠…… 나…… 장기………… 계속해도, 돼……?"

그런 딸을 묵묵히 쳐다보던 오이시 씨는…….

"……아스카. 너, 장기를 공부해서 뭘 어쩌려는 거니?"

"가, 가능하면…… 보급지도원 자격을 따서, 아빠가 운영하는 도장 일을 돕고 싶어……. 잡일뿐만 아니라, 지도도 하는 게 꿈이야……."

보급지도원이란 것은 연맹에서 공인하는 장기 지도 강사 같은 것이다.

이 자격을 가지고 있으면 연맹에서 공인하는 장기교실을 열수 있고, 급위 인증장과 면허장의 추천도 할 수 있다.

이 자격을 따기 위해서는 여러 조건을 갖춰야 하며, 여성의 경우 아마추어 2단 이상의 장기 실력을 갖춰야만 한다.

방금 둔 장기로 볼 때, 아스카 양이라면 충분히 해낼 수 있는 목표라는 생각이 들었다.

"아빠가…… 아빠와 손님들이 만든 이 가게를, 나도 같이 지켜 나가고 싶어……. 도장만이 아니라, 목욕탕도 혼자서 경영할 수 있게 되어서…… 아빠가 안심하고 장기에 전념할 수 있게 하는 게…… 그, 그게 내 꿈……이었, 으니까……."

"꿈, 이라……."

오이시 씨는 아스카 양의 말을 곱씹었다.

"아까 같은 꼴사나운 몰이비차로 그 꿈을 이룰 수 있을 것 같아?"

"어……."

오이시 씨가 신랄하기 그지없는 말을 입에 담자, 아스카 양은 경악했다.

"착각하지 마, 아스카. 네가 이긴 건 아이 양이 서로 몰이비차에 익숙하지 않기 때문이지, 네 싱글벙글 중비차가 뛰어났기 때문이 아니야. 그렇게 둔중한 휘젓기와 무디기 그지없는 종반으로 몰이비차 파를 자처하면 곤란해. 그러니까——."

"으……!"

『장기를 관둬라.』

아스카 양은 또 그 말을 들을 거라고 생각한 건지 숨을 삼켰다.

하지만—— 오이시 씨는 다른 말을 입에 담았다.

"내가 가르쳐 주지."

"……정말, 로?"

"그래. 내가 관두라고 했는데도, 결국 너는 멋대로 장기를 계속했잖아."

"""……."""

상황을 지켜보던 손님들이 갑자기 고개를 돌리더니 휘파람을 불기 시작했다. 정말 흥이 많은 사람들이군.

"저, 저기…… 나………… 나…………!"

"그리고 야이치 따위에게 배웠다간 더 꼴사나운 몰이비차를 두게 될 테니까 말이야."

아스카 양은 무슨 말을 하면 좋을지 모르는 눈치였지만, 그래도 필사적으로 목소리를 쥐어짰다.

"나, 나…… 히, 힘낼, 게…………. 나한테 재능이 없다는 건, 알지만…… 아, 아빠만큼 강해지지 못한다는 건, 알지

만………… 아빠처럼 열심히…… 할 수는…… 있을, 테니
까……!"

"흥. 어차피 머지않아 연수회에 들어가고 싶다는 소리를 할
게 뻔해."

"왜, 왜 그렇게 생각하는데……?"

아스카 양이 그렇게 묻자, 《휘젓기의 마에스트로》는 퉁명한
표정을 지으면서 대답했다.

"너는 내 딸이니까."

"……아빠!!"

아스카 양의 눈동자에서 커다란 눈물방울이 흘러나왔다.

분명 아스카 양이 아이에게 졌더라도 오이시 씨는 장기를 가
르쳐 줬겠지만…… 그런 소리는 하지 않는 편이 좋으리라.

아스카 양은 자기 입으로 말했던 것처럼, 중비차로 길을 열었
다. 꿈으로 이어지는 길을 말이다.

그런 장기를 본 아이는, 불쑥 중얼거렸다.

"아스카 씨와 오이시 선생님은…… 앞으로 어떻게 될까요?"

"싱글벙글 중비차가 이어 준 인연이잖아?"

나는 불안한 표정으로 올려다보는 제자의 머리에 손을 얹으면
서 환한 미소를 지었다.

"해피엔딩일 게 틀림없어."

제 5 보

RYU

요타키 케이카

생 년 월 일	11월 9일(25세)
출 신 지	오사카부
스 승	키요타키 코스케 9단
소속 클래스	연수회 C2
특 기 요 리	오코노미야키
	고기달걀덮밥

♟ 메시지

"그럼 다녀올게."

연수회 예회가 있는 날.

평소처럼 아침 식사를 준비하고, 자신이 먹을 도시락을 싼 후, 아버지를 위한 식사를 만든 나는 외출할 준비를 마치고 그렇게 말했다.

아버지는 아침 식사를 마치더니, 신문을 계속 쳐다보고 있었다.

두 사람 다 시선을 마주치지 않았다.

이 호흡과 거리는 오랜 세월동안 자연스럽게 형성된 것이다.

야이치 군과 긴코가 나간 후로는 장기 이야기를 하는 일도 거의 없어졌다. 하더라도 장기 도장 영업에 관한 이야기 정도이며, 자신들의 성적에 대해서는 전혀 이야기하지 않았다. 의도적으로 그 이야기를 피했다.

어쩌면──.

그런 나날이 쌓이고 쌓이면서, 나를 천천히 썩어 들어가게 한 것일지도 모른다.

"점심은 냉장고 안에 뒀으니까, 데워서 먹어."

"음……."

"그리고, 반상회 회비와 신문 대금을 수금하러 올 때가 다 됐

비. 돈은 신발장 위에 뒀으니까, 봉투째로 주면 돼."

"그러구마……."

"아, 마지막으로——."

나는 자세를 바로잡은 후, 여전히 신문을 보고 있는 아버지를

커다보며 이렇게 말했다.

"오늘, 연승을 해서 B를 지우지 못한다면…… 연수회를 관둘

생각이야."

"……뭐라꼬?"

신문을 보고 있던 아버지가 천천히 고개를 들었다.

이렇게 시선을 마주치는 게 몇 년 만일까?

오래간만에 시선을 마주한 아버지의 얼굴에는 세월의 기색이

완연하게 남아 있었다. 얼굴에 새겨진 주름에서 지나가버린 시

간의 무게가 느껴졌다. 그것은 간단히 받아들일 수 없을 정도로

묵직했다.

금방이라도 돌리고 말 것 같은 시선을 필사적으로 유지하며,

나는 말을 이었다.

"지금까지 억지를 부려서 미안해. 이 나이가 되도록 아버지의

짐만 되어 놓고, 멋대로 이런 결정을 해서 미안해."

예전부터 생각했던 것을 입에 담으면서도, 나는 이게 정말 올

바른 짓인지 마음 한편으로 망설였다. 나는 그저 도망치고 있는

걸지도 모른다.

"하지만 이 정도 각오 없이는…… 어차피 무리일 거야."

"케이카――."

"다녀올게."

나는 아버지의 말을 끊듯 고개를 숙인 후, 집을 나섰다.

내가 연수회를 관두기로 결심한 것은, 한 통의 편지 때문이다.

그 편지는 여류기사가 되기 위해 연수회에 들어가기 전…… 아버지가 시켜서 장기를 두던 초등학생 시절의 연구 노트에 끼어 있었다. 존재조차 잊고 있었던, 낡은 노트에 말이다.

그 편지를 보낸 사람은…… 열 살 때의 나였다.

『스무 살이 된 저에게』라는 말로 시작하는 그 짧막한 편지에는 자신이 장기 공부를 하고 있고, 사부인 아버지가 너무 혹독해서 마음이 꺾일 것 같지만 그래도 장기가 너무 좋으며, 자기 꿈은 여류기사가 되어서 아버지와 함께 장기 쪽 일을 하는 거라는 내용이 어린애답게 솔직담백한 말투로 적혀 있었다. 그리고 마지막에는 이런 말로 끝맺음을 하고 있었다.

『스무 살이 된 저에게. 제 꿈은 이루어졌나요?』

"……미안해. 이루지 못했어."

스물다섯 살이 되어버린 나는 연맹을 향해 걸어가면서 그렇게 중얼거렸다.

꿈은 이루어지지 않았다.

그뿐만 아니라, 열 살 때의 순수한 마음마저 잊고 있었다.

분명 당시의 내가 지금의 나를 본다면, 너무 한심해서 아연실색하고 말 것이다.

꿈은 이뤄지지 않았다. 내가 열 살 때 꿨던 꿈은 말이다.

"하지만…… 의지를 보여 주겠어."

연맹에 들어간 나는 평소 자주 잡담을 나누는 매점 아주머니나 수위 아저씨와 인사도 나누지 않은 채, 그대로 대국실로 향했다.

◻ 장외전술

"……뭐 하는 거야?"

"우왓!!"

연수회 예회일.

대국 전에 이뤄지는 전법 강좌의 상황을 몰려 쳐다보던 나는 등 뒤에서 목소리가 들려오자 화들짝 놀라면서 뒤를 돌아보았다.

제자가 차가운 눈길로 나를 내려다보고 있었다.

"야샤진 아이! 까, 깜짝 놀랐잖아!"

"놀란 사람은 바로 나거든? 장기계 최상위라는 사람이 치한처럼 몰래 숨어서 아이들이 모여 있는 방 안을 쳐다보고 있는데, 제자로서 그냥 두고 보고 있을 수는 없잖아?"

"인간적으로 명백하게 문제가 있군요."

야샤진 아이의 뒤를 따르고 있던 아키라 씨까지 그런 소리를 하며 나를 비난했다.

으으…… 나도 마음 같아서는 당당히 들어가서 지켜보고 싶다고…….

하지만 케이카 씨가 나를 만나고 싶지 않다고 하는 바람에, 이렇게 몰래 지켜보고 있는 거잖아……. 미오 양과 아이도 신경 쓰이고…… 이래 봬도 나름 고생하고 있단 말이야.

하지만 그런 사정을 아이에게 전하는 것도 좀 그렇다는 생각이 들었다.

똑똑한 아이니까 이해해 줄 테지만…… 나는 이 아이에게 일문의 유대를 보여 주기 위해 제자로 삼았다.

그 유대가 갈가리 찢겨나가고 있다는 걸 인정할 수는 없다!

"그런데, 숨어서 뭘 하고 있는 거야?"

"그게…… 저기………… 나, 나는 항상 이렇게 너희를 지켜봤어! 눈치 못 챈 거야?!"

"소름이 돋으려고 하거든?"

"너, 너무 그러지 마~."

나는 미소를 지으며 아이를 올려다보았다.

나름대로 상큼한 미소를 지었다고 생각했지만, 꽤나 기분 나쁜 표정이었는지 아이와 아키라 씨는 거북해하면서 뒷걸음질 쳤다.

"다 알거든? 내 호적에 제자로서 올렸다는 건 너도 나한테 아

마음이 없는 건 아니라는 거잖아? 이 사부님을 좋아하지? 그
지? 그렇지~?"

"아키라. 사무국에 가서 내 호적을 빼."

"예."

이혼……!

"노, 농담이야, 농담!"

"네 면상만 봐도 충분히 웃기니까 농담하지 말아줄래?"

……이 꼬맹이, 자기가 귀엽게 생겼다고 기어오르기는…….

"그런데 너야말로 여기서 뭘 하는 거야? 지각이잖아. 빨리 예
에 참가해."

"참가할 거야. 네가 비켜주면 말이야."

"……자."

내가 비켜서자, 이 아가씨는 "흥." 하고 길에 떨어진 먼지를
불어서 날려버리듯 코웃음을 치더니, 사부에게 눈길 한번 주지
않으며 안으로 들어갔다.

"실례하겠습니다."

"음? 야샤진 양, 늦었군요."

간사인 쿠루노 요시츠네 7단이 주의를 주자, 아이는 태연한
어조로 지각한 이유를 말했다.

"죄송해요. 길바닥에 떨어져 있는 쓰레기를 치우고 오느라 늦
었어요."

"그랬군요. 하지만 앞으로는 지각하지 마세요."

"예."

아이는 우아하게 인사를 건네더니, 빈자리에 정좌를 하고 않았다. 쓰레기 취급을 당한 사부는 복도 구석에서 우울해하고 었다.

마침 강좌가 끝나자, 쿠루노 선생님이 점호를 시작했다.

연수생 전원이 모인 걸 확인한 후……

"음. 그럼 오늘 대진을 발표하겠습니다."

드디어, 누구와 누가 대국을 하는지 발표됐다.

"……아!"

몰래 그 모습을 지켜보고 있던 나는…… 실내의 긴장감이 해지자, 위장이 쪼그라드는 듯한 압박을 느꼈다.

오늘 연수회는 평소와 분위기가 명백하게 달랐다.

항상 밝고, 강좌 도중에도 여러 발언을 하던 미오 양이 이 날 쭉 입을 다문 채 고개를 숙이고 있었다.

그런 미오 양에게 영향을 받은 것처럼, 아야노 양도 구석에 몸을 웅크리고 있었다.

그리고 아이 또한 마음이 딴 데 가 있는 것 같았다.

하지만…… 그 기묘한 분위기의 중심에 있는 사람은 바로 이카 씨였다.

연수회 최연장자인 케이카 씨는 평소의 부드러운 분위기를 던져버린 채, 주위를 위압하는 듯한 기운을 내뿜고 있었다.

케이카 씨는 분명 의식적으로 그러고 있었다.

평소 같으면 다른 아이들을 상냥하게 대하거나 미소를 지었을 케이카 씨가, 오늘은 한마디도 하지 않으면서 굳은 표정으로 말을 걸지 말라는 듯한 아우라를 뿜고 있었다.

그것만으로도 실내는 살벌한 분위기에 지배당했다.

회원의 연령 폭이 넓고 인생이 걸려 있기 때문에 살벌한 분위기가 되기 쉬운 장려회에서는 흔한 일이지만, 초등학생이 많은 연수회에서 이런 분위기가 생기는 것은 흔치 않다.

그리고 아이들은 정도의 차이는 있을지언정 하나같이 어른의 안색을 살핀다.

누구나 다 케이카 씨의 분위기 때문에 동요했고, 그녀의 안색을 살피고 있었다. ……즉, 케이카 씨는 꽤 무리한 방법으로 이곳의 분위기를 지배하고 있었다.

하지만 그런 지배에 영향을 받지 않는 존재도 있다.

"키요타키 케이카 양과 야샤진 아이 양. 맞장기."

첫 번째 대국에서 맞붙게 된 야샤진 아이는 평소와 다름없었다.

연수회에 들어온 후로 무패행진 중이라는 사실이 자신감이라는 방어막이 되어 그 정신을 감싸고 있었다. ……뭐, 이 녀석은 그런 게 없더라도 멘탈이 다이아몬드처럼 단단하지만.

그리고 그런 야샤진 아이와 정반대인 사람이——.

"키요타키 케이카 양과 히나츠루 아이 양. 맞장기."

"……윽!!"

두 번째 대국에서 케이카 씨와 격돌하게 된 아이는 동요다.

하지만 케이카 씨는 미동조차 하지 않았다. 그저 올 것이 왔다는 듯이 담담히 받아들이고 있었다.

……그렇게 보였지만…….

"그럼 첫 대국을 준비해 주세요."

그 말을 신호 삼듯 전원이 자리에서 일어나더니, 대국을 위해
이동했다.

사건은 바로 그때 일어났다.

아이는 대국 상대를 찾았고, 그 아이와 시선을 교환하더니, 근
처에 있는 장기판 앞에 앉으려 했다. 바로 그 순간…….

케이카 씨가 아이의 반대편에 앉았다.

""""어?!""""

다들 화들짝 놀랐다.

케이카 씨가 자리에 앉은 타이밍은 아이가 앉으려던 타이밍과
동시…… 아니, 약간 늦었다. 미묘한 타이밍이지만…….

케이카 씨는 명백하게 아이를 의식하고 있었고, 대국 전부터
압박을 가하고 있었다. 완벽한 장외전술이다.

"어………… 어……?"

아이는 한쪽 무릎을 바닥에 댄 채 그대로 딱딱하게 굳어버렸
다.

반대편에 앉아 있는 케이카 씨는 이미 정좌 자세를 취하고 있
으며, 옮길 생각이 없다는 것을…… 즉, 말이 아니라 행동으로
비키라고 말하고 있었다.

"…………."

아이는 비어 있는 장기판을 발견하더니, 아무 말 없이 케이카

씨를 향해 가볍게 고개를 숙인 후, 그쪽으로 향했다.

시간으로 치면 겨우 몇 초에 불과했다.

하지만 영원처럼 느껴질 만큼, 무겁기 그지없는 몇 초였다.

"윽……!"

너무 긴장한 바람에 구역질이 난 나는 입을 손으로 막으며 이 자리에서 도망쳤다.

♟ 낙원의 기억

"커억! …………하아, 하아……."

나는 화장실에서 헛구역질을 반복했다.

"서, 설마…… 내 두 제자가 같은 날에 연달아 케이카 씨와 싸우게 되다니……."

연수회에서는 하루 동안 네 번의 대국을 치른다.

당연히 첫 대국은 매우 중요했다. 이기면 분위기를 타게 되며, 지면 그대로 무너져버릴 수도 있다.

B가 붙은 후로 케이카 씨의 성적은 1승 3패…… 오늘 4연패를 한다면 강등에 한 발을 걸치게 된다.

"나는 두 사람의 사부니까…… 당연히 제자들을 응원해야만 해. 하지만…………."

쓴맛이 감도는 입을 헹굴 겸 음료수를 사러 2층에 있는 도장에 가보니──.

사저가 도장 구석에 홀로 앉아 있었다.

"……사저."

"……."

나는 음료수를 손에 들고 사저의 맞은편에 앉았다.

사저는 비키라고도, 꺼지라고도 말하지 않았다.

그저 고개를 숙인 채, 장기판 위에 초기 형태로 배치된 장기말을 쳐다보고 있었다.

일요일이라 그런지 도장은 꽤 붐볐고, 해설용 스테이지에는 아이들의 짐이 아무렇게나 놓여 있었다.

장기말을 두는 소리가 울려 퍼지고 있었으며, 감상전을 가지는 낮은 목소리와 대국시계의 전자음, 그리고 대진을 발표하는 방송이 뒤섞인 채 내 귓속으로 흘러들어왔다.

우리에게 있어서는 마음을 편하게 해 주는 음악이다.

갓난아기가 어머니의 심장 소리를 들으면 마음이 진정되듯, 도장에 울려 퍼지는 이 소리를 듣고 있으면 신기하게도 마음이 편해졌다.

그래서 대국 때문에 거칠어진 마음을 진정시키기 위해, 나와 사저는 공식전 도중에 이 도장에 오기도 했다.

딱히 뭔가를 하지는 않았다.

그저 이렇게 의자에 앉아서, 멍하니 도장 안의 소리와 공기에 감싸여 있기만 해도, 왠지 마음이 진정됐다.

그러면서 필패라고 생각했던 국면이 『아직 방법이 있을지도?』하고 생각하게 된 적도 있었다.

이상할지도 모르지만…… 마음이라는 것은 장기에 대한 생각

ㅏ 직접적으로 연결되어 있다.

"……."

"……."

사저도 나도, 아무 말도 하지 않았다.

내가 가르친 두 제자와 사저에게 가르침을 받았을 케이카 씨
ㅏ 격돌하게 된 오늘 연수회는 나와 사저의 대리전쟁이라고 볼
ㅡ도 있을 것이다.

──일문 전체가 휘말린 남매 싸움.

주위에서는 그렇게 볼지도 모른다.

『왜 케이카 씨를 방해하는 거야?』

사저는 그런 생각을 마음에 품고 있을지도 모른다.

『케이카 씨가 여류기사가 못 되어도 괜찮은 거야? 케이카 씨
ㅏ 소중하지 않은 거야?』

그런 말로 나를 비난하고 싶을지도 모른다.

나는 남자라서 그런지, 사부님과 붙어 다닐 때가 많았다.

하지만 사저는 항상 케이카 씨와 붙어 다녔다.

우리가 아직 장려회에 들어가기 전…… 초등학교 저학년일
ㅐ, 케이카 씨가 이 도장에 오면, 사저는 쭉 케이카 씨의 옆에 있
ㅓ다.

장기를 둘 때도 케이카 씨를 장기판 옆으로 끌고 와서는 '잘
ㅏ. 알았지?' 하고 말하며 자기가 이기는 모습을 보여 주고 싶
ㅓ 했다.

이기면 칭찬을 받고 싶어 했고, 지면 위로를 받고 싶어 했다.

『긴코는 항상 케이카와 붙어 다니는 것 같대이.』

도장에 있던 사람이 그렇게 말하면…….

『계마와 향차의 옆에는 항상 은이 있어!』

사저는 장기판 위에 배치된 장기말을 가리키며 기쁜 듯한 목
소리로 그렇게 대답했다.

그리고 나는 당시의 일을 떠올리면서 사저와 장기판을 사이에
두고 나란히 앉아 있었다.

"어째서……."

이윽고 사저는 불쑥 입을 열었다.

그리고 도장 안의 여러 소리에 묻힐 만큼 작은 목소리로 이렇
게 말했다.

"우리는, 어째서………… 싸울 수밖에 없는 걸까?"

"그건——."

우리가 장기꾼이니까…….

아니…… 그렇지 않다.

"그건—— 우리가, 살아 있기 때문이에요."

장기꾼으로서 살아가는 길을 선택했다……는 감각조차, 나
에게는 없다.

철이 들기 전에 장기를 접했고, 그 후로는 당연한 듯이 장기를
계속 뒀다.

선택하고 말고의 문제가 아니다.

장기 이외의 모든 것은 아무래도 상관없었고, 그저 장기를 계속
두고 싶어, 차례차례 나타나는 강적과 싸우고, 싸우고, 또 싸웠다.

으며──.

그런 기나긴 싸움의 끝에 도달한 곳이 바로『프로 기사』라는 직업이며,『용왕』이라는 지위였다.

하지만 그곳은 안주의 땅이 아니었다. 골 같은 게 아니었다.

그것은 살아 있는 동안 영원히 계속될 싸움의 중간지점에 지나지 않았다.

나에게 있어서 삶이란 장기를 두는 것이다. 장기가 없으면 죽은 거나 마찬가지다.

그리고 장기란 싸움 그 자체다.

그러니, 이 심장의 고동이 멎을 때까지, 계속 싸워야만 한다.

이 칸사이 장기회관에서, 도쿄의 장기회관에서, 나는 연상의 장려회 회원들을 해치웠다.

나에게 상냥하게 대해 줬던 선배들…… 장기를 가르쳐 줬던 사람, 기록 담당의 업무를 가르쳐 줬던 사람, 함께 놀았던 사람, 나한테 밥을 사줬던 사람, 내 장기를 칭찬해 줬던 사람…….

그런 상냥한 동료들을 장기판 위에서 죽였기에, 지금의 내가 존재하는 것이다.

소중한 사람들을 상처 입혔고, 그들의 인생을 파괴했으며, 꿈을 짓밟았지만…… 그래도 장기를 관둘 수가 없었다.

사저 또한 장기판 앞에 앉아서 싸울 때는 결코 망설이지 않는다.

설령 상대가 케이카 씨일지라도, 사부님일지라도, 나일지라도, 자신의 손으로 결판을 낼 것이며, 결코 후회하지 않으리라.

하지만 지금은 그렇지 않다.

자신의 힘으로 어찌할 수 없는 상황이기에, 한 번도 경험해 보지 않은 감정에 휩쓸린 채 싸움으로부터 눈을 돌리고 있었다.

그리고 어릴 적부터 자신을 받아줬던 장기판에 매달리고 있는 것이다.

장기에서 멀어진 《나니와의 백설공주》는 중학교 3학년에 지극히 평범한, 고민을 안고 있는 무력한 여자애에 지나지 않았다.

"사저. 나는 슬슬 올라가 볼 건데……."

하지만 이대로 계속 눈을 돌리고 있을 수는 없다.

지켜보는 것밖에 할 수 없다면, 하다못해 그 역할이라도 다하고 싶었다.

나는 사부니까…….

그리고 케이카 씨의 사저이기도 한 것이다.

"…………잠시만 더 여기에 있을래."

사저는 쥐어짜낸 듯한 목소리로 그렇게 말했다.

"잠시만 더…… 여기에…………."

도장 구석에서 들은 그 목소리는 어릴 적에 여기서 계속 장기를 두고 싶다며 칭얼대던 조그만 여자애의 목소리와 똑같았다.

◯ 패배

대국장으로 돌아가 보니, 마침 첫 번째 대국이 시작되려던 참

이었다.

"…………."(살금살금)

연수생들에게 들키지 않도록 몰래 실내를 살펴보고 있었지만…… 금세 들통 나고 말았다.

그것도 간사 선생님에게 말이다.

"음? 야이치 군, 뭐 하는 거지? 그러고 있으니 꼭 변태 로리콤 같다만……."

"쿠, 쿠루노 선생님?! 쉬잇~! 쉬이잇――!!"

"그런 데 있지 말고 안으로 들어오지 그러나."

"윽!! 저, 저기…… 그게……."

쿠루노 선생님은 내 표정을 보고 자초지종을 눈치챈 것 같았다.

"음…… 그래. 요즘 들어 아이 양과 케이카 양이 좀 이상하다 싶었는데…… 동문간의 싸움이나, 연령 제한 같은 건 확실히 힘든 문제지……."

"……예."

"사실 현재 케이카 양은 위험해. 오늘 아침의 행동도 평소답지 않았지. 하지만――."

지금까지 연수회 간사로서 수많은 여류기사 후보와 탈퇴자를 봤던 쿠루노 요시츠네 7단은 뜻밖의 발언을 입에 담았다.

"케이카 양은 그렇게 약하지 않아. 그건 내가 보장하지."

"예?"

"내가 연수회에서 가르쳤으니까 말이야."

쿠루노 선생님은 그렇게 말하면서 빙긋 웃더니…….

"자아, 안에 들어와서 당당히 보게."

"…………예. 실례하겠습니다……."

나는 선생님의 뒤를 따르며 안으로 들어갔다.

다행히(?) 이미 대국이 시작되었기 때문에 나를 눈치챈 연수생은 없었다.

이대로 케이카 씨와 야샤진 아이에게 들키지 않으면서 두 사람의 대국을 볼 수 있는 위치로 이동했다.

선수는 아이였다.

두 사람 다 각행(角行)의 길을 터주더니, 아이는 세 수째에 비차(飛車) 앞의 보(步)를 전진시켰다. 그야말로 정석적인 진행이었다.

그리고 네 수째.

케이카 씨는 자신의 차례가 되자 수를 두기 전에 먼저 입을 열었다.

"……첫 번째 상대가 너라서 다행이야."

"흐음? 괴로운 일을 미루지 않는 타입인가 봐?"

케이카 씨는 아이의 도발을 듣고 코웃음을 치더니, 성모 같은 미소를 지으면서 악마 같은 말을 입에 담았다.

"아이 양과 싸우기 전에 몸을 풀고 싶었거든."

"큭……!!"

노기충천이라는 말은 이럴 때 쓰는 것이리라.

야샤진 아이는 순식간에 머리카락이 곤두설 정도의 분노를 드

내면서 케이카 씨를 노려보았다. 긴 흑발이 마치 칠흑빛 날개
럼 흔들렸다.

케이카 씨의 도발에 넘어간 게 훤히 보였다.

아무리 아이가 장기 천재라고 해도, 그리고 아무리 나이에 비
 현명하고 어른스러울지라도, 결국은 초등학생에 불과하다.
다가 가족들에게 사랑을 받으며 곧게 큰 상류층 아가씨인 것
다.

세간의 풍파에 휩쓸리며 살아온 케이카 씨라면, 아이의 마음
 존재하는 틈을 얼마든지 찌를 수 있을 것이다.

케이카 씨는 지금까지 그런 장외전술을 쓰지 않았다.

그건 케이카 씨가 상냥하기 때문이지만…… 엄격하게 보자
, 자신이 쓸 수 있는 무기를 안 쓴 것이기도 했다. 괜한 자존심
문에 승부에 최선을 다하지 않았다고 할 수도 있다.

케이카 씨는 그런 자신의 물러터진 부분을 버렸다.

그런 케이카 씨의 태도를 긍정적으로 생각하는 이도, 부정적
로 생각하는 이도 있으리라.

하지만 이 자리에서 케이카 씨를 부정하려면── 싸워서 이
는 수밖에 없다.

"……좋아. 금방 죽여 줄게. 빨리 두기나 해."

"그래."

케이카 씨는 그렇게 말하면서 아이의 각(角)을 향해 손을 뻗었
.

"각교환?!"

나는 무심코 그렇게 외쳤다.

후수가 각교환을 한 것이다. 그렇다면 케이카 씨가 선택한 법은——.

"한 수 버리기 각교환……?!"

아이의 표정이 또 변했다.

이 전법은 야샤진 아이의 특기다. 그리고 입회 시험 때 히나루 아이를 해치운 전법이다.

그것을 케이카 씨가 둔 의미는——.

『히나츠루 아이 양보다, 야샤진 아이 양보다, 내가 더 강해.』

그렇게 말한 것이나 다름없다.

그 도발은 정확하게 아이에게 전해졌다.

"……7년 넘게 연수회에서 굴러먹던 송사리가!!"

"어머, 무서워라."

아이는 불같은 공격을 펼치기 시작했다.

한편, 케이카 씨는 두 금(金)과 두 은(銀)을 전부 옥(玉) 옆에 치했다. 총 네 개의 장기말로 옥(玉)을 감싼 것이다. 현대적인 감각은 사저의 취향에 딱 맞았다.

아이는 코웃음을 쳤다.

"그렇게 옥을 감싸도 괜찮겠어? 한 수 버리기는 응수 장기 만, 옥을 너무 감싸면 제대로 둘 수 없거든?"

하지만 케이카 씨는 아이의 도발을 깔끔하게 무시했다.

"……쳇."

무시를 당한 아이는 마음이 흐트러진 상태에서 싸울 수밖

없었다.

본인은 자각하지 못한 것 같고, 지적해도 부정하겠지만, 아이가 냉정을 잃었다는 것은 한눈에 알 수 있었다.

그 사실은 장기에서도 현저하게 드러났다.

아이의 공세에서는 평소의 노회함이 느껴지지 않았으며, 그저 직선적으로 밀어붙이기만 했다.

그런 공세는 읽히기 쉽기 때문에 결정타를 날릴 수가 없다. 계속 수를 허비하기만 할 뿐 변변찮은 성과를 올리지 못했다.

케이카 씨는 그 틈에 자신의 싸기 진형을 『동굴곰』으로 발전시켰다.

"체엣……!"

아이는 혀를 찼다.

아이는 명백하게 작전 면에서 밀리고 있었다. 한 수 버리기 각 교환을 유도당한 후, 상대방만 옥(玉)을 감싼 것이다.

결국 아이는 방침을 바꿔, 케이카 씨의 동굴곰이 완성되기 전에 쳐부수는 작전을 펼쳤다.

하지만 케이카 씨는 전혀 당황하지 않으며 동굴곰을 완성시켰다.

이걸로 케이카 씨의 (玉)옥은 『제트』, 즉 한 수로는 절대로 옥(玉)을 잡히지 않는 상태가 됐다.

이렇게 되면 자신의 옥(玉)이 잡히는 수를 읽을 필요가 없기에, 마음껏 공세를 펼칠 수 있다.

"음! 케이카 양은 냉철하군."

쿠루노 선생님이 그렇게 말했다.

"수읽기 능력은 뒤질지라도, 이렇게 자신의 옥만 싸는데 성공한다면 방어 쪽을 고려할 필요가 없어지니 상대의 절반 수준의 수읽기만 하면 되지. 자신의 실력을 정확하게 파악하고 있는 사람의 장기야."

각(角)이 파고들 틈을 보이지 않기 위해 긴장의 끈을 놓을 수 없는 각교환 타입 장기에서 이것은 엄청난 이점이다.

"그럼…… 이건———— 어때!!"

이렇게 되면 각을 가지고 있어봤자 의미가 없다.

아이는 중앙에 비장의 카드라 할 수 있는 각(角)을 둬서 국면을 뒤흔들려 했다.

공방일체의 한 수지만——.

"그럼 간다?"

케이카 씨는 그렇게 말하면서 비차(飛車) 앞에 있는 보(步)를 전진시키더니, 8열에서 공격을 펼쳤다.

반격을 시작한 것이다.

"윽?! ……쳇!"

아이는 남들이 듣는 걸 개의치 않듯 크게 혀를 차더니, 중앙에 둔 각(角)과 따서 얻은 보(步)를 이용해 그 반격을 견제하려 했다.

하지만…….

"흥. 어수룩하네."

케이카 씨는 그 수를 보며 코웃음을 치더니, 비차(飛車)를 8열에서 6열로 자연스럽게 이동시켰다.

"……앗?!"

아이는 무심코 손을 한쪽 눈에 대더니, 피부에 손가락이 파고들 정도로 세게 눈을 움켜쥐었다.

8열 돌파는 속임수였다.

진짜는 6열을 제압한 후, 아이의 진을 중앙에서 분단시키는 것이었다!

"음. 케이카 양이 회심의 한 방을 날렸군."

쿠루노 선생님은 힘차게 고개를 끄덕였다.

그 말대로, 종반에 들어가기 전에 승부는 갈렸다.

처음부터 끝까지 케이카 씨가 아이를 압도한 장기였다. 한 수 버리기 각교환의 스페셜리스트인 내가 보기에도 허투루 둔 수가 하나도 없었다.

그야말로 완승이었다.

"케이카 씨가…… 이런 장기를……."

"케이카 양은 공붓벌레거든. 잠재력이라면 예전부터 있었지. 이미 여류기사가 되고도 남을 실력을 갖췄어."

노력은 재능을 능가하지 못할지도 모른다.

하지만, 재능을 틀어막을 수는 있다.

케이카 씨는 이 장기를 통해 그걸 증명했다.

평소의 아이라면 케이카 씨의 노림수를 꿰뚫어 볼 수 있었겠지만, 냉정함을 잃은 바람에 그러지 못했다.

아이의 패인을 한마디로 표현하자면…….

""자만.""

쿠루노 선생님과 내 목소리가
포개졌다.

아이는 연수회에서 연승을 하
며 콧대가 높아졌다. 그리고 그
사실을 감추려 하지 않았다. 다
른 연수생 전원을 깔봤고, 전
법 강좌에도 지각했다. 입으로
는 '누구와도 전력을 다해 싸운
다.'고 말했지만, 신중함이 결
여된 전력은 빈틈을 낳는다.

그리고 케이카 씨는 그 빈틈을
정확하게 노렸다.

상대방의 장기만이 아니라 상
대방 본인도 연구해서, 장점을
사전에 봉쇄한 것이다. 강해!

"큭⋯⋯!"

아이가 이를 가는 소리가 들릴
정도로 분통을 터뜨렸지만, 이
미 둘 수 있는 수가 없었다.

더 버텨봤자 굴욕감이 커질 뿐
이다.

눈이 새빨개진 채 말받침에 손
을 얹으며 투료를 하겠다는 뜻을

표시하더니, 분해 죽겠다는 듯
이 바로 자리에서 일어나려 했
다.

하지만 케이카 씨는 그걸 용납
하지 않으며, 날카로운 목소리
로 일갈했다.

"인사!!"

"윽……!"

아이는 상대방의 기백에 압도
당했는지 움직임을 멈췄다.

케이카 씨는 그런 아이를 향해
다시 차분한 목소리로 말했다.

"인사 안 할 거야?"

아이는 다시 자리에 앉더니, 이
를 갈았다. 그리고 굴욕에 떨면
서 목소리를 쥐어짜냈다.

"………… 졌 ，습…………
니……다……!"

"감사합니다."

그런 아이를 향해 차분하게 인
사를 건네는 케이카 씨에게서는
한 수 위의 실력자다운 품격마저
느껴졌다.

© shirabii

이래서야 아이는 한동안 케이카 씨에게 이기지 못할 것이
다……라는 생각마저 들었다.

"케이카 씨가 야샤진 양한테 이겼어?!"

"아이의 연승이 끝난기가?!"

"게다가 한 수 버리기로!"

"케이카 씨, 엄청 세네……!!"

케이카 씨가 이겼다는 이야기를 들은 연수생들이 술렁댔다.

하지만 케이카 씨는 승리를 거뒀는데도 기뻐하지 않으며 무표
정한 얼굴로 장기말을 정리했다. 이미 다음 대국을 생각하고 있
는 것이다.

다음에 싸울 상대.

바로———— 고동치는 재능의 소유자…….

🔺 작은 마법사

두 번째 대국은 연이어 시작됐다.

장기말을 던져 선후수를 정한 결과, 아이는 후수가 되었다.

"……잘 부탁드립니다!"

"잘 부탁드립니다."

아이는 인사를 나눈 후, 대국시계의 스위치를 눌렀다.

이 대결이 시간을 새기기 시작했다.

"…………"

케이카 씨는 첫 수부터 시간을 들이며 숨을 가다듬었다.

괜히 시간을 낭비하는 것처럼 보일지도 모르지만, 첫 수를 두는 타이밍이 대국 전체의 리듬을 정하니 이렇게 시간을 들이는 것도 나쁜 선택지는 아니다.

빠르게 수를 읽고 빠르게 수를 두는 아이에게 휘둘리지 않으며, 자신만의 페이스를 관철하려 하는 케이카 씨의 결의가 드러나고 있었다.

"……흥. 시간 끌지 말고 빨리 두란 말이야."

인원수 문제로 장기를 두지 않게 된 야샤진 아이가 내 곁에 와서 그렇게 말했다.

건방진 소리지만, 약간 코맹맹이 목소리인데다, 눈가가 빨갛게 부어 있었다.

분해서 운 걸까……. 우는 아이는 강해지기 마련이다.

"뭐, 차분히 지켜보자고."

나는 그런 아이의 머리에 손을 얹으며 그렇게 말했다. 그러자 이 아가씨께서는 "만지지 마!" 하고 투덜대듯 말했다. 귀엽네.

그런 아이의 말을 들은 건 아니겠지만…….

"……핫!"

케이카 씨는 입을 꼭 다물더니, 날카롭게 숨을 내쉬면서 첫 수를 뒀다.

──7육보.

선수인 케이카 씨는 각행(角行)의 길을 터 주는 걸로 이 대국의 시작을 알렸다.

"……."

후수인 아이도 신중하게 각행(角行)의 길을 터 줬다. 마치 케이
카 씨의 마음을 살피려는 듯이…….

이 시점에서 아이는 앉은비차도, 몰이비차도 두지 않았다.

자신의 카드는 나중에 보여 줄수록 좋다. 후수로서 당연한 전
술……이지만, 나는 최근의 아이를 보면서 마음에 제동이 걸린
듯한 느낌을 받았다.

"……아직, 망설이고 있는 걸까……?"

나는 제자의 손놀림을 보면서 그렇게 중얼거렸다.

미오 양과 대국을 하면서 입은 마음의 상처, 아스카 양에게의
패배, 그리고 아까 케이카 씨가 펼친 장외전술……. 그게 아이
의 최대 약점인 멘탈을 옥죄었다.

하지만 케이카 씨의 작전은 그게 전부가 아니었다. 장외전술
은 전채요리에 지나지 않았다.

세 수째——.

"…………."

케이카 씨는 묵직한 손놀림으로 장기말을 쥐더니, 힘차게 그
말을 두면서 자신의 작전을 장기판 위에 드러냈다.

"어."

그리고 그 수를 본 순간, 아이는 무심코 그렇게 말했다.

——7오보.

케이카 씨는…… 처음에 둔 보를 한 칸 더 전진시켰다! 이것은
——.

""삼간비차?!""

야샤진 아이와 내가 한 목소리로 그렇게 외쳤다.

앉은비차 파인 케이카 씨가 몰이비차를?

케이카 씨도 몰이비차 특훈을 한 건가?!

"으⋯⋯?!"

아이도 동요한 것 같았다.

자신의 비장의 카드가 몰이비차였던 만큼, 상대가 먼저 그 카드를 꺼내 드는 바람에 기세가 꺾이고 만 것이다.

하지만 계속 동요하고 있을 수는 없다.

"⋯⋯응!"

아이는 자기 자신을 질타하듯 고개를 끄덕이더니, 손가락 끝에 힘을 주며 중앙에 있는 보(步)를 전진시켰다.

케이카 씨는 바로 각행(角行)의 길을 닫았다. 각교환에서 이어지는 난전을 피하고, 차분하게 진형을 짤 생각인 걸까?

그 직후, 아이도 비장의 카드를 꺼내 들었다.

"중비차⋯⋯?!"

야샤진 아이가 말한 것처럼, 히나츠루 아이는 비차(飛車)를 중앙으로 옮기며 싱글벙글 중비차를 펼쳤다.

그건 그렇고──.

"⋯⋯이 두 사람이 서로 몰이비차를 두게 될 줄이야."

나는 땅이 꺼져라 한숨을 내쉬었다. 장기판 위에서는 벌써부터 파란이 벌어지고 있었다.

아스카 양과의 대국 때와 마찬가지로, 서로 몰이비차는 정석이 정리되지 않았기 때문에 난전이 벌어지기 쉬운 경향이 있다.

그리고 아이는 난전에 매우 강하다.

폭력적일 정도의 수읽기로 형세가 불명확한 상황을 단숨에 돌파하는 그 완력은 이 자리에 있는 이들이 알고 있었다.

경험치에서 앞서는 아스카 양과 대국을 할 때는 밀렸지만, 원래 앉은비차 파인 케이카 씨가 상대라면 이 상황은 아이에게 유리하게 작용할 것이다.

과연 케이카 씨는 이 상황을 예측했을까?

나는 케이카 씨의 표정을 보고———— 확신했다.

"······연구, 로군."

"뭐?"

야샤진 아이는 영문을 모르겠다는 듯이 나를 쳐다보았다.

언뜻 난전처럼 보이지만······ 앞으로 벌어질 전개 어딘가에 함정이 숨어 있다.

아마 케이카 씨는 사저에게서 나와 아이가 오이시 씨 밑에서 수행 중이라는 정보를 얻었으리라.

그리고 나와 나타기리 씨의 대국을 보고, 아이도 몰이비차를······ 후수일 때 싱글벙글 중비차를 쓸 거라는 걸 예측했다.

예측하고, 함정을 팠다.

그런 케이카 씨가 선택한 전법은———.

"삼간비차······『이시다류』구나."

기본적으로 카운터를 노리는 몰이비차 중에서, 선수일 때 속공이 가능한 매우 공격적인 전법이다.

한편, 아이는——— 사부인 나조차 예측하지 못한 전법을 사용했다.

"윽?! 아이가…… 동굴곰?!"

"저 바보! 기백에서 밀리면 어쩌자는 거야……!"

야샤진 아이가 짜증 섞인 어조로 그렇게 외쳤다.

아이의 선택은 틀리지 않았다.

그렇다. 틀리지 않았지만——.

"이걸까……?"

바로 이때, 나는 함정의 기운을 느꼈다.

야샤진 아이 상대로 동굴곰을 만들었던 케이카 씨가 이번에는 상대방에게 동굴곰을 만들게 둔다. 게다가 종반력으로는 야샤진 아이를 능가하는 상대에게 말이다…….

"선수가 펼치는 이시다 류에 후수가『중비차 동굴곰』으로 맞서는 건 최신 대책이기는 해……. 하지만 동굴곰을 만드는 데 너무 많은 수가 필요하고, 방어에 장기말을 너무 할애하기 때문에 공격에 쓸 말이 적어."

"그러니 익숙하지 않은 사람은 아무것도 해 보지 못하고 지기도 한다……. 그렇지?"

야샤진 아이가 그렇게 말하자, 나는 고개를 끄덕였다.

"아이의 기풍은 공격 장기거든. 안 그래도 경험치가 적은 몰이비차에, 기풍에 맞지 않는 동굴곰을 선택해서 이길 수 있을지……."

솔직히 말해 힘들다고 말할 수밖에 없었다.

즉——.

"······케이카 씨가 일부러 아이에게 동굴곰을 만들게 한 걸까······?"

"그럴 수도 있어. 저 아줌마, 성격이 정말 더럽거든."

아까 전의 패배를 떠올린 야샤진 아이가 이를 갈았다.

아니나 다를까, 아이의 싸기가 완성되기 전에 케이카 씨가 미노 싸기를 완성시키더니, 그대로 가장자리의 장기말을 전진시키며 공격을 시작했다. 타이밍이 절묘했다!

""······강해!!""

나와 야샤진 아이는 동시에 그렇게 외쳤다. ──내 목소리에는 칭찬이, 제자의 목소리에는 속상함이 어려 있었다.

"크윽······!"

이 순간은 그야말로 공포 그 자체였다. 아이는 고통을 참듯 이를 악물더니, 중앙에 있는 비차(飛車)를 옆으로 옮겨 견제했다. 하지만 공격과 방어가 어중간한 상태에서 싸워야만 했다.

이론상으로는 상대방이 동굴곰을 만들게 하는 것은 손해다.

하지만, 이론과 실전은 엄연히 다르다.

지금은 케이카 씨의 교묘한 전술을 솔직하게 칭찬해야 할 것이다.

"응······ 응. 응."

케이카 씨는 이를 악문 채 고개를 끄덕이더니, 한 수 한 수에 시간을 들였다.

분명 케이카 씨는 심도 깊은 사전연구를 해 왔을 것이다.

하지만 무턱대고 연구에 따라 수를 두지 않고, 연구에서 벗어나고 있는지 확인을 하면서 세밀하게 장기를 두고 있었다. 요즘 들어 케이카 씨에게서는 이런 신중한 모습을 볼 수 없었다. 마치 사저를 연상케 할 정도의 냉정함이었다…….

오늘의 케이카 씨는 웬만해선 무너지지 않을 것이다. 그런 느낌이 들었다.

그런 케이카 씨가 움직였다.

"윽! 가장자리로 각행을 옮겼어……?!"

야샤진 아이가 말한 것처럼, 케이카 씨는 가장자리로 각행(角行)을 옮겼고, 아이는 비차(飛車)로 그 각행(角行)을 쫓았다. 그리고 아이는 케이카 씨의 각행(角行)이 이동해서 생긴 틈에 자신의 각행(角行)을 밀어 넣어서 승격시켰다.

"각행을 용마로 승격시켰어. 이걸로 대등……해졌다고 생각해도 될까?"

"아니……. 함정에 빠진 게 아닐까?"

언뜻 보기에는 대등했다. 하지만——.

"용마로 승격시키기는 했지만, 장기말이 있는 장소가 너무 나빠. 게다가 비차도 완전히 봉쇄됐어……."

그 직후, 케이카 씨는 가장자리에 뒀던 각행(角行)을 자신의 진지로 복귀시켰다.

이것으로 행동이 자유로워진 비차(飛車)가 8열로 이동하더니, 용마(竜馬)와 연계하면서 반격을 도모했다.

"……어? 왜 각행을 뺀 거지?"

야샤진 아이는 고개를 갸웃거렸다. 확실히 방금 케이카 씨가 둔 수는 완착 같아 보였다.

그리고 아이의 공격이 먹힌 것처럼 보인 바로 그 순간…….

아이의 비차(飛車)가 움직이기는 기다린 것처럼, 케이카 씨는 그 비차(飛車)를 향해 역습을 감행했다!

"윽?! ……그래! 이걸 노린 거구나……!"

아이의 공격력의 원천은 비차(飛車)다.

케이카 씨는 저 최강의 말을 없애기 위한 『함정』을 판 것이다!

"좋아!"

"……윽!"

케이카 씨는 살며시 고개를 끄덕였고, 아이는 극심한 통증을 느낀 것처럼 얼굴을 찡그리며 고개를 숙였다.

아이의 비차(飛車)는 도망갈 곳이 없었다. 비차(飛車)는 이제 잡힌 거나 다름없었다.

──승부가 갈린 건가.

그렇게 판단한 순간…….

"……으………… 으흑……! 흐흑………… ."

오열이 들렸다.

고개를 숙인 아이의 눈에서 흘러내린 눈물이── 무릎에 떨어지고 있었다.

"……큭."

케이카 씨의 얼굴에 처음으로 감정이 어렸다. 기쁨 같은 것은 눈곱만큼도 존재하지 않았다. 고통을 참는 듯한 표정을 짓고 있었다.

아이가 투표를 할 거라고 생각한 것이리라. 압도적인 열세에 처한 바람에 아이의 마음이 꺾였다고 생각한 것이리라.

하지만, 그렇지 않았다.

아이의 마음은 꺾인 게 아니라——.

"…………죄송해요…… 케이카 씨……."

아이는 고개를 숙인 채 목소리를 쥐어짜냈다.

"저, 저…… 저………… 어쩌면 좋을지, 몰라서…………마음뿐만 아니라, 장기도 흔들렸어요…………. 케, 케이카 씨를 정말, 좋아하니까…… 지금도, 생각이 너무 많아서………… 마음속이 엉망이라…… 장기도 엉망진창으로 뒀지만………… 그래도…… 저는, 두 번 다시………… 여기서………… 이곳에서——."

아이는 눈물에 젖은 얼굴을 들면서 말했다.

"나, 더는………… 지고 싶지 않아!!"

"윽……!!"

케이카 씨는 꺾이기는커녕 더욱 찬란히 빛나고 있는 소녀의 마음을 접하고 크게 동요했다.

과거에 이 장소에서 사저에게 졌을 때, 야샤진 아이에게 졌을 때, 아이는 맹세했다.

강해지고 싶다고, 누구에게도 지고 싶지 않다고…….

다시 패배에 직면한 순간, 그 마음이 다른 모든 감정을 밀쳐내며 모습을 드러냈다.

그것은 장기 기사의 본능이다.

나타기리 씨와의 대국에서 내가 그랬던 것처럼, 아이는 지금
──── 불가능에 도전했다!

"……웅!!"

아이는 기합을 넣으며 눈물을 닦더니, 믿기지 않는 수를 뒀다

나는 눈을 의심했다.

"용마를 버리면서까지 비차를 살리려는 거야? 하지만 그렇게
비차에 집착해 봤자──."

야샤진 아이가 그렇게 말한 순간이었다.

또 자기 차례를 맞이한 아이가 경악스러운 수를 뒀다.

""비차도 버렸어?!""

아이는 겨우 도주로를 확보한 비차(飛車)를 주저 없이 적진으
로 돌격시키더니, 케이카 씨의 각행(角行)을 잡았다. 비차(飛車)
를 포기한 것이다.

"왜, 왜 저런 수를 둔 거야?! 자기 진지에서 놀고 있는 상대방
의 각과 최전선에 있던 자신의 비차를 교환하다니…… 바보 아
니야?!"

전력상으로 볼 때 모든 대마의 가치는 동일하다. 하지만 장기
말에는 『역할』이라는 게 있다.

케이카 씨의 각은 자기 진지 안에 있는 말에 막혀서 움직이지
못하고 있었다.

하지만 케이카 씨는 방금 획득해서 말받침에 둔 비차(飛車)를
어디에든 둘 수 있게 됐다.

즉, 휘저은 것이다.

그러니 아이가 한 행동은 케이카 씨를 도와준 거나 다름없다.

게다가 아이는 비차(飛車)가 자유롭게 행동할 수 있게 하기 위해 각(角)을 희생시켰다.

그렇게까지 한 비차(飛車)로 각(角)을 잡다니…… 지금까지 둔 수가 전부 부질없어지고 만다!

"……어?"

케이카 씨는 경계심을 품으면서도 결국 아이의 비차를 잡았다. 아이의 의도를 완벽하게 이해한 것은 아니지만, 이론적으로 볼 때 자신에게 손해될 것은 없다. ……그렇게 판단한 듯한 손놀림이었다.

그 직후, 아이는 방금 잡은 각(角)을 적진에 뒀다.

""".……윽?!"""

관전을 하고 있던 모든 이들이 번개라도 맞은 것 같은 충격을 받으면서 숨을 삼켰다.

그 수를 본 순간 받은 충격은 지금까지 받은 충격과는 비교조차 되지 않았다.

그곳은── 어떻게 움직이든 반드시 잡히고 마는 창소였던 것이다.

""공짜대이!!""

자신의 대국을 마치고 이쪽으로 온 미오 양과 아야노 양이 뜬금없이 말한 것처럼, 이건 각(角)을 거저 주는 거나 마찬가지였다.

"윽……?! ……큭!!"

케이카 씨는 동요하면서도 그 각을 잡으면서 필연적이라 할 만큼 적절한 수로 응수했다.

이대로 계속 응수를 하다 보면 아이의 공세가 멎을 거라고 생각하는 것이다.

하지만 아이는 공세를 멈추지 않았다.

공격했다. 쉴 새 없이 계속 공격했다.

국면은 어지러울 정도로 계속 변화했다. 아이가 공격을 할 때마다 장기말이 교환됐고, 소유자가 바뀐 장기말이 또 다른 장소로 워프했다.

그야말로 다른 차원의 장기였다.

아공간에 빨려 들어간 것처럼, 국면의 평행감각을 유지하는 것조차 어려운 장기다. 앉은비차 파인 내가 보기에는 불안하기 그지없었다. 케이카 씨도 비슷한 심정일 것이다.

몰이비차를 두고 있지만, 케이카 씨 또한 본질적으로는 앉은비차 파다.

자신의 몸에 배인 감각은 쉽게 바뀌지 않는다. 보통은 그렇다. 보통은 말이다.

하지만 현재, 케이카 씨의 앞에 앉아 있는 소녀는———.

"잡는다…… 둔다…… 잡는다…… 둔다……. 둔다, 둔다, 잡는다———."

아이는 몸을 앞뒤로 격렬하게 흔들면서 장기에 몰두했다.

그리고 드디어 차원을 초월했다.

"잡고, 두고, 잡고, 두고, 잡고, 잡고, 두고잡고두고잡고두고

고두고이렇게이렇게이렇게이렇게이렇게이렇게이렇게이렇
이렇게이렇게이렇게이렇게이렇게————."

아이는 바닥에 두 손을 댄 채, 갑자기 얼굴을 치켜들었다.

그녀는 천장 쪽을 올려다보면서 계속 중얼거렸다.

"이렇게이렇게이렇게이렇게이렇게이렇게이렇게이렇게이
렇게이렇게이렇게이렇게이렇게이렇게이렇게이렇게이렇게이
렇게이렇게이렇게이렇게이렇게이렇게이렇게이렇게이렇게이
렇게이렇게이렇게이렇게이렇게이렇게이렇게이렇게이렇게이
렇게이렇게이렇게이렇게이렇게————."

마치 장기라는 이름의 우주와 교신이라도 하고 있는 것처럼,
아이는 하늘을 올려다보며 생각에 잠겼다.

현실의 장기판이 방해가 되고 있는 것이다.

머릿속에 존재하는 열한 개의 장기판을 사용해 정밀하게 수를
두고 있는 아이의 머릿속에는 현재 국면과는 전혀 다른 수많은
미래가 펼쳐지고 있을 것이다.

아이는 그 미래를 향해 손을 뻗었다.

"————이렇게!"

아이는 드디어 적진에 자신의 장기말을 침투시켰다.

"윽……?!"

케이카 씨는 그 공세에 응수했다. 응수할 수밖에 없었다. 아이
의 공세는 무리하기 그지없었으며, 응수를 하다보면 자연스럽
게 찾아들 것이다.

그렇게 될 게 틀림없다.

"수중에 있는 각으로 방어를 담당하는 금을 잡았어······. 이
제 적진에 파고든 거네. 하지만 유일한 대마인 각을 빼앗기
선······."

야샤진 아이는 한쪽 눈을 손으로 감싸는 독특한 포즈를 취하
며 필사적으로 수를 읽으려고 했다. 하지만 아이의 수읽기와 자
신의 수읽기가 너무 차이가 나기 때문에 뜬구름 잡는 듯한 느낌
만 받고 있는 것 같았다.

아이의 싸기는 동굴곰이다.

안 그래도 공격에 쓸 장기말이 적은데, 비차(飛車)와 각(角)이
라는 두 대마를 전부 잃었다. 이제부터 어떻게 공격하려는 거
지?

아마 케이카 씨도, 다른 연수생들도, 아니, 지도를 하러 온 장
려회 회원과 프로 기사들조차도······ 다음에 어떤 수를 둬야 할
지 떠올릴 수 없었다.

단 한 명———— 히나츠루 아이를 제외하고.

"이렇게!"

아이는 공세를 펼치며 장기말을 보충하고, 소비한 후, 또 보충
하면서 케이카 씨가 방어에 사용하고 있는 장기말을 하나하나
공략했다.

"이렇게!!"

아이가 수를 둘 때마다, 장기판이라는 우주 안에 새로운 우주
가 생겨났다.

그리고 새롭게 나타난 국면을 본 아야노 양이 작은 목소리로

외쳤다.

"어, 어느새…… 케이카 씨의 싸기가 무너지기 시작했어요?!"

그렇다.

겨우 20여 수만에, 아이는 필패라고 할 수 있는 국면에서 무모하다고 할 수 있는 공세를 감행해 필승의 형세를 구축하고 있었다.

미오 양과 야샤진 아이가 망연자실한 목소리로 말했다.

"미노 싸기가…… 붕괴되고 있어…….."

"저, 저렇게 엉망진창인 공세가 이어지다니………… 이건…… 이건, 마치——."

마치 마법 같은 장기였다.

아이의 말받침에는 장기말이 단 하나도 없었다.

케이카 씨의 말받침에는 비차(飛車)와 각(角), 그리고 금(金)이 있으며, 보(步)도 다섯 개나 있었다. 객관적으로 보자면 비차(飛車)와 각(角)을 내주고 금(金)과 계마(桂馬)를 딴 아이가 명백하게 손해를 보고 있었다.

그래도 국면은 아이가 압도적으로 우세했다.

나는 이 마법의 이름을 안다.

"서, 설마, 아이는…… 이 전개를 노리고, 동굴곰을 만든 걸까……?"

"뭐?! 처음부터 상대에게 공격을 당할 요량으로 빈틈을 보였다는 거야?! 말도 안 돼!!"

야샤진 아이는 미오 양의 말을 듣자마자 부정했다.

하지만 그 얼굴에는 공포에 가까운 감정이 어려 있었다.

"그런 말도 안 되는 일이………… 하지만……."

본질적으로 앉은비차 파인 저 두 사람은 『휘젓기』라는 감각적 공세를 이해할 수 없다.

억지로 이해하려 하면 첫 수 때부터의 형세 판단을 의심할 수밖에 없다. 자신의 장기관이 뿌리부터 파괴되고 마는 것이다.

감각 파괴── 그야말로 마법이다.

그 정도로 대단한 수였다.

바닥을 알 수 없다는 점은 승부에 있어서 상대의 의혹과 공포를 자아내며, 그런 괜한 생각은 수읽기의 정확성을 극도로 떨어뜨린다.

그리고 많은 기사는 자멸하고 마는 것이다. 나침반을 잃은 뱃사람처럼 말이다.

"…………무시무시한 재능이야……."

아이는 사부인 나조차도 손에 넣지 못했던 휘젓기 감각을 단시간에 자신의 것으로 만들었다.

벼락치기로 익힌 몰이비차가 아니었다. 진정한 올라운더의 길을 나아가기 시작한 제자의 끝없는 재능을 본 순간, 나는 체온이 올라가는 게 느껴졌다.

그리고 그 열기는 목소리가 되어 몸 밖으로 흘러나왔다.

"뜨거워."

사부로서, 제자의 성장을 기뻐하기 이전에…….

승부사로서의 피가…… 끓어올랐다!

△ 열 살인 나에게

"…………강해……."

눈앞에서 펼쳐지고 있는 다른 차원의 장기를 본 나는 그렇게 중얼거릴 수밖에 없었다.

서반은 완벽했다.

……아니, 그랬다고 생각했다.

하지만 중반에 아이 양이 용마를 버린 국면부터 톱니바퀴가 어긋나기 시작했고………… 그 와중에도 나는 최선의 수를 계속 뒀는데…….

"…………강해……."

나는 맞은편에 앉아 있는 소녀를 다시 쳐다보았다.

그 소녀는 숨을 멈추고, 볼을 부풀린 채, 국면을 깊숙하게 읽고 있었다.

마치 백 미터를 전력 질주하는 육상선수처럼 경이적인 속도로 쫓아오더니…… 그리고 지금 이 순간, 나를 제치려 하고 있었다.

"…………나는 마라톤이었는데……."

방금 내가 중얼거린 말도, 아마 들리지 않을 것이다.

비차(飛車)를 버리고, 수중에 있는 각(角)을 올렸다.

그리고 그 각(角)조차 포기하며 물고 늘어진 것이다.

그런 마법 같은 어마어마한 휘젓기에 의해, 내 싸기는 순식간에 너덜너덜해졌다. 중반까지는 내가 압도적으로 유리했는데 말이다.

"…………어디가……?"

──어디가 잘못됐던 거지?

──어디부터 잘못됐던 거지?

패배를 의식하기 시작한 바람에 집중력이 유지할 수 없게 된 나는 국면을 되짚어보았다.

그리고, 예전…… 연수회에 갓 들어왔던 시절을 떠올렸다.

여류기사를 목표로 삼고, 벌써 7년이나 지났다.

7년 전의 나는 남들보다 시작이 좀 늦었을 뿐이라고 생각했다.

부모가 프로 기사니까 나한테도 재능이 있을 거라고 순진하게 생각했다.

최선을 다하면 스무 살 즈음에는 여류기사가 되었을 거라며, 연수회 동기들과 밝은 미래를 꿈꿨다.

그런 동기들은 단 한 명도 연수회에 남아 있지 않다.

여류기사가 되거나, 진학을 하거나, 취직을 하거나, 결혼을 하면서, 연수회를 나간 것이다.

『생일 축하해.』

언제부터인가 그 말이 저주처럼 느껴졌다.

나이를 먹을수록, 미래가 점점 닫혀가는 느낌이 들었다.

장기 공부를 해야만 하는데, 장기판을 쳐다보는 게 점점 싫어졌다.

좋아하는 일을 하고 있는데, 꿈을 좇고 있는데, 그 꿈에, 현실에, 짓눌릴 것만 같았다.

지금은 이렇게 연맹에 오는 것조차 부끄럽게 느껴졌다.

실은 긴코와도 만나고 싶지 않다. 아이 양과도, 야샤진 아이 양과도 만나고 싶지 않다. 잡지나 신문에 실려 있는 그 이름을 보고 싶지 않다.

왜냐면 부러우니까.

왜냐면 샘이 나니까.

그녀들은 내 꿈 그 자체다. 내가 되고 싶어 하는 존재가 될 것이며, 내가 가지고 싶어 하는 것을 가지리라. 그러니 그녀들을 보고 있으면 지금의 내가 아무런 가치도 없는 존재라는 느낌이 들었다. 내가 장기를 두는 의미를, 내가 살아가는 의미를, 알 수가 없었다.

──너는 필요 없어.

──재능이 없어.

자신의 성적표에 패배를 뜻하는 검은색 동그라미가 쳐질 때마다, 나는 그런 말을 들은 듯한 느낌이 들면서 마음이 찢어졌다.

아이 양의 성적표에 승리를 뜻하는 새하얀 동그라미가 쳐질 때마다, 나는 그런 말을 들은 듯한 느낌이 들면서 마음이 찢어졌다.

그녀에게는 아무런 잘못도 없는데, 점점 그녀를 싫어하게 되었다. 그래서 그녀를 만날 때마다 힘들었다.

그리고 무엇보다…… 나는 그런 내가 싫었다.

약해 빠진 내가 너무 싫어!

"휴우……."

나는 천장을 올려다보며 마음을 진정시키려는 듯이 숨을 내쉬었다.

　꺾일 것만 같은 마음을 테이프로 응급 처치했다. 약해지고 너덜너덜해진 내 마음은 이번에도 어찌어찌 이어 붙었다.

　대국시계가 시간을 새기는 전자음이 들렸다.

　이 대국에 완전히 빠져들어 있는 이들의 숨소리가 들렸다.

　그리고, 장작이 타들어가는 소리 같은 장기말 두는 소리가 내 마음에 불을 지폈다.

　나는 태어나기 전부터 이 소리를 알고 있었다.

　여섯 살 때 부모님에게 룰을 배웠고, 열한 살 때 싫어하게 됐다.

　그리고 열여덟 살 때, 처음으로 장기와 진지하게 마주했다.

　그 후로 7년이 지났다.

　눈앞에 있는 어린 소녀가 철이 들기 전부터, 나는 여류기사를 목표로 삼으며 이 세계에 있었다. 그렇게 싫어했던 장기를 평생 직업으로 삼기 위해 싸워왔다. 깊디깊은 상처를 마음에 입어가면서 말이다.

　이 꿈을, 포기하고 싶은 걸까?

　"……그렇지 않아."

　왜냐면, 이 힘든 국면에서도, 나는 포기하지 않게 계속 끈질기게 버티고 있다.

　그렇다.

　나는 포기하지 않는다.

　자랑은 아니지만——끈질긴 것으로는 그 누구에게도 지지

않을 자신이 있다!

"우랴아아압!!"

따악~!

나는 양손으로 뺨을 때린 후, 내 진지에 잡은 말인 장기말을 둔 다음, 내려치듯 대국시계를 힘껏 눌렀다!

"어디 한번 덤벼 보그라아아아아————!!"

열세에 처한 국면을 기합으로 뒤집으려는 것처럼, 마음속에 쌓인 독을 토해내려는 것처럼, 나는 초등학생 여자애를 향해 고함을 질렀다. 체면 같은 것은 개의치 않으면서 말이다.

"케…… 케이카 씨가, 망가졌어……."

야이치 군의 겁먹은 목소리가 들렸다. 경멸하는 거야? 나, 실은 원래 이런 애야.

"케이카 씨! 파이팅!"

"아이 양도 힘내!!"

대국을 마친 연수생들이 응원을 해 줬다.

간사 선생님은 아무 말 없이, 하지만 자상하고 따뜻한 눈길로 바라보고 있었다.

나와 연구회를 해 줬던 같은 세대 장려회 회원이 대국을 하면서 나를 묵묵히 응원해 주고 있는 게 느껴졌다.

그들만이 아니다.

항상 나에게 말을 걸어주던 매점 아주머니가 가슴 앞에 손을 모은 채 기도하고 있다. 어릴 적부터 상냥하게 대해 줬던 수위 아저씨가 기둥 뒤편에서 나를 지켜보고 있다. 두 사람 다 자기

는 숨어 있다고 생각하는 것 같지만, 훤히 보였다. 게다가 업무

시간에 일을 내팽개치고 이런 곳에 와 있었다.

"…………윽."

코끝이 찡해지면서 눈시울이 뜨거워지더니, 장기말에 새겨진

글자가 흐릿하게 보였다.

이런 나를 응원해 주는 사람이 있다.

이렇게 약하고 한심한 내가 이길 거라고 믿어 주는 사람들이

있다.

차갑게 식어 있던 마음이, 지금은———.

"……뜨거워!!"

나는 흐트러졌던 집중력을 되찾으며 다시 대국에 집중했다.

국면은 불리했다.

하지만 아직 승부수는 남아 있다.

지금까지 쌓아온 모든 수단을 구사해서———.

"깨부수겠어!!"

나는 내 옥(玉)을 움켜쥔 후, 힘차게 그것을 옮겼다.

옥(玉)의 도주!

"그리고!!"

입옥(入玉) 시도!

느릿느릿하게 옥(玉)을 옮겨서 상대를 농락하는 것과 동시에,

옥(玉)의 힘을 이용해서 적의 옥(玉)에 압박을 가한다!

역전의 요령은 상대방의 옥(玉)을 계속 압박하는 것이다.

공격과 방어, 양쪽으로 사고회로를 분산시킬 수밖에 없는 상

황에 적을 몰아넣는다. 그러면서 피로와 초조함과 실수를 유발하는 것이다.

게다가 나는 장기말을 세게 두거나, 잠시도 뜸을 들이지 않으며 바로 수를 두는 등의, 상대방의 사고 리듬을 흐트러뜨리는 잔재주를 구사했다. 7년 넘게 연수회 생활을 하며 쌓은 경험을…… 그 이전의 수행 시절의 몫까지 합쳐, 전부, 전부, 이 대국에 쏟아 붓는다!!

이 정도 하면, 아무리 아이 양이라도……!

"……이렇게, 이렇게, 이렇게이렇게이렇게이렇게이렇게이렇게이렇게이렇게이렇게이렇게이렇게————."

흔들리지…… 않아.

"이렇게이렇게이렇게이렇게이렇게이렇게이렇게이렇게이렇게이렇게이렇게이렇게이렇게이렇게이렇게이렇게이렇게이렇게이렇게————."

아이 양은 주위의 시선과 내 승부술을 눈치채지 못했을 뿐만 아니라, 장기판 너머에 있는 대국 상대, 나라는 존재조차 잊은 채, 장기에 빠져들고 있었다. 그저 장기판만을 보고 있었다.

그 모습을 보고, 생각했다.

──나는…… 이렇게 진지하게 장기와 마주한 적이 있을까? 하고 말이다.

『여류기사가 된다.』

그런 꿈을 꾸게 된 것도, 여류기사가 되면 '선생님'이라 불리며 남들에게 존경받기 때문이다. 집이 장기도장을 하니, 평범게 일하는 것보다 편할 것 같아서 그런 선택을 한 것뿐이다.

긴코가 할 수 있다면 나도』 하고 간단히 생각했을 뿐이다.

나는, 장기를 좋아해서 여류기사가 되자고 생각한 게 아니다.

그 편지를 썼던 열 살 때는 장기를 좋아했을지도 모르지만……

수회에 들어갈 시절에는 그 마음을 잊었다. 가장 중요한 것인

도 말이다.

나는 장기를 두면서, 항상 타인의 눈길을 의식했다. 자신이 타

에게 어떤 평가를 받는지만 신경 썼고, 진정으로 장기와 마주

적이 없다. 장기를 두면서, 장래나 돈, 지위나 명예 같은 것

생각했다.

하지만, 아이 양은 다르다.

아이 양은 장기가 좋아서 여류기사를 목표로 삼고 있었다.

아니, 아마 아이 양은 여류기사라는 자격에 흥미가 없을 것이

. 애초에 여류기사라는 자격이 존재한다는 것도 몰랐다.

야이치 군을 동경하고, 장기에 매료되어서, 아무런 이해타산

이 이 세계에 뛰어들었다.

믿겨져? 겨우 아홉 살 된 여자애가 혼자서, 장기를 좋아하는

음만 안고, 가출까지 하면서 내제자가 된 거야.

집을 뛰쳐나와, 자기가 동경하는 기사의 품에 뛰어든 거야.

무패의 백설공주—— 긴코처럼 말이야.

"…………당해낼 수가 없네……."

이미 내 옥(玉)은 외통수에 몰렸다. 이제 벗어날 수 없다. 나는

약하지만 그 정도는 안다.

여류기사는 될 수 없을지도 모른다.

그 가능성은 지금, 이 자리에서 더 작아졌다.

하지만 나는 더 중요한 것을 손에 넣었다고 생각한다.

이 애와…… 아이 양과 싸우면서, 깨달은 게 있다.

그것은 바로 장기를 좋아하는 마음이다.

앞으로도 계속 장기를 두고 싶다는 마음이다.

열 살 때의 내가 품고 있던 순수한 마음을, 아이 양이 생각나게 해 줬다.

재능은 하늘과 땅만큼 차이가 나지만…… 어쩌면 이 애는 장기의 신이 보내준, 어릴 적의 나일지도 모른다.

그 편지를 보낸 내가 스무 살 때의 나를 본다면, 분명 실망할 것이다.

하지만 그건 내가 꿈을 이루지 못했기 때문이 아니다.

꿈을 잊었기 때문이다.

그러니——.

나는 자세를 고친 후, 말받침에 손을 얹었다. 그리고 담담한 목소리로 그 말을 입에 담았다.

"졌습니다."

지금까지 몇만 번이나 입에 담은 말을.
그리고 앞으로도, 몇 백만 번은 입에 담게 될 말을.

열 살인 나에게.

스물다섯 살인 나는, 지금도 꿈을 좇고 있어.

🔔 스타트라인

케이카 씨가 투표 의사를 밝히자, 아이는 화들짝 놀라면서 허둥지둥 고개를 숙였다.

"…………."

다른 차원에 가있던 사고회로가 현실로 귀환하자, 아이는 자기가 무슨 짓을 한 것인지 깨달은 것 같았다. 새파랗게 질린 얼굴을 들지 못한 채, 무릎 위에 올린 손을 말아 쥐고 있었다.

이 패배 때문에, 케이카 씨는 B를 떨쳐낼 기회를 잃었다.

아직 강등은 당하지 않았지만…… 여류기사가 된다는 꿈과 멀어지고 만 것은 엄연한 사실이다.

대격전의 여운이 주위를 물들인 가운데, 아무도 입을 열지 않은 채 시간만이 흘러갔다.

가장 먼저 입을 연 사람은—— 케이카 씨였다.

"아이 양."

"윽……!!"

케이카 씨는 자신의 말을 듣고 몸을 움찔한 아이를 향해 이렇게 말했다.

"최선을 다해 장기를 둬 줘서 고마워."

케이카 씨는 환한 미소를 지으며 말했다.

"……나 때문에 마음이 편치 않았지? ……나는 정말 한심한 선배야. 정말 미안해……."

"케…… 케이카 씨……!"

"이제 나는 괜찮아! 자아, 감상전을 하자."

아이가 금방이라도 울음을 터뜨릴 것 같은 표정을 짓자, 케이카 씨는 밝은 목소리로 그렇게 말하며 장기말을 초기 진형으로 배치하려 했다.

하지만 바로 그때, 두 사람의 대국을 지켜보고 있던 연수생 한 명이 입을 열었다.

"저, 저기…… 아이!"

바로 미오 양이었다.

아이가 갑작스러운 그 목소리를 듣고 화들짝 놀란 순간, 미오 양은 무릎을 꿇더니 바닥에 이마가 닿을 정도로 힘차게 고개를 숙이며 이렇게 외쳤다.

"미안해! 전에 예회 때 지고 엉엉 울었던 걸…… 사과하고 싶어!!"

"뭐?! 저, 저기…… 잘못한 사람은 바로 나야! 마음의 준비도 하지 않고 장기를 뒀어……. 그래서 사부님에게 혼났——."

"뭐?! 너, 쿠쭈류 선생님한테 혼났어?! 미안해! 정말 미안해!!"

"아니야! 나야말로——."

아이와 미오 양은 서로를 향해 무릎을 꿇으며 무한 사죄 모드에 들어갔다. 귀여움의 영구기관이군…….

그런 두 사람을 흐뭇하게 쳐다보던 케이카 씨의 표정이 처음으로 흔들렸다.

케이카 씨의 시선이 향한 곳에는———.

"긴코……."

사저가 서 있었다.

대국 도중부터 구석에서 두 사람의 대결을 지켜보던 사저는 평소보다 피부가 더 새하얗고, 한눈에 봐도 초췌해 보였다.

제아무리 가혹한 대국을 치른 후에도, 사저는 이렇게 초췌해진 모습을 보인 적이 없었다.

하지만 지금은 기둥에 기대지 않으면 쓰러져버릴 만큼 초췌했다. ……하지만, 그 잿빛 눈동자는 싸움이 끝난 장기판, 그리고 자신의 손아랫누이 제자를 향하고 있었다.

사저가 입을 열었다.

"케이카 씨……."

"졌어."

케이카 씨는 미소를 지으면서 사저를 말을 끊었다.

"미안해. 긴코가 귀중한 시간까지 내 줬는데, 이렇게 한심한 장기를──."

"멋진 장기였어."

"뭐?"

케이카 씨가 되묻자, 사저는 흐느낌과 미소가 뒤섞인 듯한 표정을 지으며 이렇게 말했다.

"남의 옷을 입은 인형 따위가 아니야. 케이카 씨만이 둘 수 있는, 멋진 장기였어."

"……윽!"

케이카 씨의 눈에 점점 눈물이 맺혔다.

눈물을 참기 위해 입술을 깨물었지만, 눈물이 쉴 새 없이 흘러내렸다.

"……미안해, 긴코……! …………고마워……!"

케이카 씨는 졌을 때도 눈물을 보이지 않았지만, 사저의 말을 듣고 처음으로 흘렸다. 사죄와 감사를 동시에 입에 담으며, 뜨거운 눈물을 흘렸다.

인형은 결코 흘릴 수 없는, 노력한 인간만이 흘릴 수 있는, 뜨겁디뜨거운 눈물을 말이다.

이 날, 오후에 치른 두 대국에서 케이카 씨는 1승 1패의 성적을 남겼다.

강등점을 지울 수는 없었지만──.

케이카 씨는 그 두 대국에서, 자신만이 둘 수 있는 멋진 장기를 뒀다.

△ 에필로그

"다녀왔어."

"그래⋯⋯."

집에 들어가 보니, 아버지는 다다미방에서 신문을 보고 있었다.

저녁인데도 내가 아침에 이 집을 나설 때와 마찬가지로 조간신문을 보고 있는 것만으로도 부자연스러운데, 왠지 안절부절못하고 있는 것처럼 보였다.

예회의 결과를 알고 있는 것이리라.

아버지의 그런 태도가 마음에 들지 않을 때도 있었다.

하지만 지금은⸺.

"아버지. 아니⋯⋯ 사부님."

나는 다다미 위에서 정좌를 한 후, 아버지를 그렇게 불렀다.

아버지를 사부님이라고 부르는 건⋯⋯ 아마, 열두 살 때 장기를 관둔 후로 처음일 것이다.

19년 전에 처음으로 아버지를 『사부님』이라고 불렀다.

그 때와 같은 장소, 같은 자세로⋯⋯.

나는 사부님을 향해 이렇게 말했다.

"이미 알고 계시겠지만, 오늘 예회에서 B를 없애지 못했어요."

"음……."

"오늘 아침 'B를 지우지 못하면 연수회를 관두겠다.' 라고 말했던 건 기억하고 있어요. 연수회에 들어갈 때 반대했던 것도, 그 후로는 묵묵히 제가 하고 싶은 대로 하게 둔 것도, 쭉 지켜봐 줬다는 것도……."

한 번 입을 여자, 말이 쉴 새 없이 쏟아져 나왔다.

하지만 나는 잠시 말을 멈춘 후…….

"예전에…… 나한테 관둘지 말지 스스로 정하라고 했었지?"

"그래……."

"나, 장기를 계속 두고 싶어."

솔직하게 지금의 마음을 털어놓았다.

"열 살 때 썼던 연구 노트에, 이런 편지가 꽂혀 있었어."

"……음?"

아버지가 영문을 모르겠다는 표정을 짓자, 나는 대국 중에 계속 품에 넣어뒀던 그 편지를 꺼내서 아버지에게 건넸다.

아버지는 아무 말 없이 그 편지를 펼쳐서 읽어 보더니──.

"……윽!"

그 시선이 편지의 한 부분에 못 박히듯 고정됐다.

그 부분에는 분명 이런 말이 적혀 있을 것이다.

『장기를 공부하게 되면서, 예전보다 사부님과 함께하는 시간이 늘어서 정말 기뻐요.』

『그러니, 여류기사가 되고 싶어요.』

『여류기사가 되어서, 사부님과 함께 장기 쪽 일을 하는 게 제
꿈이에요.』

"…………."

편지를 쥔 아버지의 손이 희미하게 떨렸다.

"나는 장기를 계속하고 싶어. 여류기사가 될 가능성은 그렇
게 크지 않지만…… 만약 여류기사가 되지 못하더라도, 장기와
관련된 일을 하고 싶어. 장기도장의 강사나 연맹직원, 관전기
자…… 판매부 직원이라도 괜찮아. 꿈을 이루기 위해, 장기를
계속 두고 싶어."

"……."

"이번에야말로…… 이번에야말로, 진심이에요. 재능도 근성
도 없는, 못난 제자지만……."

야이치 군이나 긴코처럼 사부님의 기대에 부응하지는 못할지
도 모른다.

그래도 언젠가, 꿈을 이뤄서 보답을 하고 싶다.

항상 나를 지켜봐준 이 사람에게…….

내가 장기를 만나게 해준 이 사람에게…….

그러니까——.

"여류기사가 되지 못하더라도…… 쭉 제 사부님이 되어 주시
겠어요?"

"다……."

사부님은 구겨진 얼굴로 나를 쳐다보더니……

"당연하다 아이가……!"

그렇게 말했다. 못난 제자를 위해 눈물을 흘리면서 말이다.

그래서 나도 울음을 터뜨리고 말았다. 곧 스물여섯 살이 되는데도, 소리 내어 엉엉 울었다. 마치 열 살밖에 안 된 어린애처럼 말이다.

나는 분명 잊지 못할 것이다.

꿈을 향해 한 걸음 내디딘, 이 날의 일을 말이다.

그 예회로부터 일주일이 지났다.

"어…… 어서, 오세요……!"

카운터에 선 아스카 양이 차례차례 안으로 들어오는 손님들을 나와 함께 맞이했다.

2층 도장에서는 키요타키 사부님, 사저, 케이카 씨, 세 사람이 장기판과 장기말을 준비하고 있었고, 1층 목욕탕은 아이와 오이시 씨가 아침부터 보일러를 돌리며 임전 태세를 갖추고 있었다.

오늘, 쿄바시에 있는 『싱글벙글 탕』에서는 1, 2층 전체를 전세 내서 우리 키요타키 일문이 주최하는 장기대회가 개최되었다.

『야샤진 아이 양 입문 기념 장기대회』다.

그녀의 할아버지와 상의를 했더니, 엄청 기뻐하면서 호화로운 경품까지 준비해 줬다.

"와아~! 미오는 PS4 갖고 싶어~."

"저는 부모님에게 온천여행을 선물하고 싶어요!"

"샤우는 말이지? 싸뿌와 말이지? 모욕하고시퍼!"

"샤, 샤를?! 그건 안 돼!"

여초연 멤버들도 다들 기운을 되찾…… 아니, 괴로운 일을 겪고 더욱 친분을 다진 것 같았다.

준비 기간이 짧았기 때문에 전원이 다 모이지는 못했지만, 칸사이 소속 프로기사와 여류기사도 잔뜩 참가해 줬다.

츠키미츠 회장님도 비서인 오가 씨에게 부축을 받으며 와 주셨다. 그리고 오이시 씨에게 '당신도 이제 그만 이사로서 연맹 운영에 참가하세요.' 하고 설교를 했다. 마에스트로는 나를 향해 원망 섞인 시선을 보냈지만 깔끔하게 무시했다.

"잠깐만! 이 소동은 다 뭐야?!"

뒤편에서 내 옷을 잡아당기며 그렇게 말한 사람은 바로 이 자리의 주역이었다.

"아, 왔구나. 아이, 어때? 이 사부님과 일문의 사랑이 느껴지지?"

"뭐? 기분 나쁘니까 사랑 같은 소리 하지 말아줄래? 성희롱으로 고소해버릴 거야."

"다들 너를 위해 모여 준 거니까, 좀 붙임성 좋게 행동해 달라고."

"흥! 완전 민폐라구……."

야샤진 아이는 짜증 섞인 손길로 머리카락을 쓸어 올리며 나에게 따졌다.

"원래는 『일문만 모이는 자리』라고 했었잖아. 그런데 이 사람들은 다 뭐야? 왠지 구경거리가 된 것 같아서 기분 나빠!"

"전에 말했지? 칸사이 장기계는 행사가 있으면 전원 참가가 기본이라고……."

"운영 측이 심적 부담으로 쓰러지겠네……."

아이는 불평을 늘어놓으면서도, 나를 배려하는 듯한 시선을 보냈다. 상냥하네.

그러던 아이는 장기대회 때문에 흥분한 여초연 멤버들에게 끌려갔다. 언제 호위해 주던 아키라 씨가 앞장서서 대회에 참가하러 가는 바람에 도와주는 사람은 없었다. 나 또한 도와주지 않았다.

급하게 준비한 거라 여러모로 걱정이 됐지만, 다들 즐기고 있는 것 같았다.

"수고했어, 야이치 군."

"케이카 씨……."

사저와 함께 대회 운영을 돕고 있던 케이카 씨는…… 왠지 개운한 듯한 표정을 짓고 있었다.

내 옆에 나란히 케이카 씨는 이곳을 둘러보면서 이런 말을 했다.

"나 말이지. 실은 연수회를 관둘 생각이었어."

"윽……!"

"하지만 관두는 걸 관뒀어."

"까……깜짝 놀랐잖아……."

"앞으로도 잘 부탁해요. 사형."

케이카 씨는 장난기 어린 어조로 그렇게 말하면서 고개를 숙였다.

"연수회에서 C1에 올라가는 건 어려워졌지만…… 여류기사가 될 기회는 그게 전부가 아니잖아. 꼴사납더라도, 최대한 발버둥을 쳐 볼 생각이야. 촌스럽고 끈질기게 말이야."

"나는 케이카 씨의 라이벌을 기르고 있으니까, 이런 말을 할 자격이 없을지도 모르지만——."

나는 힘찬 목소리로 단언했다.

"케이카 씨라면 분명 될 수 있어. 내가…… 용왕이 보증할게."

"……정말이야?"

"응. 물론이지."

"틀리면 책임져 줄 거야?"

"책임? 뭐…… 내가 할 수 있는 거라면 말이야."

"여류기사가 못 된다면, 용왕 부인으로 삼아 달라고 할까?"

어? ……앗!

"무, 물론이야!! 물론 책임질게!! 기쁜 마음으로 말이야!!"

기사로서의 감이 말하고 있었다.

'지금이 승부를 낼 때다.' 하고…….

'결판을 내버려!' 하고 말이다.

그래서 나는 얼굴을 새빨갛게 붉히면서, 진심을 담아 고백했다.

"나, 나…… 최선을 다하는 케이카 씨를, 정말 좋아해……!"

"긴코 앞에서는 말 못하지만——."

케이카 씨는 목소리를 낮추더니, 내 귀에 살며시 입술을 대며 속삭였다. 뜨거운 숨결을 토하면서 말이다.

"나도 야이치 군을 좋아해……."

"뭐어?!"

진짜?! 그럼 우리는 이미 서로를 좋아하고 있는 거네?!

확 이 자리에 모인 장기 관계자들 앞에서 약혼 발표를…… 내 솔한 생각은 케이카 씨가 입에 담은 한마디에 의해 산산조각 다.

"하지만 미안해. 야이치 군은 두 번째야."

"뭐어?! 그, 그럼 첫 번째는 누군데?!"

"내가 가장 좋아하는 사람은 첫사랑 상대야."

"처…… 쩌싸라앙?!"

처음 들어! 그런 사람이 있었다니, 완전 충격이야!!

"그래. 어릴 적부터 쭉 나와 함께 있어줬고, 항상 좋아했어. 어져서 거리를 뒀던 적도 있지만…… 역시 내가 가장 좋아하 는, 특별한 존재야."

"…………윽!!"

질투의 불꽃이 활활 타올랐다.

나의 케이카 씨가 이렇게까지 생각하는 상대가…… 대체 어 떤 놈이지?! 이 자리로 끌고 와!! 칸사이 장기계의 관계자 일동 이 평가해 주겠어!!

나는 그런 생각을 했지만…….

"나만이 아니라, 긴코도, 아이 양도, 야샤진 아이 양도…… 그리고 야이치 군도 가장 좋아할걸? 이 자리에 있는 모든 사람의 첫사랑 상대이자, 제 아무리 싫어져도 결국 다시 좋아하게 되는, 특별한 존재야."

"어……?"

"그건 바로——."

케이카 씨는 마치 어린아이 같은 순수한 미소를 짓더니……

그 미소에서 눈을 떼지 못하는 나에게 그 『특별한 존재』의 이름을 가르쳐 줬다.

"그건 바로…… 장기야!"

© shirabii

후기를 대신해 ——『흔들리는 장기판』

"대국 전에 장기판이 흔들려요."

프로 장기기사, 노즈키 히로타카 7단은 '장려회 3단 리그는 어떤 느낌이죠?' 라는 내 질문에 그렇게 대답했습니다.

"장기판이 마구 흔들리는 것처럼 보이죠. 자신이 똑바로 앉아 있지 못한 듯한 느낌이 들 정도예요. ……그래서 두 손으로 바닥을 짚으며 몸을 지탱하지만, 그래도 장기판이 흔들리는 것처럼 보입니다. 이런 건 프로가 된 후로 한 번도 겪은 적이 없어요."

내가 할 말을 잃자, 선생님은 이어서 이렇게 말했다.

"쿠보 씨가 대국장 밖에 있는 어둑어둑한 복도에서 혼자 울고 있었어요. 타이틀을 따고도 남을 기사가 될 거라 누구나 인정하던 그 쿠보 씨가, 아직 열일곱 밖에 안 됐고 다음 기회에 분명 올라갈 거라고 다들 생각하던 쿠보 씨가 순위 차이로 올라가지 못했다고 울고 있었죠. 당시에는 '왜 우는 거지?' 하고 생각했습니다. 하지만 저도 다음에 같은 상황에 처하니…… 역시 눈물이 나더군요."

《휘젓기의 아티스트》라 불리는 쿠보 토시아키 9단은 그 후로 타이틀을 땄으며, 지금도 최정상 프로 중 한 명으로 활약하고 계십니다.

그런 쿠보 선생님과 노즈키 선생님조차 눈물을 흘릴 정도로 궁지에 몰린 것은 장려회에 연령 제한이 있기 때문입니다.

그 혹독함을, 노즈키 선생님은 과거에 이렇게 표현하셨습니다.

『장려회는 목에 밧줄을 건 상태로 장기를 둔다. 제대로 된 장기를 둘 수 있을 리가 없다.』

연령 제한이라는 제도는 장려회에만 존재하는 것은 아닙니다. 세세한 규정은 다르지만, 여류기사가 되기 위해 들어가야 하는 연수회에도 연령 제한이 존재합니다.

하지만 장려회나 프로 기사보다 올라설 기회가 압도적으로 적죠. 그분들이 대체 어떤 감정을 품고 있는지, 장기계에 속하지 않은 저로서는 알 기회가 없었습니다.

하지만 조사를 하다 보니, 어떤 문장을 접하게 됐습니다.

그것은 프로 라이터가 집필한 것도, 전문지에 게재된 것도 아닙니다. 그저 인터넷 상에 올라와 있는 짤막한 문장이죠.

여류기사를 목표로 삼고 있는 이가 쓴 걸로 보이는, 『25세』라는 제목의 그 글을 본 순간…… 저는 장기에 관한 문장을 읽고 처음으로 울었습니다.

그리고 울음을 그친 순간, 제 마음속에는 한 캐릭터가 생겨났습니다.

키요타키 케이카라는 이름의 캐릭터가 말이죠.

프로 기사나 여류기사를 목표로 삼는 사람들과는 비교도 안 될지도 모릅니다만, 저도 라이트노벨을 쓰면서 괴로울 때가 있습니다.

　열심히 쓴 책이 팔리지 않으면 우울하고, 저보다 젊은 신인이 쓴 책이 히트하면 질투하며, 그 책의 내용에 감동하면 '나 따위가 라이트노벨을 써봤자 아무 의미 없지 않을까? 내 인생은 대체 뭐였을까?' 하고 생각하며 죽고 싶어졌습니다……. 제가 생각해도 정말 못났지만, 그런 생각을 하게 되죠.

　케이카에게는 저의 그런 면들을 전부 집어넣었습니다.

　제가 소설을 쓰기 시작한 것은 라이트노벨 작가로서는 꽤 늦은 시점인 대학원 2학년 때입니다. 그것도 돈을 벌기 위해서죠. 만화나 애니메이션을 좋아하고, 책을 읽는 것도 좋아했지만, 어릴 적부터 작가가 되고 싶어 하지는 않았습니다. 프로가 되고 몇 년이나 지났습니다만, 돌이켜보니 왠지 '이런 거라면 먹힐 것 같아.' 하고 생각하며 쓴 적은 있어도 '이런 걸 쓰고 싶어!' 하고 생각하면서 쓴 적은 없었던 것 같습니다.

　지금까지는 말이죠.

　이 소설은 제가 진심으로 쓰고 싶다고 생각한 것을 쓴 작품입니다. 특히 이 3권은 제가 왜 소설을 쓰게 되었는지, 왜 살고 있는지, 그 이유를 찾기 위해 쓴 책이라고 해도 과언이 아닙니다. 케이카가 대답을 찾아냈듯, 저도 대답을 찾아냈습니다. 잔재주가 아니라, 진심 어린 혼으로 독자의 마음을 뒤흔들고 싶습니다. 저는 앞으로도 그런 마음으로 이 이야기를 쓸 생각입니다.

그리고 언젠가 장기판이 흔들리는 것처럼 보이는 대결을 표현
하고 싶다는 게 저의 꿈입니다.

.

""하아………….""

그날, 사저와 VS를 하기로 약속한 내가 연맹 3층에 있는 기사
실에 가 보니, 츠키요미자카 씨와 쿠구이 씨가 함께 가라앉은
분위기를 자아내고 있었다.

"무, 무슨 일이라도 있어요? 왜 그렇게 한숨만 푹푹 쉬는 거여
요……?"

내가 머뭇거리면서 묻자, 츠키요미자카 씨가 핼쑥한 표정으
로 이렇게 말했다.

"……없어."

"예? 뭐, 뭐가요?"

""대국.""

두 사람은 책상에 엎드리면서 한 목소리로 그렇게 말했다.

"여류는 톱클래스라도 한 번 지면 대국이 확 줄거든……."

"지는 건 그나마 괜찮지만, 대국이 아예 없는 건 진짜 괴롭다
이……."

"아…… 그런가요."

여류에는 타이틀전이 총 여섯 개 있다. 그렇게 보면 프로기사
보다 하나 적은 정도이니 크게 차이가 없을 것처럼 느껴진다.

하지만 프로 기사에게는 순위전이 있다. 이것만으로도 연간
열 번 전후의 대국이 보장되며, 타이틀 전 이외의 기전도 잔뜩
있다. 연패를 하더라도 연간 스무 번의 대국은 둘 수 있으니, 한

달에 한두 번은 둔다고 보면 될 것이다.

"확실히 여류기사는 힘들겠네요. 안 그래도 기전이 적은데다, 여류의 기전은 단판승부 토너먼트가 많으니까요……. 나는 11연패를 하고도 대국은 계속 들어왔어요(웃음)."

"짜증이 치솟으니까 웃지 마."

"죄, 죄송해요……."

아무래도 진짜로 기분이 좋지 않은 것 같았다. 안 그래도 공격적인 츠키요미자카 씨가 평소보다 더 공격적이었다. 그야말로 상처 입은 야생동물이다. 빨리 포획 좀 해 줬으면 좋겠다.

책상에 볼을 댄 채 나를 쳐다보고 있던 쿠구이 씨는 부러워하는 듯한 어조로 말했다.

"……용왕 씨는 요즘 컨디션이 어떻노?"

"맞다. 일전의 현왕전 중계를 봤어. 나타기리 선생님을 상대로 3연속 한정 명군을 펼쳐서 이기다니, 대단한걸."

"아하하♡ 이래 봬도 용왕이니까요~ ♪"

"컨디션이 좋은 비결은 뭐꼬?"

"비결……요?"

쿠구이 씨가 그렇게 묻자, 나는 "으음……." 하고 신음을 흘리며 고개를 갸웃거렸다.

기풍 개조가 순조로운 것을 비롯해, 여러 이유가 있지만…….

"굳이 하나만 꼽자면…………『제자』, 려나요?"

"『제자?』"

"예. 그것도 『내제자』를 들인 덕분이라고 생각해요."

두 사람이 미심쩍은 표정을 짓자, 나는 상세하게 설명했다.

"내가 함께 생활하고 있는 제자는 아홉 살 여자애인데, 초등학생과 같이 지내니 일찍 자고 일찍 일어나게 되더라고요. 그리고 편의점 도시락만 먹을 수도 없으니 식생활도 개선됐죠. 덕분에 나도 컨디션이 좋아졌어요."

""호오……?""

내 말에 흥미가 없어 보이던 두 사람의 눈이 갑자기 빛났다.

"게다가 내 제자는 초등학생인데도 집안일을 엄청 잘해요! 만드는 요리는 하나같이 맛있고, 도시락도 싸주는데다, 요즘은 특제 차나 수제 과자도 만들어줘요. 그리고 생활비 관리도 완벽하게 해 주니까, 나는 대국에만 집중할 수 있게 됐고——."

"용왕 씨, 용왕 씨."

"응? 쿠구이 씨, 왜요?"

"그건 제자가 아니대이. 색시다. 어린 색시."

……색시?

"뭐, 확실히 납득은 된대이. 흐음, 초등학생 색시 덕분에 컨디션이 좋은 기가……."

"아~, 그런 걸 보고 『신혼 부스트』라고 하지, 아마~."

"시, 신혼 부스트? 그게 뭔데요?"

"생활이 불규칙하던 젊은 기사가 가정을 가지고 규칙적인 생활 및 가족에 대한 책임감을 지니게 되면서 일시적으로 승률이 급격하게 상승…… 그게 『신혼 부스트』대이! 용왕 씨가 요즘 컨디션이 좋은 이유는 바로 그건 기라!!"

쿠구이 씨는 손가락으로 나를 딱 가리키면서 단언했다.

츠키요미자카 씨는 벌떡 일어서더니…….

"그럼 우리도 결혼을 하면……?!"

"바로 그거대이!!"

아, 불길한 예감이 들어.

갑자기 기운이 난 츠키요미자카 씨와 쿠구이 씨는 멍하니 서 있는 내 손을 양쪽에서 하나씩 꼭 붙잡더니, 이렇게 외쳤다.

""결혼하자!!""

이럴 줄 알았어어어어어어엇!

"왜, 왜 나와 결혼하려는 건데요?!"

"마침 이 자리에 있잖아." "쉽게 넘어올 것 같대이."

이럴 줄 알았어어어어어어엇!

그런 괴상한 프러포즈를 받고 당황하고 있을 때——.

두 사람은 갑자기 낯빛이 변하더니, 나한테서 부리나케 떨어지며 기사실 구석으로 물러섰다.

"뭐, 뭐, 용왕 씨한테는 이미 상대가 있다 아이가! 우리는 딴 사람이나 찾아봐야겄다!"

"아니, 초등학생 제자와는 그런 사이가——."

"걔 말고, 긴코 말이야."

"예에에에에……?"

왜 갑자기 사저의 이름을 언급하는 거지?

"새, 생각해 보니, 용왕 씨는 혼자 살기 시작하고 타이틀을 땄다 아이가~."

"호…… 혼자 살기에는 방도 꽤 넓잖아~. 게다가 긴코와 같
이 방 구하러 다녔다며? 자, 잘 어울리는 한 쌍이네~."

"자, 자, 잠깐만요! 설마 나와 사저가 도……동거하고 있다는
소리예요?! 그리고 그 덕분에 내가 용왕이 됐다는 거예요?! 농
담하지 말라고요!!"

나는 맹렬하게 항의했다.

"애초에 사저의 집안일 스킬은 아이와 비교도 안 된다고요!
사저가 만든 요리는 숯덩이였어요! 게다가 그 사람은 내가 '빨
래라도 좀 해 주세요.'라고 했더니 세탁기에 주방용 세제를 붓
고 으스댔다고요!"

"그……그래도 긴코는 귀엽잖아!"

"그, 그렇대이! 요즘 꽤 섹시해졌다 아이가! 그렇게 좋은 색깃
감은 흔치 않을 기다!"

"흥! 초등학생한테 『민둥산』소리나 들을 만큼 민둥민둥 빨래
판인 사저한테 색기 같은 게 있을 리가 없잖아요. 그 사람한테
있는 건 색기가 아니라 살기라고요, 살기."

""………….""

츠키요미자카 씨와 쿠구이 씨는 서로를 부둥켜안은 채 부들부
들 떨었다.

두 사람의 시선은———— 내가 아니라, 내 뒤편을 향하고 있
었다. 어, 어라……?

바로 그때였다.

"윽……?!"

휘이이잉…… 하면서 차가운 공기가 내 목덜미를 스치고 지나갔다. 이건————— 살기?!

바로 그때, 나는 문득 떠올렸다.

내가 왜 이 기사실에 왔는지를…….

내가 누구와 여기서 만나기로 했는지를…….

"…………."

나는 부들부들 떨면서 뒤돌아보았다.

"……색기라고는 눈곱만큼도 없는 살기 덩어리 민둥산이라 정말 미안해……."

그곳에 있는 이는………… 은색……………….

역자 후기

안녕하십니까. 근로청년 번역가 이승원입니다.

『용왕이 하는 일!』 3권을 구매해 주셔서 진심으로 감사드립니다.

어느새 7월이 되었습니다.

벌써 2017년도 절반이 지나가버렸군요.

항상 이맘때면 드는 생각입니다만, 반년이 순식간에 지나가버린 것 같습니다.

그리고 어느새 지옥의 여름이 시작되는군요.

으으, 이 후기를 쓸 때는 비가 꽤 내려서 기나마 시원합니다나만 장마가 끝나고 나면 본격적인 더위가 시작되겠군요.

올해 여름도 험난할 것 같습니다. ^^

그래도 열심히 살아야죠!

독자 여러분들도 더위에 지지 말고 파이팅하시길!

그럼 본편에 관한 이야기를 해 볼까 합니다.

스포일러가 포함되어 있을 수도 있으니 본편을 읽지 않으신

들은 유의해 주시길!

이번 3권의 주인공은 키요타키 케이카라고 생각합니다.

키요타키 케이카. 야이치와 긴코의 사매이자, 두 사람에게 있어 누나와 언니인 여성.

키요타키 일문의 정신적 지주로써 야이치와 긴코, 아이를 보듬어주던 여성입니다.

항상 미소를 잃지 않던 케이카지만, 그녀의 내면에는 어둠이 존재했습니다.

서서히 다가오고 있는 연령 제한, 순식간에 실력 면에서 자신을 제칠 만큼 뛰어난 재능을 지닌 소녀들, 그리고 제자리걸음은 고사하고 퇴보하는 자신의 실력…….

이번 3권에서는 그런 모든 어둠이 뒤섞여 폭발했다고 할 수 있습니다.

그리고 그 어둠은 장기 기사뿐만 아니라 세상을 살아가는 이라면 누구나 지녔을 거라 생각합니다.

타인을 시샘하고, 질투하며, 못난 자신을 비하하는 건 인간이라면 누구나 가지고 있는 일면이 아닐까요.

그렇기에 그런 면을 멋지게 극복하며 자신만의 길을 찾아 앞으로 나아가는 케이카가 더욱 눈부셔 보인다고 생각합니다.

진짜 장기 바보에게 주기에는 아까운 여성이에요.^^

언젠가 그녀를 행복하게 해 줄 멋진 남성이 나타날 거라 믿고 있습니다!

그럼 이만 줄이겠습니다.

항상 재미있는 작품을 맡겨주시는 노블엔진 편집부 여러분께
감사드립니다. 앞으로도 잘 부탁드립니다.

어묵을 산더미처럼 들고 난입한 악우여. 나, 어묵 좋아하거
든? 그래도 냉동고가 네가 준 어묵으로 꽉 찼다고! 게다가 왜
어묵탕 끓일 때마다 타이밍 좋게 나타나는 거야?! 우리 집에
CCTV라도 설치한 거냐?!

마지막으로 언제나 제게 버팀목이 되어주시는 어머니와, 『용
왕의 일!』을 읽어주신 모든 분들께 진심으로 감사드립니다.

로리콤 용왕의 전국구 데뷔(?)가 그려지는 『용왕이 하는 일!』
4권 후기에서 다시 뵙겠습니다!

2017년 7월 초
역자 이승원 올림

용왕이 하는 일! 3

2017년 07월 25일 제1판 인쇄
2017년 08월 23일 2쇄 발행

지음 시라토리 시로 | **일러스트** 시라비 | **옮김** 이승원

펴낸이 임광순 | **제작 디자인팀장** 오태철

편집부 황건수 · 정해권 · 김동규 · 신채윤 · 이병건 · 이경근 · 이홍재
디자인팀 박진아 · 정연지 · 박창조
국제팀 노석진 · 엄태진

펴낸곳 영상출판미디어(주)
등록번호 제 2002-000003호
주소 21311 인천광역시 부평구 평천로 132 (청천동)
전화 032-505-2973(代) | **FAX** 032-505-2982

ISBN 979-11-319-6114-8
ISBN 979-11-319-5731-8 (세트)

RYUO NO OSHIGOTO! Vol.3
Copyright ©2016 Shirow Shiratori
Illustrations Copyright ©2016 Shirabii
Supervised by Saiyuki
All rights reserved.
Original Japanese edition published in 2016 by SB Creative Corp.

This Korean edition is published by arrangement SB Creative Corp., Tokyo
in care of Tuttle-Mori Agency., Tokyo through Yu Ri Jang Literary Agency, Seoul.

이 책의 한국어판 저작권은 유 · 리 · 장 에이전시를 통한 저작권자와의 독점계약으로 영상출판미디어(주)에 있습니다.
저작권법에 의해 한국 내에서 보호를 받는 저작물이므로 무단 전재와 무단 복제를 금합니다.

노블엔진(NOVEL ENGINE)은 영상출판미디어(주)의 라이트노벨 및 관련서적 브랜드입니다.

시라토리 시로
작품리스트

◆

용왕이 하는 일! 1~3

《학교》라는 세계에 얽힌 이들의 의도를 파헤치고
소녀의 각오와 비밀을 지켜라———.

어새신즈 프라이드
~암살교사와 여왕선발전~

2

———◆———

"내가, 유서 깊은 선발전의 대표로……?"
1년에 한 번, 자매학교와 함께 개최하는 선발
그 대표선수로 메리다가 선발된다. 다른 학교
교류, 학원에서 숙박. 그런 즐거운 이벤트는
변하여—— 시련으로 바뀐다.
"길드에 대한 너의 충성을 의심하고 있어."
무능영애가 급격히 성장한 비밀을 파헤치고
자객이 잠입. 예상치 못한 메리다의 대표 선
제자를 둘러싼 음모에, 쿠퍼는 맹세한다.
"재미있군. 대체 나를 누구라고 생각하시는지
선발전에서 메리다의 재능을 내보이고, 자객
로부터 비밀을 지켜내겠다고. 암살교사의
를 걸고 은밀히 암약한다——.

아마기 케이 지음 | **니노모토니노** 일러스트
청춘의 상상, 시동을 걸어라!

소드&위저드
~패검의 황제와 칠성의 소녀기사~

2

◆

학원제를 앞둔 연무 학원. 사츠키바 소라 타는 「칠성기사」 중 한 사람, 유키시로 후 유카가 기운이 없다는 것을 깨닫고 같은 칠성기사인 펠리시아와 함께 후유카가 반 에 친숙해질 수 있도록 분투한다.

한편, 세계 최대의 반(反)마술조직 유벨 의 위협에 대항하고자 천공도시 옥타비아 에 〈벼락영역〉의 칠성기사가 파견되지만, 이는 학원에 새로운 전란을 불러일으키는 것이었다.

칸키츠 유스라 지음 | **니시** 일러스트

청춘의 상상,시동을 걸어라!

기회는 단 한 번. 주어진 시간은 55분──.
섬의, 탐정사의 운명을 바꿔라!

소설 문호 스트레이독스
~55 Minutes~

4

◆

도적 퇴치 의뢰를 받고 탐정사 일행이
야간 곳은 요코하마 근해를 '항해하는
섬', 스탠더드. 하지만 그곳에서는 테러리
스트들에 의해 전대미문의 이능력 병기가
가동되려 했다.

적을 쫓는 아쓰시 앞에 H.G.웰스라고 하는
이능력자가 나타난다. 그녀는 적인가 아군
인가. 갈피를 못 잡는 아쓰시에게 제한 시
간이 다가오는데…….

그리고 진상에 다다른 다자이에게 흉악한
칼날이 엄습한다 ──!!

**대히트 코믹스 원작자가 직접 쓴 소설.
대망의 제4권!**

아사기리 카프카 지음 | **하루카와 산고** 일러스트
청춘의 상상, 시동을 걸어라!

만화의 신

4

염원하던 연재가 결정된 줄 알았더니, 갑작스럽게 취소를 통보받은 나에게 또 다른 시련이——.

귀국 소동으로 마음이 흔들린 모에기로부터 사랑의 고백을 받은 것이다. 그리고 나는 모르고 있었다. 그 장면을 유즈리하가 목격한 사실을.

연재에 대한 대답과 고백에 대한 대답, 둘 다 문화제가 끝날 때까지 결론을 내야 한다. 마음의 정리가 되지 않은 채로 시작된 문화제. 사랑에 동아리에 연재에, 이오리가 내놓은 대답이란——.

소노 카즈유키 지음 │ Tiv 일러스트

청춘의 상상, 시동을 걸어라!

무예에 몸을 바친 지 백여 년, 엘프로 다시 하는 무사수행

9

[대혈정]의 정보를 찾아서, 그리고 스승의 ○○을 잇기 위하여 마인의 나라를 찾은 슬라바 일○. 기다리던 것은……. 전투를 오락으로 생각○○ 마인과 투쟁하는 하루하루였다?!

호쾌한 마인들 탓에 난처하기도 잠시, 모○ 피의 결정을 사용하면서도 자아를 유지하는 ○상한 무리── [에소드의 수행자]가 습격○ 상황은 급변한다! 그들을 거느린 소녀 샤○○ 이야기하는 피의 결정이 지닌 비밀. 그리고──

"있지! 언니가 생겼어!" 셰릴의 출생 비밀이 ○. 진정한 "최강"을 목표로 하는 엘프 소년 소○ 이 다다른 추악한 진실. 소녀의 희생을 대○○ 이야기는 최종국면을 향해 움직인다──.

ⒸKakkaku Akashi, bun150 2016
KADOKAWA CORPORATION, Tokyo.

아카시 칵카쿠 지음 | bun150 일러스트
청춘의 상상, 시동을 걸어라!